我在两个人的车站等你

佘 强◎著

中国出版集团 现代出版社

图书在版编目(CIP)数据

我在两个人的车站等你 / 佘强著. – – 北京：现代出版社, 2022.11

ISBN 978 – 7 – 5231 – 0080 – 6

Ⅰ. ①我… Ⅱ. ①佘… Ⅲ. ①长篇小说 – 中国 – 当代 Ⅳ. ①I247.5

中国版本图书馆 CIP 数据核字(2022)第 227592 号

我在两个人的车站等你

作　　者	佘　强
责任编辑	毕椿岚
出版发行	现代出版社
通讯地址	北京安定门外安华里 504 号
邮政编码	100011
电　　话	010—64267325　010—64245264(兼传真)
网　　址	www.1980xd.com
印　　刷	北京荣泰印刷有限公司
开　　本	710 毫米×1000 毫米　1/16
印　　张	17
字　　数	205 千字
版　　次	2023 年 1 月第 1 版　2023 年 1 月第 1 次印刷
书　　号	ISBN 978 – 7 – 5231 – 0080 – 6
定　　价	72.00 元

CONTENTS 目 录

第一章　偶遇

我和苑小昕相识的经过。

我是在一个很偶然的机会认识小昕的……

母亲病了，很想念我，托程浩带信儿让我回家。因为惦念母亲的病情，我几乎是不顾一切地离开了单位，离开了使我烦躁的一切，匆匆地踏上了归程。

"珑坪"站是一个在地图上都查不到的小站，它和大多数叫不出名的湘西小站一样，在三月的寒风阴雨中显得那么湿冷、凄凉。透过候车室的玻璃往外看，天地间早已是一片灰蒙蒙的，如丝的细雨，像是在向人们倾诉它哀婉动人的身世，飘飘洒洒、悲悲切切地坠落向大地，与之交融、同化在一起……

呛人的叶子烟的味道，把我从无尽的遐想唤回到现实中来。这是我们常见的湘西农民形象：磨得看不清本色的解放鞋、布扣繁多的灰色罩衣、饱经风霜的面容、湘西特有的斗笠……兴许是在湘西待了多年的缘故，我对这里的农民时常有一种不可名状的亲切感。记得小时候随母亲回四川老家，我对那里背箩筐、坐茶馆的农民还存在几分排外的思想呢！

小雨仍然下着，狭小的候车室几乎成了这几位等车农民的天下，他们点燃了不知从哪里弄来的一堆干柴，围成个圈儿，以抵御寒冷，一时间屋子里乌烟瘴气。我信步走了出来，准备到门口换换环境，一个嘴角边长着个黑痣的矮个儿农民的一句土话，令我吃惊不小：珑坪大队的王队长由于心脏病，再加上过度劳累，已于昨天晚上离开了人世……

王队长已于昨天晚上离开了人世?!

记得去年我和调度到珑坪大队去协商借用该队的礼堂存放枕木一事，纯朴、厚道、乐于助人的王恩伯（王队长）不仅立即带人清理了礼堂，还非要留我们在他家吃饭，以示对我们为他家乡修建铁路的支持。他身旁的社员们对自己的队长投来的是信任和崇敬的目光……

这么年轻的人就这样离开了人世，我不禁感慨世事无常。

我不禁又想起我的母亲来。每当我看到有人为生活所累或是因遭受到什么意外打击而变得痛苦、绝望的时候，我总是会想起我的母亲，想起她那双装满哀愁、忧伤的眼睛。我离家已半年有余，不知她近况可好，与父亲的关系又怎么样了。

母亲出生在四川省遂宁县盘龙村一户殷实人家。据她说，她小时候的确过着锦衣玉食、无忧无虑的日子，平时为了跟外公一起去收租子，她常常穿上小旗袍、坐着滑竿走过好几个村庄。成年后，她被送往"四川军阀"杨森开办的"成都女子护士特级护理班"读书。她说她亲眼见过杨森，并不像报纸、电台说得那样狰狞可怕，反倒显得有点和蔼可亲，只是当他每一次视察完学校后，总有一两名年轻貌美的女学生无故辍学，跟着就会以他姨太太的身份出现在公众面前。

母亲是在中华人民共和国成立后才认识父亲的，此前，父亲只不过是外公家一个很不起眼的小长工——一个放牛娃。中华人民共和国成立后，外公遭到镇压，家里的田地、财产被分割散尽，他自己也在病困交加中撒手人寰，留下了孤苦伶仃、无人照顾的外婆和远在成都第一人民医院工作的母亲。

此时的父亲由于成分好、根基红，被公社推荐到部队参了军，成了一名光荣的解放军战士。客观地说，我父亲虽是文盲，年轻时却是那种英俊、潇洒、非常讨女人喜欢的男人，他从小就见过母亲。后来他对我说，当年他一见到母亲，就会产生一种对现实的满足感和期待感，虽然他那时只是一个小小的、微不足道的小长工。

外婆的无助多病，正给我这位回乡探亲、有着中士军衔的父亲提供了一个机会。怀着儿时的梦想，他不时帮助外婆挑水、做饭、煎药、劈柴，孝顺得跟亲生儿子一般，深深博得了老人家的信任和好感，直至我的母亲从成都返回。

接下来的事情便是顺理成章了，母亲嫁给了父亲，不是为了轰轰烈烈、地老天荒的爱情，只是为了彼此依靠、求得相对的安稳和宁静。在他们那个年代，对爱情的理解更多的是讲究一点实惠的。

罗延东出现在候车室的门口，身后还跟着一位姑娘。

几个月不见，这小子居然发福了！

他一面殷勤地给姑娘提着行李，一面左顾右盼，寻找着干净座位，不时回过头来，媚笑着跟姑娘说着什么，大概是看见了我，他们迎了上来。

罗延东曾是我们工班最不济事的体力劳动者，常常是抬根枕木、搬节钢轨就气喘吁吁、汗流浃背。然而，他凭着一手漂亮的钢笔字和一个在基建处处办当主任的舅舅，很快调离了生产第一线，到大队部当了一名宣传干事。这次据说是为了采写前方在铺轨架桥过程中的先进事迹，他于月前到珑坪蹲点。

"小滢，是你啊！"罗延东问。

"哎，延东。"我答道。

"是不是要回沅塘啊？"

"是，我母亲病了，想回去看看她。"

"那太好了，这位是苑小昕，是刚分到运营段的技校生，搞货运的，也要回沅塘接受培训，你们正好有个伴。"

"你好。"姑娘腼腆地笑笑。

"你好。"我恭敬地回答。

罗延东突然靠近我的耳根，小声地说："是苑德贤的女儿，要照顾周到一些。"

我不由得一惊，眼前立刻浮现出那个骄横、武断、顽固透顶的老头儿来。随着他的特别介绍，我开始重新打量起这个叫苑小昕的女孩来：一张清秀文静的脸，皮肤微黑，五官虽不算俊俏，但给人以深刻印象，炯炯有神的大眼睛闪烁着智慧和沉稳，一口小巧的四环素牙有些不整齐。

火车很快驶进了站台，我和小昕随着稀稀拉拉的人群上了车，罗延东叮嘱了几句，回去了。须臾，列车就朝着它的终点站——宁州驶去。

我很长时间也没有跟小昕说话，原因是我不善于在一位陌生女孩面前表现得过分热情，同时小昕是铁建大队大队长女儿的事实也使我不得不有所顾忌，生怕自己一时信口胡言，被人抓住"小辫子"。

列车的广播室突然响起了音乐，是一首我熟悉和喜欢的歌曲，既然无话，我便忍不住随着旋律哼了起来。

还是小昕首先打破了僵局："贵姓?"

我说："我叫曹滢。"

小昕抿嘴一笑："这名字怎么有点女孩子气。"

我难为情地说："我母亲起的，意思是做人要像水一样清澈。"

"刚才你哼的曲子是不是施光南的《赶着马儿走山乡》?"

"你怎么知道?"我惊讶地问,不太有人熟悉这首曲子。

"我也很喜欢。"小昕说。

我问她:"你是什么技校毕业的?"

"我是山海关铁路技校毕业的,本来是学房建的,因为基建处没有房建这个专业,才改行来搞货运的。"

"那不是专业不对口?"

"就是,一切都要重新开始,例如团支部这次让我写一篇讲演稿,我都理不出头绪来,这次回沅塘,就是为了参加在那里举办的货运短期培训班⋯⋯"

由于母亲的成分问题,我一直不能入团,所以每当有人提及团组织活动方面的事情,我都只能羡慕地聆听。

小昕接着问:"你在铁建一队是干什么的?"

"线路工,每天将一种叫'牛腿'的铁栏杆刷上两道油漆,然后拿到架好的桥上去安装。"

"危险吗?"

"有一点,习惯就好了。"

"你好像还有一个姐姐在运营段。"我想起在春节前的一次联欢会上,曾经见过那个叫苑素昕的女孩,一个高挑、漂亮的女孩。

"是的,她在段财务室当会计。"

小昕突然问:"你在运营段有什么朋友吗?"

"有一个,他叫程浩。"

"程浩!我认识,那个连接员,他好像有点高深莫测。"

"一个绝顶聪明的人。"我答道。

"可不可以问一下你多大了?"小昕试探着问道。

"十九岁了。"我老实地说。

小昕眼里闪烁着狡黠的光芒:"我二十二岁了,比你大,你应该叫我一声姐姐。"

我笑笑说："原本应该叫你一声姐，可我认为叫名字更使人感到亲切，没有距离感，况且你一副娇小柔弱的身材，也不像大我三岁的人，所以我决定不叫你姐，你该不会见怪吧！"

小昕大笑："你倒挺会说话，那就随你的便吧！"

我们谈话的气氛变得越来越轻松和愉快，话匣子一打开，就再也收不住了。兴趣、爱好、理想、遭遇，无所不侃、无所不及，像两个久别重逢的老朋友，以至于列车到达了宁州站，我们几乎忘了下车。匆匆忙忙收拾一下，出了站，苑德贤带领司机已经在吉普车前等候了，他一眼看见我这个"刺头"，脸上明显表现出不悦，站在那里不吱声。我尴尬万分，不知如何应付这种场面，小昕丝毫没有觉察出她父亲脸上的细微变化，忙着招呼我快上车，一路无话……

车到沅塘驻地，小昕帮我卸下挎包，热情地说："谢谢你的照顾，要不要我给你拎回家。"

我结结巴巴地说："不……不用了，有……有时间到我那里玩儿。"

"好的，我一定去。"

我逃难似的跑了。

第二章　回 忆

对"我"的家庭生活的回忆。

母亲并无大病，只因思我成疾，再加上家庭生活极度苦闷，显得越发消瘦、可怜了。看见我回来，她一下子精神了许多，还起床下地，为我做起了吃的。

母亲和父亲结婚的头几年，感情也算不错，父亲所在的东北野战军后来被就地改编为东北铁道兵第八师，于 1964 年支援大西南"三线"建设的重点工程之一——成昆铁路的前夕，并入到了南方铁路工程局，他自己则被分到基建铁路工程处（简称基建处）130吨架桥机上干起了走行司机。

此后，父亲转战于贵昆、川黔、成昆、湘黔等几条国家重点铁路工程的建设，其间，他也利用踏实肯干、任劳任怨、多次受到上级表彰嘉奖的优势，想尽一切办法把母亲从成都调到了基建处医院。

母亲告诉我，她永远忘不了当年他们在修建成昆铁路至沙木拉达隧道群时，处医院组织文艺宣传队到队上去演出（她自己的舞蹈《花儿与少年》被作为压轴节目排在很晚），父亲拿着她的外套在瑟瑟的寒风中足足等了她三个钟头，她说那一刻她好感动、好知足，如果能让父亲高兴，她愿意将生命献出来。

然而短暂的温情和体贴并不能掩盖他们两人在性格、观念、文化素质方面的巨大差异，父亲酗酒、吝啬、不顾家、不诚实的天性在以后的生活里逐渐显露出来。从我记事那天起，父母亲的吵闹、打斗之声就不绝于耳。我至今仍清晰地记得我三岁那年，父母亲在一次打斗中折断了正在酣睡的我的小床，我顺着床板滑到了地上，眼睛扑闪扑闪地望着这个陌生而离奇的世界。

我的母亲虽然很善良，然而从小养尊处优的生活使她的性格带有明显的缺陷——偏激、易怒、过分自信，太容易根据自己的喜恶理解生活。

可以毫不夸张地说，他们两人根本不具备组建家庭的基本条件。

我始终不明白我的父亲头脑里为何没有"家"的概念，在我的心灵深处，从来没有留下过他高大、完整的形象。他几乎从不关心我和姐姐的学习和生活，也不理会我们需要得到父亲的哪怕一点点关爱。他从不按时将生活费交给母亲，每次都要母亲一再催促，才心不甘情不愿地交出来，而这样只是为多喝上几口散装酒。父亲的人际关系是糟糕的，狭小的气量、斤斤计较的个性、短浅的见识，使他在单位举步维艰，与同事们的关系相当紧张，幸得他有一手好技术，才避免了遭受更多的厄运。

母亲说她此生最为怨恨的一件事就是我小时候有一次发高烧，直到夜里十二点也不退，父亲却在外面打牌到很晚，回来后母亲带着绝望的心情，迸发出了一个女人最大的愤怒："你给我滚！小滢要有个三长两短，你一辈子也不要回来！"

父母的"坏"名声很早就在基建处出了名，以至于我和姐姐天生注定要在一种逆境中长大。

"文化大革命"开始以后，由于"出身"问题，母亲的社会地位一落千丈。她不得不一遍又一遍地到医院党组汇报思想，每天接受大会小会的批评教育，还得谨小慎微，多多接诊危重病人，以换取好印象。这个时候，母亲多么希望得到父亲的理解和宽慰，带她走出这人生困境啊！

然而，此时的父亲不仅怪罪母亲的出身阻碍了他所谓的"光明前途"，还将只属于他们夫妻之间的一些悄悄话作为思想动态汇报给了有关领导，这事一时间被传为笑柄，母亲的生活压力更重了。

一连串的变故和打击，使我的母亲对生活失去了信心。她变得有些神经质，经常无缘无故地发脾气，心理承受能力也降到了最低点。但是，即使在这个时候，她对我们姐弟俩的爱也丝毫没有减弱，我们姐弟俩成了她唯一的精神寄托和希望。

小时候，我是非常自卑和孤独的。我既没有任何家庭优势可以炫耀和吹嘘，也没有一位慈祥、稳重的长者为我指点生活的迷津，我的父母亲都是生活的失败者，他们连自己的事情都处理得一塌糊涂，更谈不上教育我们怎么做人，我们只能靠自己去领悟人生的真谛。

我的学习成绩一直良好，而我的自尊心很强，脾气也极为暴躁。经常把那些敢于冒犯我尊严的同学打得鼻青脸肿，同时也很怕别人在我面前提起我的父母。

姐姐名叫曹妍，一个端庄、温柔、聪明的女孩。

姐姐的优点太多了，连我都无法替她一一列举：开朗、大方、真诚、善良、知书达理、谦虚好学……最难能可贵的是：作为一个女孩，姐姐从来没有被任何困难和挫折吓倒过，她始终勇敢地去迎接生活的挑战。生活中也常常要求我像她一样坚定、果敢地面对一切。

姐姐的文学功底是极好的。上中学时她的作文就以独特的见解、新颖的构思和细腻的文笔闻名全校，至今在地区一级的报纸上还能看到她经过辛勤耕耘而留下的一个个"豆腐块"。她本应该有一个更加光辉灿烂的前程。然而高考前夕，由于家庭成分的原因，她被告知不能报考大学。为了使我这个唯一的儿子能留在父母身边，她毅然响应"接受再教育"的号召，插队落户到了离宁州五十公里的黄溪大队参加劳动。

我高中毕业的时候，正值湘（株洲）黔（贵阳）铁路胜利铺通，枝（枝城）柳（柳州）铁路全线大上马的阶段。看着考大学没什么希望，我索性参加了南方局委托基建处举办的招工考试。很幸运，我考上了，被分到铁建一队三工班当上了一名线路工。

刚刚参加工作，一切都是陌生、新奇的。我的工作说来也简单，先是在作业场拼装轨排——摆上扣件，放好垫板，然后拿起扳手将螺丝拧平，后来由于桥面走行栏杆（俗称"牛腿"）的制造任务忙不过来，我又被抽调去刷"牛腿"。刷"牛腿"这活看似简单，实则又脏又累，一只"牛腿"足有八十八斤重，还得上下翻滚，摆弄成不同的位置油刷，一天下来，总是腰酸背痛的，连吃饭的力气也没有。

我们的工长叫余国志，一个膀大腰圆、满脸络腮胡的中年男人。余国志是河北人，所以说起话来总是带着浓重的北方口音，快而不乱、大而有力。

说起余国志这个人，工班里的人用"冷、狠、奸、滑、谍"五个字形象而生动地概括了他的性格特征。

余国志的笑脸是从来不轻易"赏"给工人的，除非他有求于你时，那张阴云密布的脸才会绽开一丝笑意，有时甚至可以跟你称兄道弟，当这种关系解除之后，他对人的态度马上又会冷若冰霜。

在工班的领导里，余国志是特别讲究权威性的，如果有人胆敢冒犯他这种权威，他是绝不会心慈手软的。

论工作能力，余国志绝对是一流的，无论是拼装、起道、清筛、拨接，他样样都是行家里手。但他的工作态度却是最不端正的，队上每次分配工作，他总是喜欢从自己的利益出发与几位队长讨价还价，有时还会争得面红耳赤。但当某些好处争取到以后，余国志又会换一副笑脸，这一招常常搞得几位队长哭笑不得。

为人处世圆滑是余国志的另一大绝活。工班中家庭背景复杂、"后台"强硬的人，余国志是不会招惹他们的。而剩下的那些下放到工班劳动、家庭背景普通、毫无"后台"支持的人，余国志是不会对他们客气的，大声训斥只是家常便饭，就更不要说明里暗里的算计了。

别看余国志老粗一个，阿谀奉承、溜须拍马的本事一点儿也不比旁人差。他能够根据别人的喜恶恰到好处地维持各种关系，左右逢源。某些领导是喜欢这种人的，甚至有人将他的这一套视为有"能力"的象征。

我发现，像余国志这种人是最适合在我们这个圈子生存的，他们暴躁、刚烈而不失奸诈、诡谲，粗鲁、强悍而又善于奉承、忍耐，滑头、卑鄙而又敢于顶撞、叫板。队领导要用他、工作离不开他、众多的人要取悦他，仿佛这就是一个人在一个单位"混"得好的表现。

然而细细思来，正是这种人败坏了我们的社会风气，扭曲了人与人之间交往的正常关系。他们自私、庸俗、市侩，更为可怕的是，有些人竟然认为这种"生存哲学"是令人折服的，还在现实中刻意模仿这种处世方式。

母亲问："小滢，面条要不要加一点排骨汤？"

我说："随便一点，妈，我很困了，想睡觉了。"

"好的，我给你烧水，你洗了澡再睡。"

"好的。"我打着哈欠说。

第三章　倾　诉

青年男女之间的倾诉。

阮姨到我们家来玩，还带给母亲一些市场上买不到的菜油，两人谈得投机，竟唏嘘了一个下午。

阮姨叫阮欣月，儿科大夫，一个优雅的上海女人。

阮姨是二十世纪五十年代上海铁道医学院毕业生，和丈夫丁兆石（她的同学，主管基建处医院放射医疗）一起被分配到基建处医院。

阮姨的父亲是旧上海银行的一名小职员，只此一女，所以对她格外地娇惯。而丁叔的父母是上海赫赫有名的资本家，财大势大，到了中华人民共和国成立前夕，辗转去了香港。

母亲曾告诉我，阮姨在"文革"之前是积极要求进步的，几乎所有的组织活动和义务奉献，她都会踊跃报名、积极参加，每年的三八红旗手和先进工作者是必定少不了她的。"文革"开始以后，阮姨、母亲、柳姨以及程浩的母亲白姨，所面临的处境都是一样的。

她们或是因为这样那样的原因，在单位里得不到尊重，公开的组织生活和上级信任，对于她们来说更是一种奢望。错综复杂的人际关系和同事们的歧视，也常常压得她们喘不过气来。

也许同是天涯沦落人的缘故，她们四个人的关系异乎寻常地好。每当遇到什么不顺心的事或解不开的结，她们总是会聚到一起相互倾诉，以抚慰心灵上的创伤。阮姨比我的母亲幸运，她和丁叔的夫妻感情一直是很好的，两人可以称得上是夫唱妇随、形影不离。我曾经亲眼看到丁叔为了不让阮姨吃辣椒败坏胃口，竟抢过她的筷子在水龙头上冲了好久，阮姨在他的身后笑得好开心、好投入。

小时候我常有许许多多光怪陆离的想法：丁叔、阮姨要是我的父母该是多么令人激动的事啊！我长大以后要是有一个像阮姨这样的妻子该有多好呀！

这种想法一直持续了好久，直到后来母亲的一句玩笑，才逐渐被冲淡。

有一次，我问母亲："妈，你看丁叔、阮姨的夫妻感情是那么完美、那么和谐，他们难道真是一点缺陷也没有吗？"

母亲淡淡一笑："傻孩子，你还年轻，留心观察，你会慢慢明白一切的。"

事实证明，母亲的话是正确的。

一天，丁叔和阮姨不知是为了什么事情，脸色都很难看，在屋外僵持了好一会儿，才走进屋里去，关起门来。不久，屋里传来了"乒乒乓乓"摔打的声音。

母亲急忙过去敲门，良久，门才打开，可怜的二人已是鼻青脸肿。

母亲问："你们在干什么？"

二人矜持地笑笑："没事，我们在打老鼠。"

母亲差点笑出声来："这对死要面子的书呆子。"

我终于明白了一个浅显而又深刻的道理：世上没有什么事是完美无缺的，即使关系再好的夫妻也是会有小摩擦的。

丁叔的父母很疼他，知道国内物资供应紧张，尤以食用油为贵，经常大桶大桶地向国内捎带食用油。阮姨两口子也很大方，常常把得到的东西分送给要好的各家。

我起床时，已是下午五点，匆匆吃了几口饭，便顺着山道走上了简易公路。

沅塘是湘黔线上离宁州最近的一个小站，它原是湘黔铁路的主要建设者之一——南方铁路局基建处铁建大队的队部所在地，湘黔铁路通车后，由于枝柳铁路要穿过宁州，大队部并没有随之搬迁（这是基建处筑路史上的唯一一次），而是坐镇原地继续指挥枝柳铁路的建设。

我的家就在一座小山的半山腰上，全是用泥巴夹杂着竹片堆积起来的油毛毡房子，在这样的环境里，我们生活了好多年。

不要小看沅塘这个小地方，它聚集了基建处所属各单位（包括铁建一队、铁建二队、铁建三队、运营段、医院等）近八千多人，高峰时期，人员还远不止这些。铁建大队就像基建处机关（处机关设在宁州）的一级派出机构，主管和协调除医院外所属的这些单位。

听说今天晚上有一场精彩的篮球赛，我决定去看看。

沅塘有一座非常不错的灯光球场，水泥的地面、标准的线路、明亮的灯光，全是大家利用业余时间搞起来的。铁建大队的篮球爱好者很多，再加上苑德贤也是个篮球迷，比较支持大家打篮球，所以篮球运动开展得非常活跃。

铁建大队男子篮球队由清一色的工人组成，曾经代表基建处参加全局系统的职工篮球赛，成绩名列三甲，在宁州地区也小有名气。

记得宁州当地一支受过专业训练的篮球队来访比赛，他们竟以二十分之差输给了铁建大队，并且输得心服口服。

苑德贤喜欢带着这支队伍四处"出访"比赛，他对待队员的态度也特别有意思：赢了球，他可以派自己的专车接送队员；输了球，再远的路也要队员自己走回去。

程浩的父亲程天元曾经是这支球队的教练兼队员。

程天元的球技出神入化，他曾经是铁道部火车头队的队员，由于在比赛中严重受伤，才退役来到南方局。当年我和程浩去看他父亲比赛，程浩常常会为他父亲的精彩表现自豪许久。

非常不幸的是，在一次铺架桥梁的过程中，轨排滑下戳伤了程叔叔的尾椎骨，由于救助不及时，造成了下身瘫痪。程浩也因此顶替了父亲的工作，过早地走入了社会。

球赛开始了，真是人声鼎沸、热闹非凡。

我们这里的文化生活太贫乏了，不到重大的节假日，几乎没有娱乐活动，电影又老是枯燥乏味的《红灯记》《杜鹃山》《沙家浜》，所以能够维系大家情感的，也就只有职工篮球赛了。因此，只要一有赛事，人们总是里三层、外三层地围个水泄不通。

今天我们的对手是南方局二十处代表队，由于是兄弟单位的球队，场上的局面显得既友好又热烈，每当有人打出好球，全场就会掌声雷动。

一个工友看见我过来了，给我让了个座。

我问他："开始多久了？"

他说："刚开始，这场球有得一看。"

我忽然发现苑小昕也在观众的行列，便悄悄起身走了过去。

我轻轻地喊了一声："嘿，小昕。"

小昕回过头来，惊喜地问："哎，是你，你也来看篮球赛。"

我说："闲来无事，出来散散心。"

“早就听说我们有一支不错的篮球队，今天特地来看看，果然不错。”小昕说。

我打趣道：“还不是你父亲带出来的，不好也得说好呀！”

小昕笑着说：“不要太偏激了，好的东西始终是好的，并不会因为个别人的因素就能改变。”

“呵，还很能替父圆场，真是虎父无犬女啊。”

小昕还是笑着说：“我只是很客观地说起一件事，看你，又说了一大串，分明是让人家没有开口的余地嘛！”

我也笑着说：“跟你开玩笑的，你不至于那么小气吧？”

小昕噘了一下嘴，说：“我是那么小气的人吗？”

球场上掌声如潮，叫好声此起彼伏。

借着这个机会，我主动对小昕说：“如果没什么事，我们出去走走吧？”

“上哪儿？”

“走到哪儿算哪儿。”

小昕点点头，表示同意。

我们离开喧嚣的人群，径直朝远处走去，当走到沅塘小学操场草地上的时候，还能听到球场发出的声音。

我们在一排水泥栏杆前停了下来。

这次是我先开的口：“认识一场，不妨告诉你一个我经常思考的问题：那就是怎样交朋友。有的人认为，朋友之间就应该心心相印、毫无保留，从思想到言行都要完全一致。也有的人认为，朋友只不过是拿来互相利用的工具，在某种特定的环境中，在共同的物质利益下，他们还能够和平共处、真诚以待，一旦这些外部条件消失，到了涉及切身利益的关键时刻，朋友便犹如被遗弃在地上的一张废纸，毫无价值。而现实生活中这两种交友形式都处处碰壁，令人难以从内心深处接受。

"好得过了头，一切归附于平淡，彼此间有意无意造成的伤害，往往比常人更为令人痛心。

"而表面谦和平静、实则心态各异的所谓朋友，他们的出发点本身就令人啼笑皆非，又怎能让人相信这种友谊的真实性。

"我总是在想，怎么才能和他人建立一种正常的、健康的、彼此都能够接受的新型关系，不知你有什么更好的看法?"

小昕说："说得好，有时候我也常常陷入这样的困惑，不知道该怎样交朋友、交什么样的朋友。现代人在交往的过程中似乎变得淡漠，也越来越小心谨慎了。大家在一种刻意营造出来的气氛中彬彬有礼、说说笑笑，而内心深处真挚、善良的东西却感受不到。很多时候我都在想，难道人们的神经都紧张到不敢说句真话的地步了吗? 你是第一个和我说这个话题的人，从交朋友延伸到整个人际关系变化的思考，我还想听听你的高见呢，怎么反而说起要请教我了呢。"

我说："其实我也并没有什么高见，只是觉得人们常常要受到许多外部因素的左右，例如现实的、物质的、利益的。再加上人本身也要受到自己观念、处境、心态的影响，所以难免会产生这样那样的摩擦，引起无休无止的争端。人应该如何正视人性的弱点和人格的缺陷，努力使自己变得自知和客观，寻求自己与群体、社会真正意义上的和谐，我也只能不断地思考、再思考。"

"唉!"小昕轻叹，"正是有许多说不清、道不明的东西，才使现今的社会成了这样。现在我经常怀念在技校的生活，大家在一起无忧无虑的日子，虽然有些想起来觉得很好笑，但那毕竟是自己一段难以忘怀的经历。"

我微笑着说："我们把自己过去的经历、家庭、爱好、趣闻告诉对方，不要有丝毫隐瞒，你说好不好？"

小昕说："好，那我先说，我家有四姐妹，我排行老三……"

我笑道："我听说了，分别是苑英昕、苑素昕、苑小昕、苑红昕，有意思，英、素、小、红，谁取的名字呀？"

小昕说："我父亲取的，因为他特别喜欢毛主席那首《沁园春·雪》，所以给我们取名字总是引用诗词上的字。"

"好像《沁园春·雪》里面没有'小'字啊！"

"是的，因为我出生的时候是最轻的一个，才四斤半，所以父亲才破例给我取名叫小昕。"

"有意思。"我说，"我听说你父亲是从济南铁路局调到我们南方局来的。"

"是的，那时候他听说'大三线'铁路建设需要大量的工程技术人员，所以就第一个报名来到了南方局。"

小昕接着说："我在读中学的时候，成绩很一般，但是自己还是很努力，只是有时候晚上跟二姐一起复习，看着看着书就睡着了。"

我笑出声来。

小昕说："别笑、别笑，傻笑什么，还让不让人说下去了。"

我忙止住笑，说："不敢了、不敢了，请继续说。"

小昕说："小时候，我们家的条件非常不好，母亲又没有工作，我最大的愿望就是父亲赶快下班，能给我带一个热乎乎的馒头回来。父亲真好，他每次都能够满足我的愿望。"

我心里想：别看苑德贤平素庄重威严，也有他温柔、慈爱的一面啊。

小昕说："我小时候就喜欢跟男孩子一起玩儿，因为男孩子大都心胸开阔、大度，没有女孩子那么小心眼、不易处，所以我的男性朋友总是比女性朋友多。"

我插了一句:"不是每个男人都是你说的那样'宰相肚里能撑船'的,你也真是,把男人都说成一种样子,是不是想在他们面前体现你女性的优越感啊!"

小昕说:"再贫嘴,我真不理你了。"

我笑着说:"不能不允许革命同志发言呀,你不是说你不会生气的吗?"

小昕也不计较,白了我一眼,浅笑着继续说:"我考入山海关技校后,当了班长。学校伙食差,晚上大家就偷偷翻过围墙,女生放哨,男生就去偷老乡的蔬菜。"

我大笑:"真有你们的,鬼子进庄扫荡啊!哎,怎么没有听到你谈起感情方面的事情?"我的心掠过一丝犹豫,但还是问出了口。

小昕不好意思地低下了头,随即还是大方地说:"倒是有几个男孩对我表示过意思,但我不想过早考虑这个问题,都被我拒绝了。我有一个玩儿得特别要好的男孩儿,我叫他'徒儿',我还带他到我大姐那里去玩儿过,连我大姐都误以为他是我男朋友,其实我们只是好朋友。"

我问:"到了单位,就没有几个追求者吗?"

小昕笑了笑,说:"有是有的,特别是有位技术员,情书写得特别棒,他每次借书给我看,信总是夹在书中,好几次我都很感动,心想再写几封我就答应他。"小昕娇娇的样子,令我有几分心动。

"很可惜,后来不知道什么原因他不写了。"

"看来还是信心不足啊。"我说。

小昕说:"我们的团支部书记也特别有意思,对我的事非常殷勤。有一次他到我的宿舍来玩,言辞恳切地一定要和我确定恋爱关系，我急得直摆手：'不是这样的，不是这样的。'"

我笑着说："一个性急的追求者，把姑娘都吓坏了，念他一片痴心，你何不答应他呢？"

小昕微笑不答，转而又对我说："该你说了。"

"好，那就听听我的故事吧。"我说，"在我读书的时候，成绩还是相当不错的，就是很调皮，架也打了不少。"

小昕逗我："赢得多还是输得多？"

我不好意思地摆摆手，说："惭愧，输赢都有。"

"我没有你命好，我父母亲都是普通工人，所以也只有当工人的命。我家只有我们姐弟俩，姐姐叫曹妍，她很能干，对我影响也是最大的。"

"曹妍？这个名字好熟悉。"小昕说。

"和你不同，小时候我父母的工作是比较忙的，没有时间照顾我们，我母亲就想了一个很无奈的办法，让年长我几岁的姐姐用一根绳子拴住我的腰，不让我乱跑。姐姐那时也还小，我们常常摔得鼻青脸肿，就这样，我们一天天长大了。"

小昕静静地听着，沉思良久。

"我母亲是一个有文化的人，所以从小对我们的要求格外严格，她不仅对我们的学习抓得紧，还经常向我们推荐一些有意义的书籍，以提高我们的修养。"

小昕突然插了一句："小时候你父母有没有打过你？"

我说："可没少打，不过疼过以后，就什么都忘了。"

小昕一阵"幸灾乐祸"的欢笑。

"我是前年参加工作的，说起来也算是'三老'工人了。当时一起参加招工考试的同学有二百多人，现在都分在基建处的各个单位。"

小昕说："真不少呀。"

"一起参加工作的同学虽然来自天南海北，但我们很团结、友爱，临近分配，很多人流下了伤心的眼泪。"

小昕若有所思地听着。

"我印象最深的一件事，就是一位来自贵州惠水的少数民族同学，在分离的时候为我们唱了一首惠水民歌，歌词大意是一位十八岁的美丽少女送自己的情哥上路远行，旋律优美动听，民族味和思乡味特别浓。"

小昕饶有兴趣地说："唱几句我听听，好不好？"

我轻轻地唱了起来："好花红、好花香，好花生在刺梨树耶……送哥送到小桥头啊，那桥边有对酸石榴耶……多送五里怕人笑啊，少送五里心不安耶。"

小昕鼓起掌："真好听。"

"就是，它带给我一种云贵高原芬芳泥土的气息，听起来真的很舒服。"

小昕会心地笑了。

"以前没在铁路干过，不知道筑路者的艰辛，等真正到了单位，才知道父辈们是怎样走过来的。说实在的，如果让我重新选择，我都不会选择到铁路上来，因为在这里我耳闻目睹了太多的心酸。我父亲曾告诉我，在修建成昆铁路的时候，有的人失去了宝贵的生命，有的人落下了终身的残疾。我就亲身经历过这样一件事：和我们朝夕相处的一位老师傅，在一次铺轨的过程中，连续工作了三昼夜，在坐下休息的时候再也没有醒过来。倒不是我怕苦怕累，而是从我自身来说，太想换个环境，过一过安安稳稳的日子了。小昕，你懂我的意思吗？"

小昕说："我很理解。"

……

我们一直谈到深夜，小昕才依依不舍地说："唉，好长时间没有这样与人畅快地交谈了，今天晚上我特别开心，曹滢，真的谢谢你。"

我说："能够得到苑小昕同志的赞许，我真是有点受宠若惊，但愿能够留给苑同志美好的印象。"

我们相视而笑。

今天，铁建大队男子篮球队又以大比分战胜了"来访"的对手。

第四章　冲　突

"我"与余国志的冲突。

全处范围内都在组织学习《人民日报》二月二十八日发表的初澜的文章《评晋剧〈三上桃峰〉》。

我碰到程浩的时候，已是回到珑坪的第二天，一进宿舍的门他就在喊："哎呀！小子，走了几天怪想你的，又回家混革命伙食去了。"

我笑着说："哪像你一心扑在工作上，连个家也不想回，白姨在我面前都怪了你好几回了。"我边说着边将他母亲带的蜂蜜拿给他："这是白姨给你的。"

"唉"，程浩面带微笑地应道。

我问他："现在工程进展得怎么样了？"

程浩说："现在没有前段时间铺得快，前几天叶顶文也来视察了几次，但也没管什么用。"

叶顶文是基建处的处长兼政委，著名的"三八"（1938 年参加工作）干部。

我问程浩："《人民日报》二月二十八日发表的文章你学习了吗？"

"学习过了，并且《三上桃峰》这部晋剧我也知道剧情。"

"你是怎么知道的？"我奇怪地问。

"我们单位的一个同事正好是山西人，他们家离这个晋剧团比较近，而且他回家探亲的时候还看过这部剧，因此就比较熟悉。"

"剧情是什么呢？"

"说的是一个生产队的一名社员，将一匹有病的马卖给了另外一个生产队，这个卖马的生产队发现后，认为这是不妥当的事，坚决要求退款还马；买马的生产队知道原委后，没有责怪卖马的生产队，而是留下马匹参加生产，两个生产队体现出来的互帮互助的新风尚一时间传为佳话。"

"为什么这样的剧情也会被批判呢？"

"也许，这就是生活的一部分吧。"程浩说。

程浩的话，我深表认同。

我问程浩："叶顶文来视察，陶潜民就没有一起来？"

程浩讪笑着说："你看到过老鼠和猫握手言欢的场面吗？"

我点点头，表示明白了。

叶顶文在这个处当处长的时候，我还只是个八九岁的孩子。

叶顶文是山东人，骨子里自然透着山东人的豪迈和直率，他是参加过解放战争的功臣，在带领铁道兵之前就被授予了大校军衔。

我从没有见过像叶顶文那样平易近人、关心工人、真正和工人们打成一片的领导干部。他每次来前方视察工作，总是要和大家并肩劳动、同吃同住。而且工闲之余，也喜欢与大家拉拉家常、摸摸大家的情况，当他发现有人有什么实际困难无法克服时，总会想方设法帮助解决，因此，他在全处职工中的威信是极高的。

叶顶文在当基建处处长的时候，陶潜民只不过是铁建二队一名小小的线路工。

现在，陶潜民是处内的二把手了。

陶潜民是四川人，青年时期的陶潜民曾经是成都茶馆的说书人，因此口才很好，思维敏捷。

在那个年代，陶潜民有着其他人无可比拟的优势——初中文化，经过他自己多年的辛勤工作、积极上进，同时也经过包括叶顶文在内的各级领导多方提携、着力培养，他终于走到现在的领导岗位上。

叶顶文和陶潜民有许多相同之处：他们都是基建处的第一批开拓者；都是参加过基建处各条铁路建设的见证人……

叶顶文和陶潜民也有着许多不同之处：叶顶文的山东人意识特别强烈，他所选拔、任用的各级干部，大部分是山东籍（包括苑德贤在内），而且在对待处内来自其他省份干部的态度上，向来有一种居高临下的态势，这也引起了处内很多人的不满。

陶潜民的优点之一，就是他在与方方面面的人交往的过程中，非常注重感情交流。他会以一种客观、温和的态度对待部下所犯的一个个小错误，也能够在日常的工作中认真地听取大家的意见。在对待处内知识分子问题上，他比叶顶文明智，谦逊、包容、帮助是他的一贯作风。平心而论，陶潜民的工作能力一般，然而因为他在人际关系上的倍加殷勤，使他得以弥补了这一方面的不足。

陶潜民是个权力欲望强烈的人，几乎处内所有的大小事务他都要插手过问。正是基于这些，他与叶顶文的关系矛盾渐大、积怨日深。

叶顶文是一个自我约束力较好的人，在对待子女问题上，叶顶文常常要求他们从基层工人做起，一步一个脚印地夯实自己的基础。

陶潜民则不然，他的子女大都不经过基层锻炼而直接走上重要岗位，他还有任人唯亲的习惯，对此职工颇有微词。

我问程浩："你看叶、陶之争，究竟会鹿死谁手？"

程浩说:"现在还很难讲,谁制服谁都不是一件容易的事,借用当下的一句话:'不是东风压倒西风,就是西风压倒东风。'"

……

沐浴着早晨的雾霭,我们又投入新的一天中来,今天的工作,照例是拼装轨排,在余国志的吆喝声中,大家都紧锣密鼓地干了起来。

基建处是南方局范围内一个专业性很强的处,它主管新建铁路的铺轨、架桥、运输、临管等业务,在南方局乃至整个铁道部都是出了名的"开路先锋队"。这其中有许多纪录至今是基建处所保持的:拥有全路第一台架桥机和为数不多的 PZ - 25 米铺轨机;在湘黔线创造日单班(15 小时)铺轨 3.6 公里、架 24 米梁 6 孔、架 32 米梁(20 小时)5 孔的全国纪录;作业场也有拼装轨排(8 小时)800 米、上碴整道 340314 立方米的好成绩。所有这些成果的取得,无不倾注着基建处广大干部职工的心血和汗水。

当年在成昆线、贵昆线、湘黔线,很多地方是不能用机械铺轨的,大家就用肩膀抬、用绳子拉,一点一点、一寸一寸地修成被后人称为黄金通道的铁路。我曾经不止一次地想过:千千万万生活、工作在南方局的人们,当他们凝望着这洒满自己青春和汗水的千里铁道线时,不必再为无情时光的匆匆流逝而伤感落泪了。

罗伯伯和我分在一组,一同用撬棍翻弄钢轨上的枕木,看见他上气不接下气的样子,我忙招呼他快坐下,让年轻人多干一点儿。

罗伯伯和他爱人柳姨(柳慧云,曾是基建处医院内科大夫)的命运,则是我所见过的最为坎坷多变的一对。

罗伯伯以前是"伪中央南京大学"毕业,又是公费赴日留学的留学生;柳姨在就读大学期间曾经参加过"三青团",因此他们就成了基建处有名的几对被"严重甄别、关注的对象"之一。由于种种原因，罗伯伯被下放到铁建一队三工班参加劳动，再也没有回到他心爱的工程技术岗位。柳姨则被勒令离开基建处医院，到铁建二队做了一名随队医生。

我问罗伯伯："这次到地方医院检查，情况怎么样，柳姨给您带的治肝病的药，您没有吃吗?"

罗伯伯说："吃是吃了，也没见什么好的效果，听天由命吧。小滢，你父母的关系好一点儿了吗?"

"还是老样子，有什么办法呀，他们的感情裂痕，看来是永远弥补不了了。"

"唉，看到你，我又想起你柳姨跟你母亲说的一句话：但愿下一代再也不会像我们这样了。"

我茫然若失，不知道将来会是什么样子。

罗伯伯接着说："这次能够到地方医院检查身体，费用又得到了全部的报销，多亏了陶主任的帮忙，他可真是个大好人啊!"

我心想：不可否认，陶潜民有时候在对待弱者上，确实做得很不错。

"罗伯伯，其实您的性子也不必太急了，像上次，上面找您谈话，您不该怒骂找您谈话的人员，也许暂时忍耐一下，就能……"我欲言又止。

罗伯伯激愤地说："小滢!你难道认为一个遭受了万般冤屈和折磨的人，仅仅需要一种近乎施舍的安慰?你难道认为一个本身就是错误的决定，仅仅是一种形式就能补偿?不，我什么都不需要!"

我再也不敢说什么。

余国志大概嫌我们坐得太久了，走过来骂了几句，我瞪了他一眼，继续干活。

余国志这两天心情不好，由于运送轨排不及时，他被队长江洪信狠狠地骂了一顿，所以就把怨气全都撒到我们身上了。

余国志余恨未消地训斥罗伯伯："老罗！你也是一把年纪的人了，怎么总是喜欢偷懒，不要忘记了你的身份，告诉你，再这个样子，老子叫你一个人干完！"

罗伯伯默默无言地忍耐着。

余国志此举分明是"杀鸡儆猴"，好给大家一个下马威，要一耍自己的威风。他拿体弱多病的罗伯伯开刀，让我很是气愤，我说："余工长，老罗他身体有病，是我让他休息的，你有什么话冲我讲好了。"

"冲你讲，你算老几，你有什么资格说话。告诉你，小子，别不识抬举，要不然没你的好果子吃！"

我平静地说："余工长，有话好说，请不要开口骂人。"

"咦，"飞扬跋扈惯了的余国志，对我这不卑不亢的态度有些火冒三丈，他一把抓过我的衣领，恶狠狠地说，"小子，你今天想怎么样？"

我冷冷地说："把手拿开！"

余国志大概觉得面子上下不来，变本加厉地用力推搡着我："不拿开，你敢怎么样！"

我"啪"的一拳，打了他一个趔趄，使他跌倒在地上，这下可激怒了余国志，他"呼"地抽出一根撬棍，向我横空扫来。我闪身躲过，顺手抄起一根撬棍，准备迎击。围观的众人一看事情闹大了，慌忙把我们拉开。余国志一边挣扎，一边骂不绝口："小子，你给我等着，咱们没完！"我冷笑着说："余国志，我奉陪到底！"

江洪信不知什么时候得到消息，大步流星地赶了过来。使我大惑不解的是，刚才还活蹦乱跳、恶语伤人的余国志，不知哪根神经接错了方位，看见江洪信过来，他一个"就地十八滚"，倒在地上不省人事。

江洪信一边命人搀扶起余国志去卫生所，一边叫人继续干活，对我则是一声怒吼："曹滢！跟我到办公室去！"

因为这件事我在全处出了名，据说苑德贤知道后大为震怒，亏得江洪信多方担保，才没有对我进行更加严厉的惩罚。

江洪信为严明纪律，让我立即停工写检查，扣除半个月工资，并且在全队作了通报批评。余国志很狡猾，本来没有受伤，可就是赖在床上不起来，这样一来，他的工资、误工费、营养费就自然而然落在我的身上了。

后来罗伯伯买了不少慰问品去看余国志，好话说了一箩筐，余国志这才上了班。

我虽然受到了处分，但是我的内心是高兴的，因为自此以后，余国志对待大家的嚣张气焰被打了下去，工班里紧张对立的工作关系有所缓解。大家背地里都对我说：小滢，你干得漂亮，余国志老实多了。我无可奈何地直笑。

罗伯伯看来是快不行了，医院通知他赶紧住院，余国志这次也特别"开恩"，让我回沅塘照顾他。

第五章 情 殇

那些在红尘中沉浮的人们。

母亲又在为一些琐事烦恼了。

她让铁建二队一名工人回贵阳时给她带一些布料回来，钱明明是给了这位工人，阮姨也在场看见的，然而这位工人回来后，东西没买，钱也不承认拿过。母亲气愤不过，找阮姨做证，阮姨淡淡地说："我不记得了。"这笔钱最终没有收回来。

母亲给我说起这件事的时候脸色铁青，认为阮姨明明在场却说不知道，真的很不够意思。我心平气和地告诉母亲："妈，她也有她的难处，也许是她经历的风波实在是太多了，真的不想再招惹什么是非了。"母亲听后觉得在理，气也慢慢消了。

照顾病人的工作其实还是很清闲的，每天替罗伯伯烧烧水、煎煎药、打打饭，柳姨还不时回医院看望罗伯伯，他们二老生怕拖累了我，自己力所能及的事是从来不让我干的。

这段时间，姐姐的男朋友樊哥不时到我家帮忙干一些家务，母亲觉得省心多了。

樊哥叫樊旦兮，一个留着小平头、穿着四个兜军干服的中学教师。

"樊旦兮"，好古怪的名字，每次我一听到"旦、兮"这两个字，就会想起屈原《离骚》中的"路漫漫其修远兮，吾将上下而求索"。所以姐姐向我介绍樊哥的时候，我偷着笑了好久。

姐姐和樊哥相恋多年，他爱她温柔贤淑、体贴入微，她爱他忠厚善良、待人诚恳。两人在一起的时候，有说不完的知心话，好多人都说他们将来一定是幸福美满的一对。实际上樊哥也时常以曹家"准女婿"的身份帮助家里干这干那，母亲打心眼里喜欢这个踏实稳重的小伙子。

当姐姐做出要去黄溪插队落户的决定时，一向不干涉姐姐行动自由的樊哥开口了："曹妍，你一个女孩子去农村是不明智的，况且以后招工回城的机会渺茫，什么时候回得来还是个未知数，你不想别的，总该想想咱们的未来吧。"

"旦兮，我现在的家庭条件不好，小滢还小，不能照顾自己，既然我们俩总要有一个人下去，那就让我下去吧！"姐姐用这样的话回答了樊哥。

看着事情已不可逆转，痴心、执着的樊哥说了一句令姐姐无比激动的话："去吧，请记住，不管你将来成为什么样子，我都会等着你。"

送姐姐的路上，我怯怯地对姐姐说："姐姐，不知为什么我总有一种直觉，你和樊哥不会在一起，真的……"

姐姐一把捂住我的嘴："傻孩子，不许胡说！"

姐姐走后，樊哥依然来我家帮忙，而且总是认认真真地做完，无声无息地离开……

今天下午，处医院召开全院范围内的"忆苦思甜"大会。

处医院在基建处虽然只算得上是一个小单位，但是这里的人际关系却非常紧张，连丁叔这样老实的人也曾经有过"咱们医院啊，就是庙小妖风大呀"的感慨。

趁着没人注意，我偷偷溜进去旁听了会议，在医院树立的几个"忆苦思甜"典型中，数外科的严玉婉大夫讲得最为生动。看着她声泪俱下、痛不欲生的样子，我真为她在旧社会遭受的种种非人待遇深表同情。

然而晚上母亲她们几个一碰头，却为这事笑得前仰后合，其中白姨笑得最为厉害："想不到地主出身的人也能够'忆苦思甜'。"

严大夫的确有些与众不同的地方：比如她对待任何人都是笑脸相迎、嘘寒问暖，可就是有许多人躲着她、避着她。

她在医院没有几个知心朋友，但医院党领导却特别信任、器重她。

她出生在地主家庭，但每次类似"忆苦思甜"之类的活动，她都能够顺利出席。

严大夫跟母亲她们几个虽然谈不上有什么尖锐的矛盾，但也没有什么深厚交情。医院议论严大夫的人很多，她要在这样一种环境中生存下去，想来也是件相当不容易的事。

我从别的渠道了解到，严大夫有过一段浪漫且忧伤的爱情史，她和现在的外科大夫尤可新是同班同学，两人的感情曾经发展到谈婚论嫁的阶段。然而最终两人还是没有走到一起，原因是尤大夫觉得严大夫心计太深。

尤大夫的医术高超，全院有名，他是集人品、才能、容貌于一身的好男人。他现在的妻子是处医院的会计，有两个聪明、可爱的女儿。

有一次，沅塘一位老乡的孩子在放牛的途中摔成重伤，差点要进行截肢手术，是尤大夫奇迹般地帮他接好了骨头，这位老乡为了感谢尤大夫的救命之恩，还特意为其孩子改了名字——唐从铁。

尤大夫此生最为遗憾的一件事，是他的小女儿在幼年时口服了一种预防小儿麻痹症的药剂，药物说明书上说这种药剂只对万分之零点几的人有副作用，非常的不幸，他女儿竟成了这万分之零点几中的一个，最终造成了下肢偏瘫。此后尤大夫跑遍了各大城市的著名医院，寻医问药，但终告无果。

也许是爱得太深，也许是羡慕别人过得太好，严大夫对尤大夫一贯是百般刁难、恶言相向，尤大夫只能忍气吞声、退避三舍。

我在给罗伯伯煎药的时候，不小心烫伤了手，只能去外科敷药。严大夫看见我进来，热情地喊了我一声："小滢，你来了，快进来坐。"

我有些吃惊，因为我跟严大夫并不熟悉："严大夫，我的手烫伤了，能不能帮我搽点药？"

严大夫微微一笑，说："好的，我来处理。"她还说，"你不要叫我严大夫，叫我严姨好吗？"

"好的。"我怯怯地说。

"怎么样，现在工作紧张吗？"她问我。

"挺忙的，常常是一个人当成两个人来用，好在我们已经习惯了。"我说。

"你也要注意安全啊。"严大夫一边帮我处理伤口，一边帮我把身上的灰尘拍打干净，还顺便将我的衣领整理了一下，她女性的温柔让我感到特别的温暖。这难道就是传说中的严大夫吗？我开始觉得某些人说严大夫的话是别有用心的。

"小滢，你父母的关系怎么样了？"

我想不到严大夫也会说起这个话题，一时间竟找不到合适的语言回答："还……还是老样子。"

"唉，其实女人都是很心软的，要哄、要疼，你父亲显然是不明白这个道理，才把家庭关系搞成这样。"

我一时语塞，不知道如何回答才好。

医院党总支书记出现在外科的门口，严大夫微笑着迎了上去。党总支书记是个大大咧咧的人，开口便道："小严，你上次汇报的那个情况……"严大夫微笑制止，然后两人进了里间去说话。

我感觉别扭，准备等严大夫出来后道个别就走，这时尤大夫走进了办公室。我轻轻地喊了一句："尤大夫。"

尤大夫看见了我，回了一句："小滢，来看病啊。"

"是。"我说。

严大夫和党总支书记听到了外面的动静，走了出来，党总支书记竟然没有正眼看一下尤大夫，径直朝门口走去。严大夫迅速走向办公桌，将一瓶准备好的辣椒酱拿了出来，向门口送去，党总支书记推辞了一下，接受后走了。远远地，严大夫还在喊："秦书记，没事上家坐坐。"党总支书记回头挥手致意。

回过头来的严大夫，表情是严肃的，她问了一句尤大夫："你今天为什么迟到了？"

尤大夫尴尬地说："我小孩儿今天发烧了，我要照顾她一下，所以就……"

严大夫轻轻地叹了一口气："这已经不是第一次了，你如果对待工作是这样一种态度，你自己说该怎么办吧。"

外科办公室陷入无声的沉寂。

我静静地站起来，看了一眼尤大夫，对严大夫说："严姨，我回去了。"

"你回去吧。"

我就这样离开了外科办公室。

通过跟严大夫和尤大夫的接触，我真正感受到了他们的爱恨心结，然而在这样一种环境中，他们怎样才能和平相处下去，我不禁为他们担心起来。

一场悲剧终于发生了。一天下午，我乘车去宁州为罗伯伯取中药，回到医院，发现外科站着不少公安科的工作人员，围观的医生、护士也是成群结队的，一打听才知道，原来尤大夫在一次口角中竟然杀了严大夫！他自己也在极度恐慌、悔恨中拿刀自杀了。

多么可怕的结局，这场悲剧本来完全可以避免的。

严大夫，如果你从一个科室负责人的角度出发，而不是出于不正常、带偏见的心态，指责尤大夫不用碘酒为工人清洗伤口是"祸害阶级弟兄"，尤大夫那颗压抑、失意的心也不会做发出雷霆一怒。尤大夫，如果你真正了解一个女人痛苦、痴迷的心，从一个更高角度理智、友善地对待这一场并不算小事的"风波"，你也不会做出如此疯狂、错误的决定。

我不知道严大夫走得是否安详，对这个人世间还有没有一丝哀怨，也不知道尤大夫一念之差的行为过后，想没想到他那病中的孩子，然而一切都已经太晚了。

母亲她们几个在谈论起这件事的时候，常常是泪流满面。我从心底无声地呐喊：红尘中的人们啊！你们什么时候才能大彻大悟啊！

第六章　童趣

我们与沉塘小学的孩子们互动。

丁叔和沉塘站的刘站长来我家找我。

我笑着问丁叔："您找我有什么好事呀？"

丁叔笑着说："小滢，没别的，根据铁道部爱委会关于'除四害、讲卫生'的文件通知，我们应该到沉塘小学进行卫生知识宣传，而刘站长正好也要到沉塘小学进行'路外人身安全'教育，我们俩一商量，就想到了你。"

"想到我有什么用啊？"

"我们正好缺个人帮我们拿宣传图板，本来想在单位找，因为大家都挺忙的，一时半会儿也没有找到合适的人选，你不是正好在我们医院照顾病人嘛，于是我就想起了你，才和刘站长过来找你。"

我笑着说："找我也没有用啊，您得给我们铁建一队打招呼，江洪信不同意我也不敢去啊。"

丁叔说："早知道你小子会这样说，我已经给你们江队长打过电话了，他同意，你就跟我们去吧！"

母亲也在旁边让我陪他们去，我这才同意。

我们走进沉塘小学校门的时候，孩子们都蜂拥而出，前来欢迎我们，小学校长老远伸出双手，走在队伍的最前面。

沉塘小学是那种典型的乡村小学，校舍简陋、门窗破败，但是看着一个个绽放出纯真笑容的孩子，我的心仿佛也年轻了许多，回到了属于自己的孩童时代。

一个小男孩儿对我说："哥哥，你拿的画板上的苍蝇好大呀，它怎么是被人踩死的，而不是被苍蝇拍打死的呢？"

我忍俊不禁，说："小同学，也许这样你们才能记住苍蝇的可恶，才知道讲究卫生、减少疾病的重要啊！"

孩子们都高兴地拍起手来。

会场早就布置好了，它就在学校的操场上，小学校长还把自己的三尺讲台搬到了操场上。待我们把宣传品布置完毕，小学校长就开始了他的开场白："感谢铁路局的领导同志对我们工作的大力支持，今天特别派出沅塘站的刘站长和铁路医院的丁医生对我们进行'路外人身安全'和'除四害、讲卫生'宣传教育，同学们要认真听、认真记，这样对于大家、对于学校都是有好处的，我们难得有这样的机会。下面，我们就以热烈的掌声，欢迎刘站长、丁医生给我们讲话。"

全场掌声雷动。

刘站长率先上台，一上台就行了一个标准的军礼，让我想起了《红灯记》中的李玉和，台下再次响起掌声。

"早就想来看望大家了，一直工作忙，没有时间，今天能够来到这里，主要是来向大家学习，来向大家致敬的。"台下掌声再次响起。

我心想：刘站长也会说些时下流行的话语。

"我们知道，安全是铁路永恒的主题，铁路安全是事关千家万户幸福的大事，虽然铁路部门每年做了大量的工作，制定了不少的措施，但是涉及人身伤亡的，特别是路外人身伤亡的事故还是时有发生。这有我们宣传力度不够的问题，也有人为的问题，那就是对铁路人身安全重视程度不够的问题、习惯的问题、轻视的问题。大家看到沅塘站东头那块'一停、二看、三通过'的牌子了吗?"刘站长问。

"看到了。"同学们齐声回答。

"那不是随便说出来的一个标语,那是经过无数次血肉教训、无数次残酷现实得出来的真知灼见。同学们在放学回家的时候,一定不要走道心、枕木,一定不要在铁轨上放置杂物,也不能够在路肩、边坡上玩耍,你们都是国家、家庭的未来,损失任何一个我们都会感到痛心的。"

台下再次响起掌声。

刘站长说:"湘西这个地方特殊,由于从前大家没有见过火车,再加上现今的通车里程也不长,所以大家对铁路的理解也是千奇百怪的。我在修铁路的时候,有一次坐着轨道车出去检查工作,在半路上碰见一位老大爷站在道心中间,并挥舞着手中的纸币向我们招手,搞得司机紧急停车。问他要干什么,他回答,想搭便车到前面的集市赶集。他把轨道车当成了公交车,认为是可以招手就停的。"

孩子们笑成一片。

刘站长又说:"这还不是最好笑的呢,我们在修建湘黔铁路的时候,有一次铁路铺轨经过一处苗寨,当地的苗族青年误认为我们的火车是'铁牛',把他们家里的黄豆、苞谷一筐筐地拿出来喂'铁牛',把我们逗得哈哈大笑!"

台下的孩子们笑得更欢了。

"这些都是大家不认识、不理解造成的,所以我们铁路局特别重视人身安全教育从孩子们抓起,每年铁路沿线的学校和居民区,我们都会登门造访。大家不能小看了这些安全谈话,从我带来的这些触目惊心的宣传画中,大家就应该明白了'违章就是杀人、违章就是自杀'的道理。我相信，只要我们大家共同努力、认真对待，就一定会迎来路地联手、共保安全的良好局面！"

刘站长再次行了一个军礼，孩子们的掌声更响亮、更密集了。

刘站长退下去后，丁叔走上了前台，他不紧不慢地扶了一下眼镜，开始了他的讲话："同学们，这次来学校做'除四害、讲卫生'的宣传，我的心中是非常高兴的，因为我们农村的卫生状况还是比较糟糕的，的确有改善的空间和必要。"

我心想：丁叔讲起话来还是这么文绉绉的。

丁叔接着说："大家知道，我们所说的'四害'是蚊子、老鼠、苍蝇、麻雀四种生物，它们都是能够引起传染性疾病和病毒性疾病的生物，许多种疾病的产生和发展都是来自这些生物的病原体，特别是老鼠……"丁叔可能觉得"老鼠"一词对于农村的孩子来说未必能够听懂，突然来了一句："大家知道老鼠是什么吗？"

台下的孩子们不知道上面这位伯伯到底要表达什么意思，全都面面相觑，竟无人回答丁叔的问题。

"老鼠就是那个耗子啊。"

"哈哈哈哈……"孩子们这才明白丁叔要讲的是什么，不禁为他这画蛇添足的说法哈哈大笑。

丁叔又扶了扶眼镜："对待这些生物的方法，就是要注意好个人卫生和环境卫生。例如自己的碗、筷要洗净、收好，以免老鼠爬过或舔食，引起出血热等疾病。不要让自己居住的环境周围形成小水塘、小水坑，避免蚊子繁殖。不要乱丢垃圾和随地大小便，免得引起苍蝇肆虐。至于对待麻雀的方法，那就是要准备好箩筐和纱罩，保护好自己的谷物，以免它叼食。当然，麻雀算不算得上'四害'，还真的值得商榷……"

上海人又较起了真。

"刚才有人问这位哥哥，为什么要把苍蝇和其他祸害画这么大，而踩在它们身上的脚又是那么强劲、有力。我就是要加大它的宣传效果，好让大家知道我们对待'四害'就要像对待我们的敌人一样，要坚决、彻底地把它们消灭干净！"

我看了丁叔一眼，心想：您怎么又把我给扯进去了。

"前一阵子我到农村去巡回医疗，发现农村的卫生状况的确是不让人乐观的，先不要说蚊蝇遍地、猪粪横流这种状况，就是生吃瓜果要洗净，要饮用干净、卫生的清洁用水这样的基本知识，可能也要重新普及宣传、教育。"

我又看了一眼丁叔。

"但是我有信心、有决心、有恒心做好自己的工作，大家知道为什么吗？"

丁叔一连说了三个"心"，大家都屏住呼吸，想听听丁叔究竟要说些什么。

"因为你们是我们的父老乡亲，是我们荣辱与共、互相扶持的亲人，外国人嘲笑我们这也不行那也不行，有个叫安东尼奥尼的意大利导演，到了中国只采访、拍摄我们阴暗、灰色的一面，从不报道我们欣欣向荣、团结一心的一面，这其中就有卫生状况差的报道。我要说的是，没有一个民族不是通过学习、改善而得到发展的，我要告诉他们的是，我们不怕耻笑、不怕批评，只要我们万众一心、勇于学习，就一定会迎来我们国家繁荣发展的一天。"

掌声，经久不息的掌声，我的眼睛湿润了。

丁叔平息了一下自己激动的心情，扶了扶眼镜，接着说："我相信，只要我们齐心协力、共同努力，真正做到讲究卫生、减少疾病，就一定不会让'四害'横行起来！"

同学们再次把热情的掌声献给了丁叔。

接下来的活动,是自由参观,同学们三五成群、牵手搭肩,认真地观看着我们带来的这些图板,有的同学还围着丁叔和刘站长,继续交流着一些心得,愉快的心情写在了每个人的脸上。

我们一直等到夜幕降临、日落西山,才收拾起摊子回单位。在回来的路上我对丁叔和刘站长说:"跟您二位一起工作可真长见识!"二人同样高兴得哈哈大笑。

第七章　事　故

我们在架设小思河桥的过程中发生了事故。

　　我眼中的小思河桥，并不像想象中那么雄伟、高大，它坐落在两座大山之间一处相对平坦的地势之上，远远望去，就像一个孤独的守望者。小思河的水一点也不湍急，它像一个精巧的计时工具，无论你打扰与否，依然静静地、缓缓地向下游流去。

　　小思河的桥墩早已被南方局别的工程处浇筑完毕，正等着我们基建处的架桥机把桥梁架设起来。由于铁建一队架桥机班的工作量越来越大，人手也越来越紧张，江洪信特别命令余国志带着我、解小虎、王国栋、胡谦等四位有架桥经验的职工参加小思河桥的架设工作，我们就这样随着架桥机班来到了小思河工地。

　　我目测了一下小思河桥墩之间的距离，发现桥墩之间的跨度并不大，我们平板车上装着的二十四米预制梁足以将它架设完毕，但是桥墩的高度却很深，每根桥墩足有十七八米高，中心的一处甚至有二十几米，人站在高处往下看，多少有些眩晕的感觉。

　　早上八点三十分许，我们开始了架设小思河桥梁的工作。

　　按照惯例，架桥机先放下了它的支撑腿，然后打开起重臂送两名工友到将要架设的第一个桥墩上去。今天老天爷好像存心跟我们作对似的，吹起来的风力有些偏大，我看见两位工友在空中摇晃，很费了一番周折才安全地落在桥墩上。

我们的任务是给预制梁套上钢丝绳，让架桥机的起重臂能够顺利地将预制梁放到桥墩上。我和解小虎一组，王国栋和胡谦一组，余国志站在平板车下指挥。由于我们架设过许多座桥，有的大桥甚至比小思河桥的地理位置还要险峻，因此，对这项工作的操作还是比较得心应手的。我们知道这项工作的要点就是不要让钢丝绳打结，所以，特别准备了小撬棍随时校正钢丝绳的位置。

一切似乎都很顺利，固定架顺利落在桥墩上，起重臂适时吊起预制梁，作平行移动，起重臂的液压部分分段展开，节节向前推进，就在桥墩上的两名工友向走行司机作出手势，希望预制梁再向前走一点的时候，意外发生了。

架桥机由于起重臂重心前移，力量全部向前倾斜，再加上支撑腿设在软土上，没有起到太多的支撑作用，致使架桥机由于起重臂承重太多而向前侧翻。站在架桥机上的三十多位机组人员站立不稳，纷纷向两侧跳下了车。大家都被这突如其来的变故惊呆了，余国志非常有经验，他一面大声叫喊"大家不要慌"，一面指挥架桥机上下来的人和平板车上的人向后疏散。我和解小虎发现人群中有好几个受伤的，慌忙从平板车上跳下来搀扶着伤员向后转移。就在这时，吊着预制梁的钢丝绳突然发生了断裂，只听得"啪"的一声，失控的钢丝绳就像一支威力无比的梢棍，呼啸着向我们这边扫来，钢丝绳的前端正冲着解小虎的后脑勺。

就在这千钧一发的时候，余国志一个箭步冲了上去，一把推开解小虎，只听得"梆"的一声，钢丝绳正中余国志的脑袋，余国志直挺挺地倒了下去。我和解小虎马上围了过去，大声呼喊着："老余！老余！"余国志艰难地睁开了眼睛，殷红的鲜血顺着他的额头流了下来，他无神地看了我们一眼，随即就闭上了眼睛。已是满脸泪水的解小虎顾不了许多，马上背起余国志向停放着汽车的空场地走去。大家也相互搀扶，向这边的场地走来，混乱的场面犹如突然从山那边来了一群逃难的人群。

汽车还未到达宁州南方局医院的门口，余国志就断了气。看着余国志还算安详的面容，我的心都碎了。等余国志的妻子赶到南方局医院急救室的时候，一时接受不了这一残酷的现实，当场昏厥了过去。等醒过来的时候，她一面哭泣，一面埋怨着余国志："你怎么就这样走了，就这样走了，孩子们都半大不大的，你让我们娘几个该怎么过呀……"

泪水从我的眼睛里夺眶而出，仿佛空气都凝固了，此时我脑子里一片空白，只听到急救室里一片哭泣声。

江洪信也赶来了，他一面强忍着泪水安慰着余国志的妻子，一面对我们几个说："赶紧找一身干净衣服给老余换上吧！"

我们翻遍了余国志家的箱箱柜柜，也没有找到一件像样的衣服，没有办法，只得将他留下来的一套崭新的铁路制服拿出来给他换上。

待余国志的父亲得到消息赶到的时候，已是余国志牺牲三天后的事。让大家意想不到的是，余国志的父亲竟然是河北沧州地区的地委副书记，一位参加过长征的老红军。余国志有这样显赫的家庭背景，本可以调离这一艰苦、危险的工作环境，到别的地方单位去开拓一片新天地，但他就是没有这样做，是对这份充满酸甜苦辣的铁路事业有万分的留恋吗？我们百思不得其解。

余国志的父亲对我们单位没有提出任何要求。当苑德贤代表基建处党、政领导前来探望他的时候，一连说了好多个"对不起"。他说，这是谁也不愿意看到的事情，从事铁路这一行就意味着有许多危险性，这是我们的工作性质所决定的，请他老人家能够理解，叶处长、陶主任随后就会亲自来探望他，有什么要求可以尽管提出来，我们能够办到的一定尽量解决。老人家紧紧握住苑德贤的手，镇定而又平静地说："事情的经过我已经知道了，大家已经尽力了，我也深表感谢，余国志既然选择从事铁路工作，我也支持他的选择，如果说还有什么要求，就请给他开一个像样的追悼会吧，我想他还是希望跟他的兄弟们在一起的。"苑德贤思考一下，同意了。

举行追悼会的那一天，阴雨绵绵，铁建一队近八百名干部、职工参加了追悼会，基建处其他单位的干部、职工得到消息后，也主动赶来参加了追悼会，一时间宁州殡仪馆的追悼会大厅里站得满满当当的。

在凝重、肃穆的气氛之中，由苑德贤念悼词。苑德贤用他那深沉、庄重的声音，开始了他的讲话："余国志同志，男，四十一岁，生于河北省沧州市东光县小黄村，于1954年参加铁路工作，牺牲前系南方铁路工程局基建铁路工程处铁建一队三工班工长，曾参加过成昆、川黔、贵昆、湘黔等多条铁路的建设，为中国铁路的建设和发展做出了自己应有的贡献。因为在一些关键战役中表现突出，多次荣获南方铁路局'先进工作者'的称号。该同志在平时的工作中雷厉风行、踏实肯干、钻研技术、关心别人，比较好地发挥了一个工班长在单位的先锋带头作用……"

我看到余国志的父亲已是老泪纵横，家里人也哭成了一片。

"……在这次架设小思河桥的过程中，本来单位是选派别的同志带队参加架设的，但是余国志同志主动请缨，坚决要求替换家中有困难的同志，以至于不幸发生事故，与世长辞。我们在痛惜失去一位好同志的同时，不禁为他舍己为人、大公无私的革命精神所赞服，钦佩他一心为公、无怨无悔地把自己的生命和热血献给了中国的铁路事业，钦佩他关心同志、临危不惧的革命风骨，钦佩他生在一个革命的家庭，但从不以此为骄傲、为资本，依然踏实、本分地做人、做事。他无疑是我们学习的好榜样，是革命家庭的优秀传承者，我们为这样的革命家庭拥有这样一个好儿子感到由衷地高兴和自豪……"

余国志的家人哭声更大了，解小虎也哭得跟泪人一样。我不由得从内心深处佩服悼词写得还算客观、公正，如果余国志上天有灵，也应该可以含笑九泉了。

"……余国志同志，请你放心，你的革命遗志我们会继承，你未完的工作我们会继续，你的妻子、儿女就是我们的亲人，你的父母就是我们的父母，我们一定会化悲痛为力量，早日完成你未竟的事业，早日铺通枝柳铁路，为你在九泉之下送上最好的祭品。安息吧，余国志同志，一路保重！"

讲完这番话的时候，我看见苑德贤已经眼含泪花，不时用手巾擦拭自己的眼角，下面许多参加追悼会的同志也都落了泪。余国志的妻子实在受不了这种忧伤的场面，当场昏厥过去，被家人扶下去抢救了。

接下来的事情是遗体告别仪式。在哀乐声中，大家都徐徐走过装着余国志遗体的透明玻璃棺材，有的还把自己手中的小黄花放在了余国志的棺材前。我在经过透明玻璃棺材的时候，特意认真端详了一下余国志，发现他的面容依然是那么从容、自然，铁路制服依然是那么干净、整洁，只是不知为什么身材会比平常缩短了不少，一行清泪从我的眼中流了下来……

第八章　诡异

我看到了小昕性格的双重性。

小昕来找我，我真是有点喜出望外。

我逗她："我还以为你把老朋友忘了呢！"

"说哪里话，我还以为你失踪了呢。"小昕笑道。

坐在珑坪铁路边的草地上，她掏出一包"乌江"牌香烟，问我抽不抽，我摇了摇头，她自己拿出一支抽了起来。

我诡异地问："你还会抽烟？"

小昕说："其实我好'坏'的，你就不知道了吧！"

看着她老练的样子，我说："你抽烟有些年头了吧？"

"是的，我在学校的时候，闷得发慌，就拿出来抽一支。有时候几个女孩子无所事事，也聚在一起抽一支。"

"抽烟对身体危害很大，你还是要注意一点，况且一个女孩子家抽烟，像什么样子。"

小昕笑道："我就知道你会奇怪的，没办法，把你当成好朋友才把我的另一面拿给你看，想不到你也这么啰唆。"

我故意不理她。

小昕拉拉我的衣角："别生气、别生气，你生起气来的样子好难看，像个大狗熊。"

我"扑哧"一声笑了起来："有些同志啊，就是死不悔改的

'走资派'，变着花样来逃避人民的质问，这样对你有什么好处?"

"好了、好了。"小昕也笑，"我改、我改，得允许革命同志改过，是吧?"

我也不再追究了，询问她："你还有什么'另一面'没有让我看到啊?"

小昕说："多着哩! 好多事情你都不知道，比如说我的胆量特别大，在学校还智斗过真正的流氓，你就不知道了吧?"

"哎呀，"我故意气她，"还吊起来卖呀，说说看，遇到什么样的笨流氓?"

小昕说："事情是这样的。有一天，我和一个女同学到山海关街上去玩，玩得很晚才回来，在回来的路上，就和几个不三不四的男青年相遇了，他们一下子挡住我们的去路，嘴里说着要和我们交朋友，其中有一个高个子还抓住我的手不放……"

"那后来又怎么样了?"我打断了她一下，心里着实为她紧张起来。

小昕说："其实我当时好害怕，但还是尽量克制不让自己显露出来，我那个女同学吓得撒腿就跑，被一个流氓追上，从背后打了她一拳，她蹲在地上，好半天才哭出声来。我一面安慰她，一面对抓住我手的这个流氓说，'你们不是这样和我们交朋友的吧'。

"这个流氓也许认为他应该表现得有风度一点儿，就把抓住我的手松开了，邀请我们到小树林去谈谈，我想到小树林已经离学校不远了，就答应了他。

"当走到围墙拐角处的时候，我拼尽全身力气朝学校大喊：'快来人啊! 抓流氓!'学校许多师生此时都没有休息，听见喊声全都跑出来了，流氓们见势不妙，全都溜之大吉。真正回到学校宿舍的时候，我才放声大哭起来，泪水都湿透了半边枕巾。"

听到这里，我悬着的心才放了下来，不由得暗暗称赞小昕真有些胆量："想不到你还有这样一番奇遇。"

小昕颇为得意地说："还没算完呢，过了一段时间，我再去山海关的路上，又碰上了这个高个子，他可能不记得我了，坐在那里优哉游哉地玩，我主动走过去，拍了一下他的肩膀说：'喂，不记得我了，你不是要跟我交朋友吗？'这小子可能一下子反应过来了，吓得一屁股坐在地上。"小昕说完哈哈大笑起来，我也被她的笑声逗乐了，问她："那后来呢？"

"后来，这小子一个劲儿地赔礼道歉，请我不要去告发他，并说以后在这一带要是遇上什么困难，只要我说一声，他就是赴汤蹈火也要为我去办。"

我突然发现小昕骨子里透着一股叛逆和桀骜不驯的东西，这种性格特质我虽不喜欢，但是转念一想：你难道还想让人家没有尽情宣泄感情的一面？所以想说的话到了嘴边也没说出来。

接近年关，天气仍然很冷，小昕可能是感冒了，不停地咳嗽。我脱下外套，披在她的身上，并为她轻轻地拍起背来。

小昕先是觉得很温暖，随即娇嗔地对我说："不要对我太好了，要不然我会被你这小男孩感动的。"

我半是认真半是开玩笑地说："那何不感动一回哩！"

我们都大笑起来。

经过一段时间的接触，我发现我对小昕产生了一种特殊的感情，这难道就是大家所说的爱情？我没敢往下想。

程浩路过铁路边，向我们打招呼，我们冲他挥挥手。

回宿舍的路上，程浩问我："苑小昕，你认识？"

"车上认识的，也不太熟。"

"是个不错的姑娘，你们是不是在搞对象啊？"

我神秘地笑笑，没有回答他。

一项重大的人事任命权，加剧了叶顶文与陶潜民之间的正面冲突。

铁建大队一直没有主管政治思想工作方面的教导员，原来的教导员调走之后，这个职务一直是由大队长苑德贤兼任。

铁建大队有个专职主管政治思想工作的副教导员叫谭文彬，这位三十五岁上下、有着"工农兵"大学学历、又是陶潜民外甥的年轻人，虽然没有使整个大队的政治思想工作偏离轨道，但是也从来没有达到过苑德贤对工作的要求。

在苑德贤眼中，谭文彬就属于那种既不是出自基层、又不是来自"科班"，做事还经常有些轻率、毛躁的人，同这样的人搭班子工作他是十二分不愿意的，因而时常要求上级指派一名新的教导员来。

而陶潜民对苑德贤的一番评论，也颇耐人寻味："老苑这个人我了解，好同志是好同志，就是脾气大，爱犯点主观盲动主义方面的错误，底下的同志还是有反映的，这些，老苑都应该引起重视。他自己的这个要求还是合理的，偌大的铁建大队，的确需要一名久经考验的人去加强全面领导了。"

陶潜民所指的"久经考验"的人是指铁建二队的副队长关剑锋。关剑锋与陶潜民可以称得上是患难之交。当年陶潜民遭受冲击、批斗的时候，是关剑锋施予援手，把他接到阶级斗争相对平静的铁建二队参加"思想改造"，才使他躲过了更多的灾难。

关剑锋也的确是个人才，他为人正派、履历完整、能力出众，更为重要的是，关剑锋与苑德贤曾共事多年，由于工作、性格方面的原因结怨颇多，用关剑锋既可以达到"报恩"的目的，又可以起到相当的制衡作用。

陶潜民知道，谭文彬一个"小字辈"，苑德贤是不会放在眼里的，所以在基建处"革委会"召开的委员会议上，他并不是提出由谭文彬来接任铁建大队教导员的职务，而是提出由群众基础好、工作能力强的关剑锋来担任，由谭文彬来协助关剑锋的工作，这样各个方面都能有个交代。

这一系列的动静，叶顶文是心知肚明的，多年的政治涵养使他对此事一直默不作声，当陶潜民在处"革委会"委员会议上提出关剑锋接任铁建大队教导员的时候，叶顶文这才表了态："关剑锋同志现在所处的位置也很重要，如果让一名主管正铺正架工作的副队长去抓全大队的政治思想工作，势必会损失一名业务能力强的技术骨干，影响枝柳铁路的早日通车。我看还是由苑德贤同志兼任教导员，谭文彬同志任副教导员兼副大队长，维持原状，等将来任务不那么重了，再选派出新的教导员也不迟。"叶顶文想让事态平息下去。

"叶处长，政治工作应该放在第一位，我们不能因为修建铁路工期紧、任务重就忽视了全面领导，像这次全国掀起了新的一轮'批林批孔'运动，我们处怎么个搞法大家心中都没有底，所以正需要我们引导广大干部职工去加强对这场运动的认识，在这个节骨眼上铁建大队连个专职教导员都没有，这是不是有点与上级的指示背道而驰呢？"陶潜民有他坚持的底线。

"老陶，你我是什么都经历过的人了，难道还怕多扣几顶'帽子'？我的理解，什么都不是大事，只有修好铁路让全国人民放心才是头等大事，还是干什么吆喝什么吧！"叶顶文微笑着说。

"我个人的得失无所谓，关键是要让上级放心，让人民满意，要求选派一名教导员到铁建大队是广大干部职工的呼声，我们是不是要给同志们一个满意的答复呢?"发动群众说事是陶潜民的专长。

"人民群众也不见得全是对的嘛!如果什么问题都能够你一言我一语,没人拿出个正确决定来,那还要你我干什么!"叶顶文寸步不让。

"这个问题,我们底下说了是不算数的,我们必须请示局'革委会'和上级领导!"陶潜民针锋相对。

这次委员会议在一片争论声中不欢而散。

这件事的最终结果是:叶顶文的意见得到了采纳。

特殊年代进行了这么多年,大家普遍处在一种厌倦和低调状态,虽然说"运动"仍然不断,但是比起几年前的混乱、无序状况,一切都要有起色得多,南方局各个处的工程进展情况更是稳中有升,大家心中都有一个期盼,期盼一个新时代的来临。

基于以上原因,局里面对这场"批林批孔"运动持观望态度,叶顶文在局里面的许多老同事、老上级也比较支持叶顶文的意见,认为陶潜民未免也太小题大做了,现在的工作重点应该放在早日铺通枝柳铁路上来,因为这样也是理解"抓革命、促生产"的最好方式。

大概局里领导也知道叶、陶之间紧张对立的关系,一个正科级干部的任命破天荒地由局"革委会"、局组织部、局干部部联合下文,局主要负责领导在写给叶、陶的信中措辞也非常婉转:"……陶潜民同志的意见也应该考虑,基建处可在适当时候及时选派出精明强干、年富力强的同志担任铁建大队教导员。谨致无产阶级革命的敬礼!"云云。

陶潜民的沮丧心情从后来职工的议论声中就可以感受得到:陶主任真是老多了,头上的白头发增加了不少。

事后我问程浩:"这一轮陶潜民输了,你看他会善罢甘休吗?"

程浩说:"没有无缘无故的爱,也没有无缘无故的恨,下一轮,下一轮将更加激烈。"

物资供应列车终于从贵阳抵达了珑坪,我们都兴高采烈地纷纷前往列车处选购自己所需的日常用品。

由于湘西物资供应匮乏,许多日常用品既使你有钱也难以买到,因此局领导就想出了一个办法,将几节棚车改装成装有日常用品的供应列车,并定期开往南方局的各个工点,因此供应列车到达的那天,就是我们最为高兴的一天。

今天的商品可真不少,既有饼干、糖果、酱油等副食品类的,也有钢笔、信纸、笔记本等日杂类的。

我和程浩结伴前来采购,我买了一盒牙膏和一个笔记本,程浩买了一斤瓜子和一盘蚊香,我们正准备一起回宿舍,一群在站台上围观的山里孩子吸引了我们的注意。他们三五成群、嘻嘻哈哈的,其中有几个八九岁的孩子盯着程浩手里的瓜子不放。

聪明的程浩立即明白了是怎么回事,将手中的瓜子分给了这几个孩子,孩子们欢呼着、打闹着,一起消失在站台后面的农舍里。

第九章　节　日

铁建大队在沉塘举办了一次丰富多彩的文体活动。

春节将至，铁建大队决定在沉塘举办一场地区性的文体活动，地点就设在篮球场。

听到这个消息的时候我非常高兴，因为我常常自诩是猜灯谜、猜字谜的"高手"，在学校的时候曾经为自己赢得过不少的奖品，因此自信满满地对程浩说："等举办活动的那天我们早点回沉塘，你瞧着吧，那些奖品等着我们去拿呢！"程浩犹豫了一下，同意了。

举办活动的那天晚上，篮球场的照明灯早早就打开了，铁建大队各科室的工作人员早早地把制造完成的各种娱乐用品摆放在篮球场上，各个单位的人也从四面八方拥来，一时间人头攒动，好不热闹。

我和程浩去篮球场的时候，碰到了好几个从珑坪下来的同事，大家会合在一起，一起向篮球场走去。

又看到了罗延东，他守在一个叫"沙包打孔丘"的娱乐项目上，正和大家说着什么。

我走过去喊了他一声，他答应了一下，我问他："你这个项目是怎么玩的呢？"

"很简单，就是给你三个沙包，看见前面那个红的圆圈了吗，你就朝着它打，打中了，'孔老二'就会翻起来，做投降状，然后就给你一张奖票，到前面的领奖点去领一盒牙膏。"

我说："那我先试打一下。"

他同意了。

我连试了三下，才打中了那个红色圆圈，"孔丘"果然翻了起来，只是"投降"状的"孔丘"愁眉苦脸的，令人觉得滑稽。

我对罗延东说："干吗把'孔丘'画得那么丑？"

罗延东也笑："他们画的，说是看起来宣传效果比较好。"

此时程浩正在参加一个叫"蒙眼睛打铜锣"的游戏，我也顺便走了过去。

程浩被蒙住了眼睛，然后先向左边转了三圈，又向右边转了三圈，接着就让他去打十五米外的铜锣。

我看见程浩迈着谨慎的步伐，一步一步朝前挪，当他感觉到接近目标的时候，就举起红布锤用力一敲，只听见"当"的一声，程浩顺利击中目标，我们都鼓起掌来。

我问程浩："感觉怎么样？"

程浩说："还真有点给他们转晕了，但是你只要记住方位，记住你大概要走几步，记住你举手的位置，就一定能够打中铜锣。"

轮到我时，我迫不及待地蒙上眼睛，被主管这个游戏项目的女孩狠狠转了几圈，就有点儿找不着北的感觉，在大家鼓励而又带点"作弊"的喊声中，我迟疑地迈着步子，感觉到蒙住眼睛的确叫人无所适从。当走近挂有铜锣的水泥柱子时，众人齐声高喊："到了，到了。"我在黑暗中判断了一下位置，然后举起红布锤，用力一敲，只听得"啪"的一声，打在了水泥柱子上，众人笑弯了腰。

篮球场上欢乐的气氛也越来越浓厚、热烈，我和程浩左走走、右看看，争取多玩些游戏、多拿些奖票。这时程浩被一个叫"顺利过雷区"的游戏项目吸引住了。只见一位工友拿着一个金属叉，小心翼翼地放在一根导电的铁丝中间，然后顺着铁丝的方向往前走，当金属叉不小心碰到铁丝的时候，连接铁丝的灯泡就会亮起，意味着这位工友已经丧失了过关的机会。

我和程浩都对这个游戏项目感兴趣，不厌其烦地排了好几次队，争先恐后地玩了起来，但遗憾的是，这个游戏项目除了我有一次侥幸过关得到一张奖票以外，其余几次我和程浩都是以失败而告终。

一群在铁路上长大的职工孩子也加入了欢乐的行列，他们东走走，西看看，嘻嘻哈哈，无忧无虑。放寒假了，不用上学，不用读书，没有什么比游戏更能给这些孩子带来童年最美好的回忆了。

我突然发现阮姨也在游戏的人群当中，并且还主管着一个游戏项目。

我和程浩高兴地走过去，我笑着说："阮姨，今天您也出来帮忙啊！"

阮姨说："是啊，主管游戏项目的人手不够，铁建大队就从我们医院调派人手前来帮忙，小滢、小浩，你们也出来玩啊？"

"是啊，今天的游戏真好玩，您看我和曹滢都挣了不少的奖票了。对了，阮姨，您今天主管的游戏项目是什么？"程浩问。

"我主管的是'钓鱼'，你们看见没有，我这儿有几根钓鱼竿，鱼线的前面绑着一根大头针，你们只要想办法将前面的空酒瓶吊离地面，我就可以给你们奖票了。"阮姨说。

"那好，我们就试试吧。"我说。

"那就试试吧。"

我和程浩分别拿起鱼竿，开始钓了起来。由于酒瓶瓶口很小，想把酒瓶吊离地面还真不是一件容易的事，因此我和程浩钓了很久，也只吊起两三个瓶子，于是我们只能嘻嘻哈哈地怪自己的水平不行。

在离开这个项目的时候，阮姨偷偷塞给我们每人各五张奖票。

终于，我和程浩来到了"猜谜"游戏区，只见这里的布置是用小铁丝拉起好几个专行，然后将写着谜语的小红纸条挂在铁丝上。

今天的谜语是不是太难了？还是大家本身就对猜谜语不感兴趣？总之站在"猜谜"游戏区的人要比别处少得多。

我看了看挂在铁丝上的小红纸条，发现竞猜难度也不是很大，于是就对程浩说："也不是很难呀！怎么大家都不猜呢？"

这话被主管这个游戏项目的男同志听到了，回了我一句："小伙子，不要吹牛啊，好多同志看了都没猜出来，你一个愣头青能行吗？"

我正眼看了一下这位三十五六岁的男同志，回应他道："我才不是吹牛呢，你小红纸条上的谜语本身就不是很难嘛，不信我猜给你看！"

"咦"，男同志也许觉得我这话顶了他一下，较真的劲也上来了："那好，我就让你猜，别人猜谜语都是拿下纸条告诉了我，我才给他发奖票的。今天你特殊，我给你念，你要回答上来我就立即把奖票发给你。"

"那好，这可是你说的，我们一言为定！"我也想杀杀他的拧劲。

程浩在旁边拉了拉我的衣角，小声笑着说："干吗那么较劲呢，他是不是生气了？"

"没事，大家重在切磋，况且我多猜中几个，要多赢几张奖票呀。"我说。

"好，那就开始吧！'太阳照，冰山融'，打中国的两个城市。"

"山东日照和吉林通化。"我随口就答了出来。

众人一片叫好声。

"'东西北都不通',打中国的一个城市。"

"江苏南通。"我答道。

"'一口咬掉牛尾巴',打一字。"

"'告'字。"

"'湘女有才,毅力惊人',打中国的一位运动员。"

"射击运动员董湘毅。"

"'金银铜铁',打中国的一个城市。"

"江苏无锡。"

我一连回答了男同志十几个问题,这位男同志没料到我能如此快捷地回答他这么多问题,只能是一面撕纸条,一面发奖票,一时间我又增加了十几张奖票,引来了众人阵阵掌声。

小昕不知什么时候出现在人群里,她把我拉出了人群,我惊喜地问:"哎,是你,你也回到沅塘了啊。"

"我早就回来了,大队部安排我发奖品,我就坐在那边,刚才的事我全都看见了。就你能,管这个项目的是财务室的梁主任,"她指了指那位男同志,"你保证你什么谜语都能猜出来,小伙子,不要口气太大了,给自己留点余地哟。"小昕说。

我自信满满地说:"猜谜语本来就是我的强项,有什么可担心的,看那个中年人有点冲,我就想故意气气他。"

"等一下被他问住了,你脸上有光呀?"

"不会的,雕虫小技,我会被他问住?"

这时梁主任可没放过我,他冲我直招手:"来呀,小伙子,谜语还没有猜完呢!"

我跑了过去,他接着说:"'一',打一成语。"

我心里"咯噔"一下,就感觉这个谜面有点难猜,因为它既没有提示，也没有想象的空间。

"你再说一遍。"

"'一'打一成语。"

我再一次语塞，说真的，我还真的猜不出来。

梁主任笑了起来："怎么样，小伙子，还是有你不知道的吧，你让我发了一晚上的奖票，撕了一晚上的红纸条，也该让我休息一下了。这个答案我本该告诉你，但是为了给你一个悬念，我决定不告诉你，不过你的综合知识的确挺不错的，我会记住你的，小伙子。"

我多少感到有点沮丧，程浩也在旁边说："已经不错了，曹滢，你看我们的奖票这么多，多一张少一张也无所谓，我都没想到你能够猜出这么多谜语，真的挺不错的。"

我们悻悻地来到领奖处领奖，小昕笑道："怎么样，小子，还是有你不知道的吧，猜出来了吗？"

我心有不甘地摇摇头。

小昕先给我们发奖品，随后悄悄地告诉我："'一'打一个成语，答案是'接二连三'。"

我颇感意外地说："怎么会是'接二连三'呢？"

"你必须要从大的外延方向去想，否则怎么会想出来呢，反正标准答案我已经告诉你了，信不信由你。"

我想了想，认同了她的说法，不由得赞叹这道谜语出得巧妙。

小昕说："没关系的，你已经很棒了，我要是不知道答案，肯定没你猜得多，还有什么可遗憾的呢。"

我、小昕、程浩都笑了。

在一片欢乐的节日气氛中，我和程浩拿着许多的奖品回家了。

第十章　游　泳

<u>那些狂热、盲从的人们</u>。

不知从什么时候开始，在基建处掀起了一股游泳热。其中游得最为起劲的，要数铁建一队二工班的老万。

虽然他的游泳技术不佳，基本还处在游泳的初学期，但他白天游、晚上游、下雨天游、休息时游，几乎所有的空闲时间都泡在了水里面。

我第一次看到老万游泳，是在一次下班回宿舍的途中，他在离我们宿舍不远的一处铁路涵渠里游得正欢。我走过去看了看，发现他竟然采用的是"自由泳"的泳姿，只是两只手不自然地分开入水，让人觉得总有那么一点不对劲。我忍不住喊了一声："喂，老万，你能不能站起来一下。"他真的站了起来，我定睛一看，涵渠里的水还没有他的膝盖深，我笑着摇起了头。

老万本名叫万桂良，贵州毕节人，是老资格的筑路人，据说中华人民共和国成立后修建的第一条铁路——成渝铁路就有他的功劳。他本来是在南方铁路局第十四工程处从事打隧道工作的，由于长年累月端"风枪"的生活使他患上了隧道工最常见的病——硅肺病，领导为了照顾他，才把他调来了基建铁路工程处。

老万生性老实、木讷，还有些口吃，不那么会处理人与人之间的关系，但是天性又喜欢把要做的事做好、做实，这种性格与现实生活一接触，就暴露出它的短处来。

一次，老万坐火车回老家探亲途经贵阳，由于天色已晚，他找了一间小旅社住了下来，准备第二天再赶公共汽车回家。就在他出门去小卖部买烟的时候，恰逢当地的造反派组织沿街巡查，因为搞不清楚状况，老万决定不买烟了，而是回小旅社暂避。

一个小头目模样的人拦住老万，问他道："你是干什么的？"

"我是……我是……"老万哪见过这种阵势，紧张加激动使他的口吃更为严重，说了半天也没有说明白自己是干什么的。

"你是哪个单位的？"

"我是……我是……铁……路……铁路建……"一连串的结结巴巴使小头目更加怀疑。

"你叫什么名字！"询问已变成了质问。

"我……叫……我好像叫……"老万紧张得连自己的名字都忘记了，连问了自己好几次，也没有把自己的名字说出来。

造反派成员不由分说，立刻把老万抓了起来。

等老万的一位老乡得到消息，报告单位把他担保出来的时候，已经是半个月后的事了。

江洪信来看望了老万后，知道了事情的原委，直叹气，对他说："以后说什么话、做什么事不要激动，一切都要想清楚、想明白后再说、再做。"

还有一次，铁建一队组织召开"将'斗私批修'进行到底"誓师大会，按照惯例，会议结束前都要呼喊口号。这次主持人带领大家呼喊的口号是："保卫大好形势，打倒修正主义！"群情激昂，许多人都跟着喊。

老万由于口吃，喊得比较慢，更为要命的是由于激动，他喊错了口号。等大家都喊完了，才听到老万断断续续地在喊："保……

保卫修正主义，打……打倒大好形势……"

所有的人都大吃一惊，不知道老万为什么会错得这么离谱。刹那间，数名彪形大汉冲了过去，当场把老万推倒在地，有人甚至还抓下了老万的一缕头发。

接下来的事情就是无休止的审查、讯问，幸得老万根正苗红，家庭出身是几代贫农，再加上单位的极力担保，他才被放了回来。

出了狱的老万，思想和行为完全像变了一个人，他只关心两件事，一件就是天天读报纸、背报纸，虽然他只有初小（小学阶段中一年级到四年级）的文化程度，但是他硬是凭着自己超凡的毅力，把一些报纸上的内容背得滚瓜烂熟，连许多知识分子"臭老九"都佩服得不行。

第二件事就是游泳，虽然他从来就不会游泳，小时候也没有学习过游泳，但是这些劣势丝毫没有影响他学习游泳的执着和热情。

我对老万说："你这样学习游泳是不行的，也是学不会的，你还是找个汽车内胎，到河里好好去游，慢慢就学会了。"

"没有关系，小滢，遇到困难，'有条件要上，没有条件创造条件也要上'，小……小滢，你……你放心，我会学会游泳的。"

我感觉他的口吃好多了，有时候说话也不那么结巴了。

夏日的一个星期天下午，我们到离驻地不远的一条小河去游泳，由于当天的天气很热，所以去的人很多。

我和解小虎玩起了打水仗的游戏，王国栋和胡谦则比起了潜水，看谁在水里待的时间更久，正玩得高兴的时候，远远看见老万背着个汽车内胎过来了。等他走近，解小虎跟他开起了玩笑："老万，还没有学会游泳啊，要不要我教你啊？"

老万也不计较，认真地对我们说："快……快了，我……我就想抓紧练习，好早日掌握要领。"边说着，边更换衣服准备入水。

我站在水中对他说："老万，其实学习游泳真不是什么技术活，就是熟能生巧而已，你的水性不行，所以学习起来就比较慢，你还是在水中多练习用脚打水，练习多了，水性熟了，游泳就自然而然学会了。"

老万对我说："谢……谢谢你的关心，学……学习游泳我有自己的办法，只……只要我多加练习，就一定会学会的。"

他既然这样说，我们就不好再去勉强他了，只好叮嘱他要注意安全，不要太急于求成了。说完这些，我们就各自玩各自的去了。

老万看来是相当有准备的，他换完衣服并不急于入水，而是在岸上做起了拉伸运动，等拉伸运动做得差不多了，他将内胎丢进了河里，然后纵身一跃，跳入了水中。

说实在的，那天游泳的人比较多，而且老万学习游泳有很长一段时间了，又有内胎的保护，因此谁也没有注意老万入水后是怎么游的。

过了很长一段时间，还是王国栋首先发现了问题，他对我说："好像老万入水后没看见他冒起来过，你看，他的内胎还在那里漂着。"

我大吃一惊，立即回头认真清点起人数来，发现在人群中真的不见了老万，他的内胎还孤零零地漂在那里。

容不得多想，我们齐齐朝老万入水的地方潜去，终于在水底见到了老万，他刚才入水的时候由于冲得太猛，脑袋被水底的石缝紧紧地卡住了。我用手在后面拉了拉老万，发现他被卡得很紧，如果贸然从后面硬拽，还不知道会给老万造成什么伤害。浮出水面，我对解小虎说："你试着下水去搬动一下石头，看看能不能帮老万出来。"解小虎点了点头，又伏身潜了下去，过了好一会儿，他才重新浮了上来，边喘气，边对我说："不行，两块石头是整体的，我费了好大的劲，也无法搬动，我看我们还是一起潜下去，一边人用手护住他的颈部，一边人向后拉，总要想办法让他出来呀，要不然这样下去就危险了。"我们听从了解小虎的建议，再次齐齐下水营救老万，我和解小虎护住他的颈部，王国栋和胡谦小心翼翼地一点一点往外拉，终于，老万被我们从石缝中拉了出来，又重新浮出了水面。

我们费了九牛二虎之力，才把老万重新弄到岸边，胡谦还毫不嫌弃，主动为他做起了胸部按压和人工呼吸，看看老万半天没有什么反应，大家赶紧将他送往队医务室。等队医务室的医生做了认真细致的检查以后，不无遗憾地告诉我们，由于溺水的时间太久，老万已无任何的生命体征了。

这怎么可能呢？刚才还活蹦乱跳好端端的一个人，转眼之间就和我们阴阳相隔了，大家都觉得事情发生得太突然，不敢相信这件事情是真的。

老万的追悼会开得极其简单，所有认识不认识的工友都来了，大家都怀着极其复杂的心情，来送别老万最后一程。老万的妻子和女儿也从毕节农村赶来了，看着头戴白布、手挽黑纱的母女俩哭得死去活来，所有的工友无不为之动容。

由于不是因公牺牲的，老万的女儿就不能被安排顶职，鉴于老万的家庭条件实在太困难，单位还是给了一笔数目不菲的抚恤金。老万被埋葬在离驻地不远的铁路边，和数千名为修建枝柳铁路牺牲的筑路者一样，他可以天天看到铁路，看到他曾经生活、工作过的地方。

白姨出于对这对可怜母女的同情，亲自出面，在湘西农村找了一户老实人家为老万的女儿说亲，让老万的女儿嫁了过去，他妻子也随女儿一起过去，让这对可怜的母女彼此有个照应。从此以后，这对可怜的母女永远地留在了湘西农村。

第十一章 打狗

湘西"疯狗"肆虐，铁建大队为
此成立了"打狗"队，我是成员之一。

湘西漫山遍野的油菜花，为我们带来了陶渊明诗词般的乡间美景，但是湘西满山遍野的油菜花也为我们带来了烦恼，因为据说"狂犬病"的发病诱因，与狗闻了油菜花的花粉有关。

鉴于基建处有多名职工被"疯狗"咬伤，给广大干部、职工的生产、生活带来了严重危害，铁建大队决定成立"打狗"队，在基建处所辖的各个工点循环打狗。

"打狗"队的队长是谭文彬，他因为工作繁忙没有时间具体主持此事，就想到了丁叔，报请基建处领导任命丁叔为"打狗"队的常务副队长，具体处理与打狗有关的事宜。

丁叔上任的第一件事，就是挑选"打狗"队的队员，他到基建处所辖的各个单位、各个工点转了一圈，终于挑选出二十名年轻力壮、精明强干的小伙子担任"打狗"队的队员，这其中当然包括我。

我们的第一次打狗经历，是在沅塘材料厂附近的简易公路上。一只黄色恶犬突然从排水洞里扑了出来，扑向材料厂一位管劳保的女同志，女同志吓得不行，赶紧跑回材料厂的大院内，关紧铁门以抵御恶犬的撕咬。恶犬并没有放弃的意思，依然在门口大声地吼叫，准备随时发动攻击。

接到消息，我们立即带齐木棒、绳索赶到出事现场，恶犬显然不会因为我们的到来就改变它的攻击欲望，它吼叫着转身向我扑来。我看准它的头部，"呼"的一棒子向下打去，只听得"啪"的一声，正中恶犬的天灵盖，恶犬号叫着、退缩着，龇牙咧嘴，眼中流露出惊恐和绝望。工友们可没对它客气，纷纷拿起工具一阵暴打，恶犬终于气绝身亡，口中流出了长长的血迹，有经验的工友一面收拾"残局"，一面相互提醒："不要碰它的血！会传染的！"

我们对待"疯狗"的遗体通常是找个僻静之处，挖一个深深的坑，撒上石灰埋掉，决不让不明真相的群众拿回家去，成为他们的盘中之餐。

就这样"东征西讨"，我们打遍了基建处所辖的各个工点，几个月下来竟打死了七十多只疯狗。连丁叔都夸我们打狗有方，越打越有经验，准备让南方铁路局的《铁道前进报》宣传、推荐我们的"打狗"经验，好让我们先进的"打狗"经验及时推广到南方铁路局的各个工程处。我们当然乐不可支，纷纷要求丁叔把更加艰巨的"任务"交给我们，我们一定会保质保量完成"任务"，"打"出前人都不敢想的成绩，丁叔也被我们这"独特"的请命逗乐了。直到有一天，打死了沅塘大队社员"凶婆婆"的爱犬。

"凶婆婆"本名叫刘爱莲，夫家姓秦，因此有人又称她"秦刘氏"。

"凶婆婆"幼年缠足，因此脚显得小而纤细，让人想起"三寸金莲"的来历。每当我看到她走路小心谨慎的样子，就会为封建社会带给她的伤害感到震惊。

"凶婆婆"早年丧夫，膝下只有一子，她儿子是沅塘大队的副队长，与儿媳一起同"凶婆婆"住在离铁路平交道口不远的农舍里。

说起"凶婆婆"的称号，还真有一段来历：别看"凶婆婆"
的儿子"贵"为沉塘大队的副队长，但在母亲面前，绝对是一个不
敢多言半句的主。一次"凶婆婆"的儿媳给她做早餐，因为面条中
只放了一个荷包蛋，惹得老人家大发雷霆。骂完儿媳，她还觉得意
犹未尽，还要儿媳必须把正在大队开会的儿子叫回来，当着儿子的
面大骂不止，直到两口子痛哭流涕、跪地求饶为止，"凶婆婆"因
此而得名。

还有一次，"凶婆婆"家的杨梅树结果泛红，她让儿媳打下来，
准备送给亲家尝个鲜。儿媳没有听从她的安排，而是将杨梅打下
来，用白糖搅拌后呈送到她的面前。"凶婆婆"看了看新鲜、干净
的杨梅，毫不犹豫地拿起瓷碗，朝儿媳的头上扣去……

我们打死"凶婆婆"的狗，也纯属机缘巧合。

一天，我和解小虎在离平交道口不远的小商店吃冰棍儿，远远
看见两只狗迎面而来。解小虎眼尖，他一面吃冰棍儿一面告诉我：
"注意，曹滢，你看那只大黑狗开始夹尾巴了！"我不由得一惊，开
始注意迎面而来的两只狗了，因为我们知道，夹尾巴通常是"疯
狗"早期进攻的征兆。

不知什么原因，两只狗中的大黄狗在离我们还有七十米的距离
时，顺着铁路边的涵洞溜走了，剩下的大黑狗对我们"虎视眈眈"，
一步一步地朝我们接近。我们都是老资格的"打狗"队员，知道这
时候最重要的是要镇定，因此我小声提醒解小虎："不要着急，站
开一点。"我们环顾了一下四周，发现小商店没有任何一种工具能
够让我们应付这场危机，我们离"打狗"队的驻地也很远，不可能
回去通知工友们带齐工具再来打这只"疯狗"。一时间紧张万分，

两人的额头上都渗出了汗。小商店的店主好心地提醒我们："要不
然赶紧进来吧，我关紧门它是咬不到的。"我们同时摇了摇头，谢
绝了店主的好意，因为我们知道，以"疯狗"的速度，这么近的距
离我们是逃不掉的。

怎么办？时间紧迫，"疯狗"一步步逼近，从不心急的我都有
些沉不住气了。忽然间，我看到了我和解小虎坐的长木凳，不由得
喜从心来，连忙小声对解小虎说："我吸引它的注意，你用长木凳
打。"解小虎会意，迅速做好抓起长木凳的准备，我上前一步，主
动鼓掌吸引"疯狗"的注意，"疯狗"显然被我这不同寻常的举动
激怒了，飞身向我扑来，就在这千钧一发的时候，解小虎操起长木
凳，迎头朝"疯狗"一击，只听得"嗷"的一声惨叫，"疯狗"当
场倒地不能动弹。我们正为打死"疯狗"而欢欣鼓舞的时候，只听
得后面一声啼哭："我的狗呀——"等转过身来，只看见"凶婆
婆"已经站在了我们面前……

"凶婆婆"从不找我和解小虎的"麻烦"，这让我和解小虎颇
感意外，她打听到丁叔的办公地点，挑起两个水桶，迈着颤巍巍的
步伐出发了。

"凶婆婆"来到丁叔的办公室外，打开了丁叔办公室外的水龙
头往桶里装水，水桶很快装满，但是"凶婆婆"并不关水，而是任
由自来水"哗哗哗"地往外流，自己却放根扁担在墙角边坐着，伤
心地哭了起来："我的狗啊——我的狗啊——"

丁叔听到动静，很快从里面走了出来，他一眼见到"凶婆婆"，
立刻明白了是怎么回事。他先关掉水龙头，问起了"凶婆婆"：
"您是找我吗？"

"是，就是找你。"

"您找我有什么事啊？"

"就是来问问你，凭什么叫人打死我的狗？"

"打狗是单位制定的规定，报请地区防疫站批准了的，再说您的狗是'疯狗'，到处伤人害人，不打能行吗？"

"你凭什么说它是'疯狗'？"

"我们是经过充分论证了的，不会轻易下结论的，难道只有等狗咬了人，它才能算是'疯狗'嘛。"

"别人的事我不管，你打死了我的狗就不行，你要赔我的狗。"

"您要我拿什么赔给您呢？"

"那我不管，反正你要赔我一模一样的狗。"

丁叔没料到会碰上这么"蛮不讲理"的老太太，知识分子的倔劲促使他也说起了狠话："我就不赔您的狗，您爱咋办就咋办吧！"说完这话，丁叔准备转身回办公室。"凶婆婆"哪容他离开，抢前一步扑上去，抱住了丁叔的大腿，一边哭，一边大叫："你要赔我的狗！你要赔我的狗！"

丁叔没经历过这种场面，站在那里走也不是、留也不是，又不敢用力去掰开"凶婆婆"的手，真正窘出个"大红脸"，只能不断地对"凶婆婆"说："您这个老太太怎么这样！您这个老太太怎么这样！"

这个时候，医院各个科室的医生、护士都出来了，见到这种场景，大家无不为此哈哈大笑，都一面安慰丁叔，一面劝告"凶婆婆"赶快放手。阮姨接到消息也赶来了，她一面责怪丁叔怎么这样处理问题，一面俯下身去对"凶婆婆"说："我们赔您钱，您看行吗？"

"不行，我只要狗。"

"那我们去找只小狗给您养，您看行吗？"

"不行，我只要一模一样的狗。"

老太太还只认死理儿了，大家全都哈哈大笑起来。正吵闹间，苑德贤与医院院长赶来了，他们一见这种场面，也忍不住背过身去偷笑起来。过了一会儿，苑德贤一面忍住笑，一面伏下身去对"凶婆婆"说："老人家，您还认识我吗?"

"咋不认识，我们的苑大队长。""凶婆婆"是"拥军护路"的老模范，早在修建湘黔铁路的时候就和苑德贤认识。

"老人家，您这是唱的哪一出啊?"

"没什么事，他叫人打死了我的狗，我就是要他赔。"

"可打狗是上级统一决定的，我也是点了头的，您看看是不是让我也赔呀。"

"哪敢惊动你呀，我知道他是'打狗'队队长，所有的事都是他挑起的，我就找他，你就不要替他说好话了。"

"老人家，您真的错怪他了，没有我的命令，他也不敢打狗呀，所以要怪您只能怪我，要抱腿也应该抱我的才是啊。"苑德贤的话，又引得一片笑声。

"老人家，我知道，铁路欠湘西人民的情太多了，我们也会时常记住这份亏欠的。但是，如果不消灭'狂犬病'，我们怎么能维护正常的生产、生活秩序呢? 我们也是迫不得已呀。所以说，老人家，如果要说赔偿，第一个赔偿的应该是我，您要不嫌弃，提出任何要求我都答应您。"

苑德贤的话看来对"凶婆婆"还是有所触动的，她低头不语了。

"老人家，您老是老'拥军护路'模范了，当年我们修铁路经过您家门口，是您老拿着红鸡蛋等了我们一个上午，至今我还记得当时的情形，我们的情义难道仅仅因为一只小小的狗就中断了吗?"

苑德贤的话看来对大家都有所触动，所有人都沉默不语了。过了一会儿，"凶婆婆"抬起头来，松开了抱住丁叔大腿的手，缓缓地说："不要说了，苑大队长，我知道错了，再也不要什么赔偿了。"

大家赶紧扶起"凶婆婆"，一时间也找不到什么适当的话去安慰她。

"凶婆婆"说："你们把铁路修到湘西，是我们祖祖辈辈企盼的事，我怎么能为一只小小的狗跟大家闹翻呢，怪我一时糊涂，让大家见笑了。就冲你们为湘西人民造福的分儿上，今后这种事再也不会发生了。""凶婆婆"说完，挑起水桶一声不响地回去了，远远地，大家还能看到她步履蹒跚的身影……

在苑德贤的支持下，轰轰烈烈的"打狗"运动于半年后结束。

第十二章　抢　险

我们在金龙里工地抢险。

发生了一件有趣的事。

我们铺轨接近湘西土家族苗族自治州首府吉首的时候，恰逢当地的苗族同胞举行"赶秋节"歌会，一工班一个颇通苗族音律的青工贸然参加对歌——苗族青年男女传递爱情宣言的方式之一，结果他的歌声深深打动了一位苗族姑娘的心。在一阵狼狈逃窜中，这位姑娘一直追到了铁建一队的队部，据说，这位姑娘还坐在江洪信的办公桌上，非要让江洪信交出人来不可，搞得江洪信哭笑不得。

事后"连哄带骗"——铁路是半军事化的队伍，是不允许带家属的，好说歹说，姑娘看实在不能"得手"，这才恋恋不舍地离开。在我们的一片哄笑、打闹声中，"肇事"青工被江洪信喊进办公室，骂了个"狗血喷头"。

八月的湘西，阴雨绵绵，空气中仿佛都透着潮湿的味道，给我的感觉，好像是要发生什么大事似的，这种感觉最终得到了应验。一天夜里，大雨倾盆，我们在睡梦中被一阵急促的口哨声惊醒，是江洪信吹的口哨，他一边紧急集合队伍，一边简短地告诉大家：我们前不久在金龙里工地铺设的一段线路已经被洪水冲毁，接到上级通知，需要我们及时抢通。

等我们赶到出事地点时，我被眼前的情形惊呆了：护坡和路肩已不见踪影，路基已经坍塌，钢轨已经悬空达两百多米，排水沟满是破损、漏水，到处都是洪水冲刷的痕迹，而且大雨丝毫没有停下来的意思。

没有时间多想，我加入打防溜坍木桩的行列中来，两米多的木桩一根根打下去，还要用编织袋组成沙包，防止路基继续坍塌。有的工友用枕木堆成"井"字形，希望将钢轨推回原位；有的工友则在回填石砟，希望道床能够尽快稳固。

干了好一会儿，我们才发现一个严重的问题，我们带来的电筒电池快用完了，如果没有照明，抢险工作是无法进行下去的。

江洪信首先意识到问题的严重性，他急忙地对身边的人说："赶快回去通知机械班，让他们调两台空压机上来，并把线路布一布，给我们抢险照明用。"

身边的人为难地说："下这么大的雨，工作量又这么大，怎么干得了，还是等雨停了再干吧。"

江洪信怒吼着："快去，下刀子也要去！"

机械班的工友赶到后，把空压机从"解放"牌汽车上弄下来又成了为难的事，江洪信可管不了这些，他命令工友们把枕木架在汽车尾部，然后用滚筒把空压机从汽车上一点一点撬下来，并命令机械班的工友在大雨中布线，我们的照明问题才得到解决。

凌晨五时许，阵阵倦意向我袭来，我打木桩的手都有点不听使唤了。虽然疲惫不堪，但是我们的心里都非常清楚，如果线路不及时抢通，前方的铺架进度将受到影响，全处的生产任务将处于停滞。

早上八时许，雨停了，炊事班适时送来了充饥的馒头，望着碱味十足的馒头，我竟一口也吃不下去。太阳不知什么时候又出来了，它使我们的雨衣、雨鞋紧紧包裹在身体上，像进入蒸笼般难受。

叶顶文这时也赶到了出事地点，他看了一下现场的情况，问起了江洪信："大概什么时候能恢复通车，你还需要什么帮助？"

江洪信说："最快五天，最慢一个星期，我们尽量加快进度，别的帮助就不需要了。"

叶顶文摇摇头："慢了，太慢了，你们一定要加快进度。"

"是。"

运营段的敞车这时也开到了出事地点，司机看了看前面的情况，没敢再往前开。叶顶文站在道床中间，用手势指挥着司机："师傅，你往前再开一些。"

司机面露难色："再开？再开怕要脱轨了。"

"没那话，让你往前开你就往前开，出了事我负责。"

司机于是不再犹豫，开进的同时也让连接员把敞车的边门打开，我们急需的片石出现在面前。大家一阵欢呼，都争着、抢着卸下片石，工地上一时出现了热闹的场面，高亢的声音响彻了整个山谷。

旧的问题解决了，新的问题又接踵而至。由于路基已经坍塌，光靠片石是无法支撑起钢轨的，还需要大量的泥土把路基压实，望着远远赶来救援的推土机，以及半是临山、半是临河的工地，谁也想不出什么办法使推土机能接近工地。

江洪信由于抢卸片石，手臂被片石划出一个大口子，此时他也顾不上包扎，对我们大声喊道："大家不要着急，听我的命令，拿起铁铲、砍刀，我们一定要开出一条便道让推土机进来！"

没有人说太多的话，大家迅速拿起铁铲、砍刀、锄头，投入新的战斗中去。山头由于斜度太大，超出了推土机能够工作的坡度范围，大家只能够用人工挖掘、清理、填埋，希望推土机能够尽快接近工地。一位工友想出了好办法，他用编织袋装满泥土，放置在坡度较大的地方，这样很快就填平了斜度，大家觉得这个方法好，竞相模仿，这样很快就形成了一条便道。这期间，推土机也没闲着，它一面推开荆棘、松树等障碍物，使自己尽快前行；一面及时回填泥土，使自己不至于翻车。经过一个多小时的努力，数台推土机终于到达了工地。江洪信看了看地形，发现不推平前面的山头，路基所需的大量泥土根本无法找寻，于是果断地决定将山头推平，用山上的泥土来夯实路基。数台推土机的威力是巨大的，它们很快使一座山头消失得无影无踪，只看见大量的泥土堆向出事地点……

当地驻军也加入了我们的抢险行列，他们也跟着我们一起填石砟、打木桩、背沙包。看着一个个稚气未脱的年轻面孔，我对他们钦佩的心情油然而生。突然发现小昕也在抢险者的行列，让我感到非常意外："你怎么也来参加抢险？"

"那有什么奇怪的，我们段长说这么多人来抢险，需要有饭吃，就派我们这些女同志来做饭，我们已经把灶打在前面的桥下了，等会儿就给你们送饭吃，怎么样，这样的回答你满意了吧。"

我微微地一笑。

等我们把路基修复，钢轨接回，新的问题又出现了。由于我们的路基是重新修复的，钢轨的位置不在原来的地点上，促使钢轨的曲线半径过小，火车没有办法通行。叶顶文一声令下："拨回来！"大家就毫不犹豫地拿起撬棍，开始赶拨起钢轨。江洪信过来请示他："火车按多少公里开通？"

"按十五公里吧，只要能够恢复通车，一切就是胜利。"叶顶文说。

经过七十二小时的不懈努力，我们终于迎来了放行限速列车的契机，看着徐徐通过的第一列列车，我的心不知道是高兴，还是疲惫。远远地，我望见了站在卸碴车上、满面憔悴的程浩，我们相视一笑……

姐姐在黄溪结婚了！

这消息犹如晴天霹雳，震得我全身发麻，叫我不敢相信这是真的。我和母亲匆匆赶到黄溪的时候，姐姐简朴的新房里还残留着农家欢乐的痕迹。在母亲的啼哭、我的追问声中，姐姐说出了事情的原委：农村的生活是很艰苦的，姐姐来到黄溪以后，才知道一切都比她想象的艰难。

她们每天早晨六点钟起床，要挑上满满的粪桶去十几里外的田间劳动，晚上回来，疲惫不堪的身躯还得不到休息，因为队上组织学习是常抓不懈的。

姐姐身体弱、力气小，一天下来挣不了几个工分，还常常遭到身强力壮的同伴的数落，整日以泪洗面。正万念俱灰间，大队支书提出让她到供销社当一名售货员，条件是嫁给他年近三十还未成家的二儿子，他看中了姐姐的稳重和柔顺。

在万般无奈的情况之下，姐姐答应了他的要求。

听到这里，我咆哮起来："姐姐！你怎么可以这样，你要把樊哥置于何种境地，难道做人连一点起码的信用也不讲了吗？"

姐姐喃喃自语："我祝愿他有一个幸福的归宿。"

姐夫是个木匠，一副老实巴交的样子，见到母亲连话也不敢说，一个劲儿地端茶倒水，小心伺候，此情此景，母亲一颗烦躁不安的心才稍许平静。

送我们走的路上，姐姐和姐夫都来了，在即将分别的那一刻，姐姐一把抱住我，好一阵痛哭。许多年后，我才知道姐姐为什么哭得如此伤心，那是对她逝去青春和美好岁月的一种惋惜。

樊哥知道这个消息的时候，一言不发，只对着母亲深深地一鞠躬："给您添麻烦了。"令我和母亲都泪如泉涌。

一年后，我再到黄溪去看姐姐，姐姐挺起个肚子，歪扣着衣服，正"啰啰"喂猪，样子与寻常的农家妇女没有什么区别。

第十三章　接　生

<u>母亲和柳姨一起为职工家属接生。</u>

"吴医生、吴医生。"那天是凌晨两点钟，我和母亲被一阵急促的敲门声惊醒。

待我们开得门来，发现了急得满头是汗的铁建二队职工师小四，母亲问他："你有什么急事吗？"

"吴医生，我老婆快要生小孩了，现正躺在家中难受呢，麻烦您去看一看好吗？"

母亲说："我们医院没有妇产科，我也是内科医生，对生产的事也不太懂啊。"

"吴医生，算我求求您了，现在都这么晚了，找车去宁州生已经来不及了，我也没有别的办法，只认识您，您无论如何也要帮我这个忙啊。"说着说着，泪流满面的师小四已经跪下去了。

"快起来、快起来，男儿膝下有黄金，怎么说跪就跪下去了，这种情况我一定会帮忙的，我这就去、马上去。"母亲边扶起师小四，边回过头来对我说，"小滢，你去隔壁喊一下你柳姨，她刚从前面回来，我们一起去有个照应。"

柳姨接到消息很快起来，她和师小四本来就认识的："师小四你不要着急，我和吴医生一起马上去，我们一定会负责到底，你赶紧在前面带路吧。小滢，你给我们在路上打手电筒吧。"

我答应一声，就随着母亲和柳姨出了门，师小四的家坐落在沅塘一座小山的山上，等我们赶到的时候，已经有许多职工、家属在师小四的家门口等待了。

母亲和柳姨很快进入室内，留下我和众多的男人在门口等待，我听到师小四的妻子在里面大声哭叫不止，众多的女人正在安慰、劝解她，就知道母亲和柳姨今天接的这个工作还挺"麻烦"。

"哎，小李，你不要紧张啊，我们是来帮助你的，生孩子其实就像拉屎一样简单，你听我们的话，哎，深呼吸，用力，深呼吸，慢慢用力……"我听到了母亲的说话声，不由得佩服她真是稳得住，不愧是学医的人，要是我不知道会急成什么样子呢。

师小四的妻子不知道是紧张过度还是真的难产了，时间都过去一个多钟头了，依然只听到她的哭叫声，孩子还是没有出来。看着急得像热锅上的蚂蚁的师小四，我忍不住问了他一句："你这是第一胎啊。"

"是啊，就是第一胎。"

"嫂子怎么叫得这么厉害呀？"

"她本来就瘦，怀孩子的时候肚子又特别大，再加上她脾气本来就不好，生孩子又没有什么经验，所以叫声特别大了。"师小四无精打采地对我说。

"怀孩子的时候你就没有陪嫂子走一走、散散步，吃点好东西啊？"

"怎么没有，家里只要有好吃的我都给她吃了，为了增加她生孩子的信心，我每天都陪她散一个小时的步，有一次到宁州检查胎位，医生还告诉我们孩子的胎位不正，脐带缠得比较深，要想顺产怕是不容易，建议我们适当的时候考虑剖腹产。她为了能够顺产，每天都在家做倒立，希望孩子能够顺过来，可能是动了胎气吧，才弄成这个样子，唉，我都不知道怎么办了。"师小四说。

正说话间，屋内传来了骂声："师小四，你这个王八蛋！你倒是快活够了，害得老娘这么惨，老娘好痛苦啊，老娘这一辈子也不会放过你的！"

我满脸通红，望着同样满脸通红的师小四，都窘在那里了。这时屋外的工友看见屋内半天没有结果，都开始着急起来。有的人说："行不行啊，行不行啊，不行就赶紧送医院吧！"有的人说："师小四，你也真是，早就喊你老婆住院了，你两口子就是不听，这下出麻烦了吧，这下可怎么办？"有的人没有忘记提醒师小四："师小四，你过去问一下吴医生、柳医生，看她们还需不需要什么帮助，如果需要，我们好尽早做准备。"

性急的师小四还真听他们的话，走到窗前向里面问："吴医生、柳医生，你们看行不行啊，如果不行的话，我们好早一点想想别的办法。"

我听到母亲在里面以不容置疑的语气回答："师小四，你既然请我们来，我们就会负责到底。我现在以一个专业医生的操守告诉你，不管出现什么情况，我们都会全力以赴的，你就不要再影响我们工作了，好吗？"

师小四再也不敢说什么了，悄悄溜回到我们这边来。工友们也不敢再"聒噪"了，纷纷静下心来耐心等待，在等待了备受煎熬的一个多小时以后，我们终于听到师小四的妻子大叫一声，接着就听到了小孩的啼哭声，我们知道，小孩总算生下来了。

师小四抑制不住自己的喜悦心情，第一个冲到了"产房"门外等待，过了好一会儿，母亲才拖着疲惫的身躯从里面出来，她轻轻地对师小四说："恭喜你了，生了一个男孩儿，母子平安，现在你还不能进去，等里面清理完了你再进去吧。"师小四高兴得手足无措，紧紧握住母亲的手："吴医生，太感谢您了，太感谢柳医生了，你们的大恩大德，我是一辈子也不会忘记的。"母亲微微一笑："你就不要说这些客气话了，这是我们应该做的。"

许多工友围过来，纷纷向师小四道喜。有人说："师小四，吴医生和柳医生可帮了你的大忙了，煮了红鸡蛋可别忘了给人家送去呀。"

母亲在人群中找到了我，径直向我走来，我赶紧上前一步，搀扶起母亲："妈，您辛苦了，累不累?"母亲用手压了压自己的头，对我说："还好吧，小滢，其实我还是有点遗憾的，你知道为什么吗?"

我说："您都替别人顺利接生了，而且这本不是您的本职工作，您都做得这么好了，还有什么可遗憾的呢?"

"不是，你不知道，我其实早就知道如果脐带血可以顺利保存，将来遇到了问题对这个孩子有莫大的帮助，但是我们现今的医疗条件是没有办法保存脐带血的，你说是不是遗憾呢?"

我紧紧地扶住母亲的肩："妈，您已经是天底下最好、最善良的医生和母亲了，没有什么可遗憾的，我永远支持您。"

我们相视一笑。

王国栋从坦桑尼亚回来了。

我们都高兴万分，约好吃过晚饭后，到他宿舍玩儿一下。等我吃过晚饭赶到他宿舍的时候，发现他那里早已是"高朋满座"，大家都围着他问这问那，其氛围不亚于一次小型聚会。等大家都坐下来，他才看见了我，主动喊了我一句："小滢，你来了。"

我说："是，特地来看看我们的归国人员'混'成了什么样子。"

他哈哈大笑起来："别提了，条件挺艰苦的，有的地方比我们的'枝柳铁路'还艰苦，但是也挺高兴的，好歹咱也出了一次国，这是我家几代人想都不敢想的事情。"大家都哈哈大笑起来。

我问他："从国内到坦桑尼亚，你们走了几天？"

"唉，你还别说，从广州港出发，经新加坡、马六甲海峡，到印度洋，再到坦桑尼亚的达累斯萨拉姆港，整整走了半个多月呢，好多同志都晕了船，吐得一塌糊涂。好在咱身体好，没吃什么苦，无病无灾地顺利到达了。"

"在路上就没有遇到什么好的见闻吗？"

"怎么没有，新加坡好干净、好漂亮，现代化程度是你们都不敢想象的，好几次我都在想，干脆跳下去算了，也别回来了，但是看看一船同来的工友同胞，我就打消了这个念头。"

我们都哈哈大笑起来。

我打趣道："就没有哪个黑人姑娘看上你呀？"

他答道："别听那些宣传，说人家外国好开放的，他们其实也挺保守的。跟我学习技术的两个黑人朋友，学习悟性不怎么样，但是干活还是挺认真的，我要回来的时候，他们一直送到火车站，还挺舍不得呢！"

我问他："出国一趟，就没有买什么好东西回来？"

"当然当然，怎么能不买点好东西回来呢，喏，这就是我买的东西。"王国栋边说着，边将自己的手腕露出来，我们仔细一看，他手腕上戴着的是一块日本产的"双狮"牌东方表。

"这东西挺贵的吧？"

"是，我在广州友谊商店买的，是我舍不得吃、舍不得用，用省下的钱买的，咱别的本事没有，就这点本事了。"

我说："比我们的老'上海'牌强多了。"

　　"那是，据说在外国还可以根据你的要求设计手表，这些我也只是听说，没有见过。在船上的时候听别的局的人说他们就见过'个性手表'。"

　　我问他："就买了这个，没买点别的什么吗？"

　　他神秘地点点头，叫我们不要出声，然后小心翼翼地从他睡的床下拉出一个纸箱子，并从箱子里取出一个黑色的电器物件。王国栋问我："小澄，你知道这是什么吗？"

　　我摇摇头，试探着问道："这难道就是传说中的电视机？"

　　"对，这就是一台电视机，我们这里的信号太弱了，是收看不到什么东西的，我准备带回重庆老家给我父母看的。"

　　"哇，这还真是个好东西呢。"

　　"是啊，听说外国都流行彩电了，我是买不起的，就在友谊商店买了台黑白的。"

　　我由衷地称赞："哇，王国栋，真有你的，想不到出国修了一次'坦赞铁路'，眼界提高得这么快，看着你带回来的这些东西，我隐约感觉到我们将来的生活方式会朝着什么方向发展。"

　　"是啊，这次出国修'坦赞铁路'，的确让我看到了许多不同于我们的生活方式，同时也看到了我们的发展方向。别人我不知道，反正我是最有信心的，我们将来一定会生活得很好的。"

　　我们都会心地笑了。

　　回来的时候，大家都在谈论、憧憬着未来，不禁为我们的未来发展信心满满。

　　胡谦因为收听"敌台"，被公安科的工作人员叫去问话了。

　　回来的时候我故意逗他："好小子，还这么'反动'啊，想'里通外国'呀！"

胡谦说："唉，别提了，还不是因为收听了宝岛台湾的广播电台，听了一个叫'邓丽君'的女人唱了几首歌，也不知道被哪个小子给举报了，就把我叫去问了话。"

"他们没把你怎么样吧?"

"能把我怎么样，就收听了几首歌，还不是教育我不要听这些靡靡之音，以免腐蚀、侵扰灵魂。"

我问他："邓丽君的歌好听吗?"

"当然好听啊，抒情、清纯，给人以难以忘怀的感觉，反正跟中国内地的这些歌唱家唱得不一样。"胡谦说。

第十四章 交 锋

叶顶文和陶潜民再次"交锋"。

不知道从什么时候开始，陶潜民"迷"上了开汽车。

他白天开、晚上开、上班时开、休息时开，就是上前方工地检查工作，也要由他亲自驾车，而他的司机，则尴尬地坐在旁边当"陪练"。

陶潜民的这种"嗜好"，引起了叶顶文的注意。他没有直接去找陶潜民，也没有在平时的交往中作出某种语言暗示，却在全处范围内召开的"决战红五月，争取早日铺通枝柳铁路"动员大会上，不点名地进行了批评："某些领导干部，不起到以身作则、共保安全的领导垂范作用，却喜欢以一己之私，做一些他本不该做、却偏要做的出格的事来，不知道这些人的原则性到哪里去了，不知道这些人的自我约束力到哪里去了。苑德贤，你给我下去查一查，以后凡是副队长以上的人私自开车出去的，干部调离原岗位，出了事医药费他自己负责。"

苑德贤在台下应了一声。

台上的陶潜民脸红一阵、白一阵，不得作声。

陶潜民并没有理会叶顶文的多次"警告"，依然我行我素地照开不误，这一点出乎了叶顶文的预料，他不动声色地观察着。

这一天晚上，陶潜民有事要外出，他没有通知他的司机，而是直接到处机关小车房去开动那辆专属于他的"北京212"吉普车。

汽车已经启动，陶潜民把它开到了处机关的大门口，并探出头来让门卫开门，门卫急忙从传达室出来把门打开，就在这时，叶顶文出现在吉普车的前面。

陶潜民一惊，他没有想到叶顶文会出现在这种场合，他并没有熄火停车，而是注视着叶顶文。

叶顶文没有说话，而是一动不动地站在大门的中间，他站的位置正好挡住了吉普车的去路。

对峙，心照不宣地对峙，紧张的气氛中只听到汽车发动机的声音，门卫哪见过这种阵势，赶紧躲进传达室不再出来，这里时间仿佛都已经停止了。

陶潜民突然感到愤怒了，他加大了油门，并把汽车的挡位放在了它应该放的位置，汽车发动机的轰鸣声响彻了整个机关大院，只等放下手刹，松开离合器，吉普车就可以向前冲。他是不会让吉普车向前冲的，他是想吓唬叶顶文，好让叶顶文知难而退，让出一条道来好让他出去。然而此时叶顶文丝毫没有退让的意思，依然一动不动地站在那里，凝视着陶潜民，好像一切都未曾改变。

陶潜民叹了口气，"妥协"一词在他的脑海中形成了，他挂起了倒挡，把吉普车停回到它原来的位置，并熄灭了大灯关门下车，他看了看还在大门口站着的叶顶文，一声不响地走了。

叶顶文看了看远去的陶潜民，先朝传达室喊了一声："把大门关好。"然后丢下战战兢兢的门卫，径直朝自己的办公室走去，一场风波就此平息。

母亲和柳姨在我们两家屋后的空地上开辟了一个"菜园子"。

由于铁建大队食堂离宿舍区很近，而且一帮炊事人员的手艺相当不错，所以绝大部分干部、职工都选择吃食堂，绝少有自己开伙的。但自从有许多职工家属追随丈夫来到铁路工地以来，她们喜欢自己开垦荒地，种植一些蔬菜以改善家中的伙食。刚开始还是少部分家属，自己偷偷摸摸、小打小闹地少量种植，到了后来越来越多的人参加进来，坡连着坡，园连着园，远远望去，还是颇具规模的。

母亲和柳姨就是在这样一种情况下参加到"种植者"的队伍中去的。有许多职工家属乐意将蔬菜种子送给她俩，并乐意教她俩如何种植，她俩也就乐此不疲地接受了这项"活动"。

我曾经亲自到"菜园子"去观看母亲和柳姨的"劳动成果"。红红的辣椒、粗壮的萝卜、饱满的茄子、红彤彤的西红柿，不由得惊叹两位医生真是做实事的人，连当"农民"都当得同样出色。

为了防止动物和闲人侵扰她俩的劳动果实，母亲和柳姨还特别在"菜园子"外搭起了一圈"竹篱笆"，竹子扎得既紧又密，显示了她俩细腻的性格，我也因此享受到了"口福"，每次回家总能吃到新鲜蔬菜。

这件事的最终结果就是到职工食堂吃饭的人越来越少了，连苑德贤、谭文彬都纳闷怎么那么令外单位职工羡慕的食堂，本单位的职工反而"敬而远之"了。

直到一场"割资本主义尾巴"的运动自上而下而至，这场争相种植蔬菜的"活动"才戛然而止。

苑德贤和谭文彬接到命令，为了制止种植蔬菜、保留"菜园子"的"歪风"盛行，为了突出职工食堂的主体性，使广大干部、职工有一个更好的身体投入工作中，铁建大队所辖各单位所有的职工、家属的"菜园子"必须在一个星期内摧毁。今后没有什么特殊情况，职工、家属不得在家中自行开伙，必须统一到职工食堂吃饭。

谭文彬是这项"摧毁菜园子"活动的总负责人，他为此还成立了专门的行动队，挨家挨户地拔蔬菜、拆架子、平土地，虽然免不了遭遇职工、家属的哭哭啼啼、骂骂咧咧，但活动总体进行得顺利，直到拔到母亲和柳姨的"菜园子"。

行动队的成员大都是母亲、柳姨的老熟人，他们都非常敬重母亲和柳姨，看到是母亲和柳姨的"菜园子"，他们停止了行动，并且将情况汇报给了谭文彬，请谭文彬定夺处理。

这一天，母亲和柳姨接到了谭文彬的通知，请她俩到谭文彬的办公室一叙。母亲和柳姨已经对事情猜到了八九分，她俩迈着从容的步伐，来到了谭文彬的办公室。

一进门谭文彬就发现了她俩，赶紧起身相迎："吴医生、柳医生，你们二位来了，来来来，快请坐，快请坐。"

母亲和柳姨坐下后，谭文彬端茶倒水，人还没有开口，脸上已经笑开了花："吴医生，久闻您做菜的手艺相当不错，一道'夫妻肺片'享誉全处，我一直想去尝一尝，可是一直没有这个机会。柳医生的'无锡菜'据说也是相当不错，我在这里求告一下，哪天能否给我一个机会，到您二位家中品尝品尝，让我也能解一下馋。"

母亲微微一笑："谭教导，您让我们来，肯定不是来探讨厨艺的，况且现在全处都下令吃饭必须到职工食堂，我们就是想做，您也未必敢吃呀。"

谭文彬哈哈大笑起来："吴医生言重了，政策是上面制定的，我们只是执行者，况且您也是知道的，我从来都是个原则性和灵活性掌握得很好的人，谁还能禁止人家怎么吃饭呀，你们该怎么吃就怎么吃，我是从不过问的。"

谭文彬的讲话是很有"策略"的，"迂回性"的战术让听者既不难堪、也不恼怒。

"吴医生、柳医生，我现在倒有个事要麻烦你们二位。"

"有话请讲。"

"你们是知道的，这次'摧毁菜园子'行动，上面是动了真格的，你们二位是我的长辈，我说话有什么不当之处，还请你们二位多多海涵。菜园子拆到你们家门口，他们就停下来了，不敢拆了，一来是你们二位德高望重，救过不少人；二来是我下了命令，叫他们不要拆了。可是吴医生、柳医生，我也是很难做的呀，这么多家都拆了，不管是愿意还是不愿意的，唯独你们二位的没有拆掉，以后你们二位何以自处啊？"

柳姨问："那谭教导是什么意思？"

"我个人的意见，你们还是自行拆除了吧。一来可以堵住很多人的嘴，让他们无话可说；二来可以显示出你们的'高风亮节'，不与一帮婆婆妈妈的人为伍。吴医生、柳医生，我这可不是行政命令，非要你们二位这么做不可，我只是在跟你们二位商量，现在这个形势，说真的，不拆除怕对你们二位不利，不知道又有多少顶'帽子'会扣过来了，这是我的心里话。当然，拆不拆除在于你们，你们如果不想拆除，我是绝不会叫人去拆除的。"

谭文彬都把话说得那么"透彻"了，母亲和柳姨也就没有什么坚持的理由了。

"谭教导，"母亲问了一句，"难道真的是非拆不可吗？"

"目前这个形势，我看也只能这样了。"

母亲和柳姨于是就不再多说什么了，她们站起身来，母亲说："谭教导，您放心，我们会自行拆除的。"母亲说完，和柳姨头也不回地走了。

母亲和柳姨在拆除自己的"菜园子"的时候，一边哭，一边喃喃自语："叫你这么用心，种出来也吃不成！叫你这么用心，自己做自己的事还碍着别人了！"

我从旁劝解："妈，柳姨，您二老不要生气，这种状态是不会持久的，一切都会好起来的，一切都会好起来的。"

小昕到我家来找我，还上次下雨借给她的伞。

她看见母亲喊了声："阿姨，您好。"

"你好，姑娘。"母亲边倒茶边让小昕坐下。

"和小滢是一个单位的吧？"

"不是，我是运营段的，我和小滢是朋友，玩儿得特别好的。"

"你和小滢要互相帮助啊。"

"会的，阿姨，您放心，小滢对我帮助挺大的，我们会互相关心、互相帮助的。"

送走小昕后，母亲问我："挺有教养的姑娘，小滢，你们是在哪认识的？"

"在火车上认识的。"

"小滢，你说怪不怪，我看到她第一眼，就发现你们俩长得很像，而且我跟她接触，竟然没有什么陌生感，仿佛早就认识好多年了，这难道真是'不是一家人，不进一家门'？"

我一时语塞，竟不知道如何回答母亲的问题。

第十五章　女匪

湘西自古"匪患"出没，1949 年以后，
湘西的"土匪"会是什么样子呢？

程浩告诉我："曹滢，我在集市上看到'土匪'了。"

我惊奇地问："会有这种事，长得什么样子，是不是真正的'土匪'呢？"

"是真的，还是个女的，卖给我柿子的老乡还说亲自看到她被抓过。"

"那好，下个星期天我们一起去赶集，我也想看一看这个'女匪'。"

"好，到时我们一起去。"

珑坪的"赶集"，是珑坪当地村民最为重要的日子。它通常要两个星期才举办一次，赶集那天，各民族同胞把家里种植、制作的东西拿到集市上来卖或交换，人山人海的场面恰似一个盛大的节日。

我第一次看到所谓的"女匪"，她一点儿也不起眼。五十多岁的年纪、消瘦的面容、深蓝色的包头、宽大的衬裤，正坐在两筐杨梅面前，等待着它的买主。第一眼的印象，让我感到大失所望，她完全颠覆了我想象中的《英雄虎胆》中"阿兰"的形象，让我迫切想要见面的心情多少有些失望。

"就是这个人啊？"我问程浩。

"对，就是这个人。"程浩说。

"会不会搞错了，哪有一点'女特务''女土匪'的样子啊，倒有点像隔壁家洗衣服的大妈，你什么'情报'来源呀？搞清楚再告诉我啊。"

"哎，"程浩没想到我会"急眼"，激动加申辩加重了他说话的语气："曹滢，你什么时候也学会了以貌取人，人家年纪大了，不好看了就表示人家原来没做过'大事'了？你什么逻辑。"

正争辩间，我们身旁一位修鞋的大爷跟我们搭上了话："你们也是来看'女土匪'的吧？"

我看了大爷一眼，点点头。

大爷说："不错，她在 1949 年以前的确是个'土匪'，而且还是个'匪首'，是国民党'反共救国军湘黔支队'的中校副团长，我和她是一个生产队的，非常熟悉，不会有错的。"

我吃惊地看看大爷，又看看那个女人，感到不可思议："大爷，她怎么会成为这个样子呢？"

"唉，说来话长，我们湘西自古地处偏远、土地贫瘠，不太适合大规模耕种，因而没有太多的活路供我们选择。她家由于子女多、负担重，没有办法过活，于是她学起了许多先辈，进山落草当起了'土匪'。在山寨中她由于枪法好、敢拼命，被推选为副寨主。中华人民共和国成立前夕，一伙国民党残部流窜到了此地，他们为了拉拢各支土匪武装对抗政府，对各个山寨封官许愿，施以金钱、武器援助，她就是在那个时候被国民党残部封为中校副团长的。在对抗解放军的过程中，他们昼伏夜出、时时侵扰，解放军跟他们打了好几年，也没有把他们消灭干净。最后解放军改变了方法，让她的姊妹在洞外现身说法，用许多活生生的现实感召了她，她才幡然悔悟，率部投诚，加入到人民的队伍中来，并迅速使几处顽抗的土匪土崩瓦解。虽然投诚后她也遭到审查，蹲了几年监狱，但最后还是被特赦出来，回家务了农。小伙子，你可不要小看她啊，她还是我们湘西土家族苗族自治州的政协委员呢。"

我看了一眼那位"女匪"，不免为她的故事感到心动。

"当上了政协委员，她就没有办办公、管管事，带领一帮村民大干特干呀？"我心有不甘地问大爷，发现事情的发展完全对不上我的思路。

"小伙子，你是不是电影、小说看多了，什么事情都要搞个'光辉形象'出来。她一个农村妇女，一没文化、二没水平，你还能要她怎么样，她已经很知足了，人家政府每年开政协会议，还会派专车来接她。"

我再看了一眼我眼前的"女匪"，不由得感叹时间真是抚平一切的"机器"，既能够抚平痛苦，也能够抚平记忆。

正说话间，一位中年妇女走到了"女匪"的摊位前，边尝杨梅边问她道："你的杨梅怎么卖的？"

"五分钱一斤。""女匪"回答。

"太贵了，便宜一点儿吧，四分钱一斤怎么样？"

"可以，只要您看着中意，四分钱就四分钱，您要几斤？""女匪"问。

"五斤。"

"好，我一定给您称得满满的。""女匪"说完，拿起秤称起杨梅来，当她把杨梅称好以后，从身后拿出一个事先准备好的小竹篮，把杨梅倒在了里面，递给了中年妇女。

中年妇女拿起试了试，对她说："不对吧，我怎么感觉轻了不少！"

"不会的，我从来都是足秤的，请您放心。"

"我放哪门子心，我从来都是相信'耳听为虚、眼见为实'的，把你的秤拿过来，我要再称称。""中年妇女"边说着，边动手拿起了秤，她把杨梅倒在了秤盘上，称不完就记下数，然后把称好的杨梅倒在另一个竹篮中，直到称完所有的杨梅，并称了竹篮的重量，等她减完竹篮的重量，发现给她的杨梅足足有五斤三两。

中年妇女还是心有不甘，她把秤盘翻过来看，想看看秤盘下有没有磁铁，当她发现没有的时候，这才悻悻地把秤盘翻回来。

中年妇女还是不放心："你是不是改了秤，我怎么拿起杨梅总感觉有些不对劲。"

"不会的，请您放心，我是不会做这种事的，做这种事对我也没什么好处，我为什么会这样做呢？"

那可不一定，现在什么样的人都有，谁都说自己不会耍秤，但就是有人这样做了，我到底应该相信谁呢？"

"女匪"沉默了一会儿，回答说："这样吧，大姐，您要是实在不相信我的话，到别的摊位去买吧，这也没有关系的。"

我不知道这句平常的话为什么会引起中年妇女的莫名怒火，只见她眉头一颤，一口浓痰就吐在了"女匪"的脸上："说几句怎么了？说几句你还听不得了，老娘买你的杨梅是看得起你，否则谁会稀罕你的破杨梅！"边说着，中年妇女还对着装杨梅的箩筐踢了一下。

众人皆惊，不知道接下来会发生什么，我也被中年妇女的举动给激怒了，准备冲上前去找她理论，正走动间，程浩从后面一把拉住了我。

只见"女匪"不紧不慢地从裤袋中拿出了手巾，从容地擦去了别人的"排泄物"，然后镇定地对中年妇女说："大姐，您不要这么生气，我不是这个意思，您要是嫌杨梅少，我就再送给您一些吧。"说完这话，"女匪"又从她的箩筐中拿出许多杨梅，装在了中年妇女的小竹篮中。中年妇女狠狠地看了一眼"女匪"，"呸"了一声，丢下钱，拿起杨梅扬长而去，留下了面无表情的"女匪"和深感震惊的众人。

"女匪"这时拿起扁担，挑起剩下的杨梅，全然不理会众人的窃窃私语，迈着沉重的步子走了。远远地，我还能看见她瘦弱的背影。

我百思不得其解，对程浩说："你开始拉我干吗？"

程浩说："看你激动，给你压压气。"

"拉什么拉，你没看见那个中年妇女很嚣张吗，这种情况你也看得下去。"

"曹滢，你也不想一想，如果真要动手，那个中年妇女会是她的对手？人家这样处理，一定有人家的道理，你可以不喜欢结果，但是你要尊重人家处理问题的方式。"

我细细想了想，觉得很有道理，便对程浩说："程浩，想不到这个'女匪'会变成这个样子，岁月的磨砺真是能够改变人，她的这种修养，不是一朝一夕就能练成的，如果换了我，早就还手了。"

"要是我，肯定也会跟你一样的。"程浩说。

一批来自成都的青工加入我们的行列里来。

他们一到珑坪驻地，一看这样的环境和条件，立刻"哭天抹泪"，有些人当即表示要马上回去。

江洪信板起了脸："哭什么哭，出去打听一下，现在什么单位会比铁路有优势，你们不来参加修铁路，难道准备'上山下乡'？告诉你们，我参加修铁路那会儿，住的是茅草屋，吃的是苞谷饭，还没有现在的条件呢。你们听着，想干活的就留下，不想干的就请便，我绝不会耽误你们的前程！"

众人都不敢说话。

我被分派给一个新来的小女孩安装床位。

从总务室领到床，我在小河边砍了根竹子，把它整了个干净，又把它锯成四根，用铁丝捆了个严严实实。把蚊帐拉起来后，我发现蚊帐的顶处很容易积灰尘，就把自己的深色塑料布拿了出来，给她放在了蚊帐的顶处，并用夹子夹好。

等一切都安排妥当后，我对有着一双水汪汪大眼睛的女孩说："都搞好了，请安心吧，不是为了自己，也要为父母想一想啊。"

女孩怯怯地对我说："哥哥，谢谢你。"

我笑着说："不用谢，我们都是这么过来的，你一定也会适应的。"

解小虎从新疆探亲回来，在大门口遇见了我。

我问他："你回来了？"

"回来了。"

"给我买葡萄干了吗？"

"唉，别提了，回去经过'兰新线'的时候，恰好当地发生了泥石流，将线路冲断了，我在离兰州不远的一个小站待了半个月，实在是过不去，就只好折回来了。"

"看来今年的葡萄干是吃不成了。"

"我敢负责任地告诉你，肯定是吃不成了。"解小虎说。

第十六章 发 明

江洪信"发明"了小型铺轨机。

谁也没有想到，我们铺轨到林寨山隧道的时候，会因为隧道长度过长、宽度过窄而无法正常使用我们的大型铺轨机。

林寨山隧道属于那种典型的深层隧道，它足有四千零八十七米，岩层是湘西特有的浅灰、灰绿色及淡黄色矽化板岩夹薄层砂岩。据说南方局别的工程处在开凿这条隧道的时候，并没有使用什么有效的机械，完全是由人工开凿的，我们在到达隧道的时候，还能看到隧道的拱顶因为没有修饰，显得凹凸不平，隧道内的暗河水滴滴答答地时大时小，仿佛在演奏一曲无人指挥的交响乐。

依照这种情况，如果强行使用铺轨机铺轨，不能有效地发挥铺轨机的功效；如果采用人工铺轨，势必会耽误工程的工期。怎么办？残酷的现实摆在了江洪信和几位副队长面前。

在困难面前，江洪信没有选择退缩，他和机械班的班长到现场查看了一番，回来后一头扎进办公室，研究到深夜。第二天，他又带着机械班班长和一众工友，来到作业场现场，作业场除了堆积如山的轨排、桥梁，就是高大的龙门吊，并没有什么特别的地方，他到底要干什么呢？

江洪信让机械班长亲自到龙门吊上去操作，让他吊起一排轨排走一走，并询问了机械班长一些机械、电路、承载方面的知识，我们这才明白江洪信究竟想干什么。他是想设计出一个类似于龙门吊的"小型铺轨机"，自己动手，好早日解决林寨山隧道的铺轨问题。

说干就干，江洪信在离作业场不远的一处平坦空地上铺好钢轨，就带着一帮机械班的工友以及一些精明强干的小伙子（包括我在内）干了起来。

材料是现成的，由于作业场的龙门吊都是铁建一队的职工自行拼装、焊接的，龙骨、钢材、电焊工都是召之即来、来之能用的，因此试验场的前期工作大致顺利。

为了更好地设计出"小型铺轨机"，江洪信硬是自学了机械制图，和技术主管熬了几个通宵，把"小型铺轨机"的设计图纸拿了出来。

我第一眼看到"小型铺轨机"的设计图纸时，发现它与我们的龙门吊没有太大的区别，只是比龙门吊小一些，工作原理也大致相同。但是从一个专业的角度看，它吊起轨排就非常轻松，在隧道内也能够行走自如，绝不会出现超限的现象，而且如果你不需要它了，还可以就地拆除，因而从心底里认同了江洪信的这种设计。

夏日炎炎，我们顶着三十七八摄氏度的高温，在阳光下拼装"小型铺轨机"。电焊工们挥汗如雨，在此起彼伏的电焊弧光下艰难地焊接着。我的任务，就是给"小型铺轨机"的轮轴做一个木质"保险"。我左找右找，也没找到合适的木头，突然发现一个新买的马达的包装箱上的一节木头很适合做"保险"，于是拿起铁锤，就去敲包装箱上的木头。正当我敲得起劲，而且木头马上就要被敲下来的时候，不想木头不听控制，"嗖"的一声，飞了出去。此时江洪信正带着几位副队长来试验场检查工作，木头正好朝着他的身体飞去，眼疾手快的江洪信一看这飞来的物体，慌忙闪身躲过，只听得"当"的一声，木头打中了他身旁的铁支架。江洪信看了看我，又摸了摸自己的手臂，心有余悸地对我说："小伙子，你想把我打骨折了啊！"众人皆哈哈大笑。

在制造"小型铺轨机"的过程中，我们遇到的第一个问题，就是要不要给"小型铺轨机"安装驾驶室。

江洪信认为，还是应该给"小型铺轨机"安装一个小型驾驶室的。因为第一，它可以使驾驶者有一个相对稳定的操作环境，不至于操作起来手忙脚乱的。第二，在隧道内施工，各种危险因素都有，你不知道会发生什么，如果遇到突发事件，驾驶室还可以起到一定的保护作用。

机械班长认为，第一，"小型铺轨机"不是龙门吊，你是为特定的因素而设计的，而且也是在特定的场所作业的，工作起来应以简便、实用为宜。第二，"小型铺轨机"也不像龙门吊，不具备那么好的瞭望条件，它通常是由两台"小型铺轨机"共同吊起轨排作业的，两台"小型铺轨机"之间还应设有防护员，有个驾驶室不利于大家的协调行动，在"小型铺轨机"上设一个利于操作的"铁凳子"即可。

争执了一番以后，江洪信觉得机械班长的建议还是挺有道理的，于是就采用了机械班长的方法。

我又干起了老本行，为"小型铺轨机"的承重主臂刷油漆，看着锈迹斑斑的钢材主臂，我真不知道什么时候才能把它清理干净。我用一个小尖锤一点一点地敲，敲完以后，又用钢丝刷一遍一遍地擦，擦完以后，才用红色防锈漆刷了起来。江洪信看见我刷起了第一道漆，就走过来观察了一番，他看了一下我的"工作成果"，皱起眉头："小伙子，怎么回事，没有敲干净。"边说着，边用小尖锤敲打起承重主臂，主臂上果然落下了一些刷了红漆的铁锈。我面露难色："江队长，我已经很尽力了，这个主臂生锈生得这么厉害，如果真要彻底敲一遍，可能整个主臂都会瘦下去好几圈，这也是没有办法的事呀！"

江洪信严肃地说："我们用这些钢材是经过测试的，是不会有什么问题的，你不能因为这是个临时机械就敷衍了事。小伙子，还是要有点儿责任心啊，这样吧，整个表面你再重新敲一遍。"

我没有想到江洪信会如此认真，只好又重新敲了一遍。

经过大家的不懈努力，"小型铺轨机"终于立起来了，由于"小型铺轨机"的表面刷的是奶黄色，因而在太阳光的照射下，现场显得很是耀眼，远远望去，像一个站立起来的"小巨人"，引得四方的群众前来围观。连机械班长都对江洪信说："挺不错的，江队长，要不要打上'基建处铁建一队'制造，说不定还能在全路推广，将来兄弟单位的同志都要到我们这里来取经哩！"

江洪信不无自豪地说："好好搞吧，以后大家如果遇到类似情况，也可以总结施工经验，吸取教训，把工作做得更好呀！"大家都点头称是。

我对江洪信说："江队长，这个'小型铺轨机'怎么看怎么不像铺轨机，倒有点像龙门吊呢。"

江洪信笑着说："小伙子，这你就不知道了吧，只要好用、实用，能把隧道铺轨拿下来，你管它像什么呢，以完成工作为原则嘛。"大家都笑成一片。

江洪信决定在试验线上试验一下他的"小型铺轨机"。他运来一排轨排，试着让"小型铺轨机"吊起行走，刚开始，试验顺利，两台"小型铺轨机"也运转正常，轨排也的确向前推进。但随着试验的进行，"小型铺轨机"行走越来越吃力，甚至操作人员按下最大功率，"小型铺轨机"也行动缓慢。

不知谁喊了一句："'铺轨机'的承重主臂怎么有向下倾斜的

感觉。"江洪信的面色这才凝重起来，他迅速叫人停止试验，将轨排放了下来，并派人到"小型铺轨机"的顶部查看情况。经过和技术主管的研究、计算，他们发现"小型铺轨机"的承重主臂由于年代久远，其受压力不足以支撑长时间工作。

东西已经做出来了，还出现这样的问题，这是谁也没有想到的，多少让人感到有点儿泄气。但是江洪信和大伙并没有感到气馁，他们找来一批新型钢材，并拆下"小型铺轨机"对承重主臂进行重新焊接、加固，经过几天反复的试验，这道技术难关终于被攻克了。

在林寨山隧道铺轨的过程中，我特意多戴了三层口罩，以免污浊的空气影响我的呼吸。"小型铺轨机"顺利抵达现场，当它吊起轨排一点点向前走的时候，我的心"扑通扑通"直跳，生怕再发生什么不测，影响到大家的工作热情。第一排轨排放下、对接，工友熟练地拿起夹板，穿过螺丝，用扳手把它拧紧，大家心中一阵"窃喜"。第二排轨排放下、对接，工友把它拧紧，没有发生任何意外。在隧道中，"小型铺轨机"的优势就体现了出来，它不像大型铺轨机那样只能单机操作，而且还要受到工作环境的影响，它在隧道中运转自如，有的工友甚至还可以停下来边抽烟，边"欣赏"一下它的工作。大家不由得暗暗称赞江洪信能干、脑袋好使，连这样的问题都被他解决了。

经过两天的艰苦努力，我们终于顺利铺过了林寨山隧道，大家高兴得唱啊、跳啊，有的工友甚至放起了鞭炮，来庆祝这来之不易的胜利。

人世间竟然有这么巧的事，一位工友在放鞭炮的过程中，不经意地朝隧道口顶部一丢，不想隧道口顶部正盘踞着一条大蟒蛇，被丢上来的鞭炮炸了个正着，只听得"嘭"的一声，受伤的蟒蛇正好落在了路轨上，引得大家一阵惊呼。当大家看清是一条奄奄一息的大蟒蛇时，高兴得手舞足蹈，许多人都兴高采烈地说："太好了，太好了，老天爷都帮我们了，老天爷给我们送晚餐来了，今天晚上打牙祭，吃蛇肉！"

灯火通明，香味四溢，我们在珑坪驻地搞了一个会餐。江洪信喝得满脸通红，不断地向各位工友敬酒，一边敬还一边不断地说："辛苦了，同志们，辛苦了，弟兄们，平常害怕喝酒误事，所以不让大家喝酒，今天解禁了，大家要一醉方休，喝个痛快！"大家纷纷叫好。

喝着喝着，江洪信像想起什么似的，对我和解小虎说："曹滢，解小虎，我记得你俩的歌是唱得不错的，今天也别闲着了，为我们唱一曲吧！"大家都纷纷附和，我和解小虎不唱也就说不过去了，于是就站到大家中间，唱起了那首我们耳熟能详的《铁路修到苗家寨》。

铁路修到苗家寨，苗家寨呀苗家寨，
青山挂起银飘带，银飘带呀银飘带。
村村寨寨连北京，红太阳光辉照苗寨，
山花朵朵哟向阳开，向阳开，向阳开。

我俩的歌声唤起了大伙的回忆，许多工友都跟着我俩把这首歌唱完。

"好……好……好……"江洪信醉得有点不行了，但依然为我俩鼓起了掌："你们俩唱得真不错，唱起这首歌，就让我想起了我的年轻时期……"大家都哈哈大笑起来。

江洪信舌头打着卷问我："曹滢，今天的蛇肉好吃吗？"

"好吃，没想到这么嫩，有点鸡肉的感觉。"我说。

"不行，不行，今天这个蛇肉炖的时间还是短了，如果让我来炖，我就会把它打整干净，放上五香、八角和各种配料，时间再炖得久一点，那个味道才叫香呢！"说着说着，江洪信吞了一下口水，我都忍不住笑了起来。

"曹滢，告诉我，将来修完铁路，你想干什么？"江洪信问。

"说真的，我还真没想好将来要干什么。我想将来如果有机会，把我们这段经历写成小说，让它流传开来，让世人都知道我们是怎么过来的，那一定是一件非常有意义的事，你说好不好，江队长。"

"好、好，有志气，一定要付诸行动啊。"

我笑着点点头。

"解小虎，你将来又想干什么呢？"江洪信又问。

"我跟曹滢一样，也没有想好，但是我们家乡新疆的铁路就挺少的，出行也不方便。我将来修完这边的铁路，如果能回到家乡继续修铁路，改变家乡落后的面貌，那我就心满意足了。"解小虎说。

"好，也是有志气的，来，让我们满饮此杯！"江洪信动情地说，我们一饮而尽。

这天晚上，大家都尽兴而归。

第十七章　彭　姐

那些为铁路事业做出贡献的女人们。

　　彭姐来找我，还带来了我借给她看的《红岩》，她的小女儿楠楠像一个"小尾巴"，紧紧地跟在妈妈的后面。

　　我问她："吃过饭了吗?"

　　她说："吃过了，我妈来工地好多了，既可以帮我照顾楠楠，又可以给我做吃的，我已经轻松多了，没有原来那么辛苦了。"

　　我看了一眼彭姐，心中想说什么但没有说出来，看着楠楠梳着两根大辫子，眼睛一眨一眨地看着我，心中的怜爱之情油然而生。我一把抱起孩子，对她说："好楠楠，就是乖，又听话，又漂亮，跟叔叔到宿舍去，叔叔给你拿梨子吃，好吗?"

　　楠楠摇了摇头，对我说："不要，不要，谢谢叔叔，我妈妈说，不能随便拿别人的东西。"

　　我笑出声来，对彭姐说："你就是这样教育孩子的，好人坏人也不分了，我是别人吗?"

　　彭姐也笑："孩子还是应该从小养成良好的习惯的，你也不要见怪。小滢，你现在有事没有?"

　　我说："没事呀，怎么了?"

　　"没事就陪姐散散步吧，我好久没跟你说说话了，也不知道你的个人问题解决得怎么样了，总该跟姐汇报汇报呀。"

我笑着点点头，跟着她们母女俩向驻地外的简易公路走去。

彭姐叫彭腊梅，山东烟台人，和我们同一批参加工作的。

彭姐本应该先于我们好多年就参加工作。她父亲本是南方铁路局第七工程处的隧道工，因为在修建成昆铁路的时候积劳成疾，不幸与世长辞。据说当地医院解剖她父亲的遗体时，其肺部已相当硬化，医生用铁锤敲打，都不能将其肺部敲开，足见硅肺病已经到了怎样严重的程度。

彭姐本应在那个时候就顶替父亲的工作，进入到铁路行业里来的。但是当时领导念及其年龄太小，只有十三四岁，况且又是家中的独生女，她母亲也是体弱多病，需要这对母女俩相互照顾，因而特别允许彭姐先行回家，待成年后，再到单位来顶职上班。

不想时过境迁，单位和领导都变动频繁，等到我们都参加完招工考试，正准备分到南方局的各个处的时候，已经长大成人的彭姐，始终接不到单位让她上班的消息。

彭姐和母亲不惜千里迢迢，来到南方局机关，向各级领导申诉、求告，终于使大家想起了这位平凡职工的子女还有这么一档子事，各级领导也非常重视，为了照顾彭姐，特地将彭姐和我们这帮已参加完招工考试的青工，一起分到了劳动强度相对轻松的基建铁路工程处。

我就是在那个时候认识彭姐的，那时的彭姐还是个腼腆、憨厚、害羞的女孩儿。

彭姐来到铁建一队后，干起活儿来一点儿也不含糊，抬枕木、拼钢轨、整线路、上石砟，她样样工作都抢着干。有一次我们搞线路外观整治，要将卸砟车上卸到路肩、路堤上的石砟拉回到道床中间去，彭姐硬是跟许多男同志一样，用绳子拉住大拉耙的底部，一把一把往回拉，一连干了四个小时，许多男同志都累趴下了，她虽然也气喘吁吁，却始终坚持着。

良好的工作表现使她获得了江洪信的赏识，江洪信特地成立了女子整道工班，并要彭姐担任女子整道工班的工长，让彭姐带着一帮女同志，专门负责铺轨过后的道床养护工作。

生活稳定了，事业顺利了，爱情就自然而然地来到了彭姐身边。彭姐的爱人叫邵灵郎，是一个体格健壮、长着一头浓密的自然鬈发的四川小伙子，曾经是铁建一队四工班的线路工。

说起他们的"浪漫史"，还真有一段令人难忘的故事。

江洪信的爱人看到彭姐的年龄越来越大，还孤身一人，而且心思都用到工作上去了，对谈情说爱的事既不理会也不着急，出于对她的关心，决定撮合她和铁建一队四工班的工长组成一对。

见面那天，江洪信的爱人给双方约定，一起到她家中吃顿便饭。彭姐早早地到了，不久，四工班的工长也来了，有所不同的是，他还带来了一个帮他"参谋"的，而这个"参谋"者正是邵灵郎。

一顿饭吃下来，彭姐对四工班工长没有什么印象，却对浓眉大眼、稳重诚恳的邵灵郎产生了好感，两人从此花前月下、约会不断，并于半年后领取了结婚证，其发展的速度和方向令所有人都始料不及。

一年以后，他们有了爱情的结晶——邵楠楠。像普天下所有的父母一样，他们把所有的爱都投入这个孩子身上，一时间家庭的温暖笼罩着这个小小的三口之家。

然而天有不测风云，一段时间后，邵灵郎的腹部突然感到不适，有时候甚至连排便都感到相当困难，吃点帮助消化的药也无济于事，待到地方大医院进行了详细的检查后，才确诊为结肠癌晚期。

此事无疑是晴天霹雳，沉重地打击了这个小小的家庭。彭姐整日里以泪洗面，既要抓好工班的工作，又要照顾好生病的丈夫，一时间生活的重担压得她喘不过气来。

邵灵郎的性格也大变，从一个乐观开朗的人变成了一个沉默忧伤的人，这样的心态没有帮助他抵御住病魔的侵袭，他于四个月后与世长辞。

送走丈夫后，彭姐依然坚强地挺立着，她一面照顾孩子，一面工作，要强的性格赢得了大家的交口称赞，直到大家觉得她这样下去不是个办法，纷纷劝她把自己的母亲接过来，以帮助她解决后顾之忧，她这才把母亲接到工地。

彭姐是最为喜欢和关心我的。

因为在同一批参加工作的同学当中，我的年龄是最小的，也是最招人怜爱的；而彭姐是我们这一批中年龄最大的大姐，因而我们这"一大一小"的组合自然就会相得益彰。

平素，有什么好吃的、好用的，彭姐总是会给我留着，我的衣服、被子脏了，彭姐也会主动为我清洗。当然，她在和邵灵郎谈恋爱的时候，我也没有少做"传声筒"和"邮递员"。

记得她刚和邵灵郎谈恋爱的时候，有一次我到她宿舍去玩儿，手里面提着些给她买的苹果。不想刚一进入她宿舍的门，就看见邵灵郎坐在她的床上，而彭姐则坐在小凳子上与他在说话。此时我感到颇为尴尬，不知道是进还是出，彭姐看了我一眼，奇怪地问："小鬼头，你今天是怎么了，不认识了是吧，快进来坐呀，站在门口干什么？"

我不好意思地笑笑："还是不进去了吧，我怎么能打搅你们呢。"

彭姐也笑："你这个小鬼头今天要装怪是吧，邵哥你又不是不认识，今天怎么客套起来了，赶紧进来呀。"邵灵郎也说："小滢，快进来，没关系的，我早就听说你跟彭姐的关系最好，我们刚才还提起你，看来我在这儿你反而不好意思了，真对不起，快进来呀。"

我的眼睛转了转，马上就说："彭姐，我今天不是来看你的。"

彭姐奇怪地问："哎，那你不是来看我的，是来干什么的?"

我笑着说："我是来给我未来的姐夫送苹果的，并准备给他留一个好印象，我祝姐姐和姐夫恩恩爱爱、白头偕老!"说完这些，我"哈哈哈"笑了起来，并迅速放下苹果，转身跑出去老远。远远地，我还能听到身后，彭姐嗔怪的声音……

这一切仿佛就像昨天发生的事情，怎么转眼间就物是人非了?

我问彭姐："阿姨来给你带小孩儿，她老人家还习惯吧?"

"还好吧，当年我父亲在世的时候，她也曾到工地去陪伴过我父亲，对我们的生活状态早就熟悉，适应起来应该是没有什么问题的。"彭姐说。

"你带着这么一帮女同志，也够你辛苦的了，有些工作我们男同志干起来都挺费劲，更何况你们了。彭姐，你有时候也不要太要强了，怎么说你也是女同志啊，不能把自己想象成男子汉呀。"

"唉，有什么办法，总得有人干啊。有时候我也在想，彭腊梅，你是怎么回事，这么拼命干吗，还是找个清闲点的工作，干个门卫什么的算了。但是一到现场，一看到我那群姐妹们，我的心就是静不下来，有什么办法呢，也许这就是我的命吧。"边说着，彭姐边擦去眼角的泪。

我拿出手巾给彭姐，并对正在摘野花的邵楠楠说："楠楠乖，不要跑远了，让妈妈和叔叔担心，等一会儿你把花摘满了，叔叔给你编一个花辫子。"

邵楠楠答应一声，继续摘她的野花。

我对彭姐说："彭姐，其实有句话我一直想对你说，不知道当说不当说。"

"你说吧，对我你还有什么不好意思说的。"

"你考虑没考虑过，再找一个，你还这么年轻，楠楠又这么小，这样下去始终不是个办法。"

彭姐顿了顿，没有说话。

"我知道你可能有些心理上的阴影，但是我想要告诉你这是没有必要的，也不应该成为你再次组建家庭的障碍。你想想，你一个女人如果这样撑下去，该有多么困难，邵灵郎如果地下有知，他也应该会支持你的。"

彭姐理了理头发，对我说："小滢，你的话我会认真考虑的，谢谢你的关心。不要说我了，还是说说你吧。怎么样，找到合适的女孩子了吗？"

我想起了苑小昕，但是没敢告诉彭姐："还没有，反正我还年轻，也不用着急的。"

"话可不能这样说，如果遇到合适的，还是应该好好谈一个的，否则随着年龄的增大，你不着急你爸爸妈妈都会替你着急的。"

我说："知道了，姐姐，你不能像我妈妈一样老是一天到晚在我耳边唠叨，该找的时候我一定会去找的。"

"我们单位这么多女孩子，难道你一个看上的都没有？"

"谁说的，人家女孩子眼光高呀，哪看得上我们这些线路工，姐姐，你就放心吧，遇到合适的，我一定不会放过的。"

彭姐用手指点了点我的头，不再说什么，我们相视而笑。

一年后，彭姐再次组建家庭，而且同样相当幸福。

第十八章　收 养

罗伯伯收养了一名苗族小女孩。

我们驻地最近来了一名要饭的小女孩。

她蓬松的头发、憔悴的面容、破烂的衣服、黑黑的指甲，常常蜷缩在我们食堂墙边的角落里，让人觉得万分可怜。我们常常在打饭的时候，留一些食物给这个小女孩，小女孩有时候也会向我们食堂的炊事人员讨要一些食物，如此这般，她竟然在我们驻地周围待了一个多月，俨然成了我们中间的一员。

我从没有听见过小女孩说话，她现实的情况已经叫人倍感可怜，谁还在乎她说与不说的具体表现。有一次，我洗干净一个苹果拿到她面前，并当着她的面把苹果削干净，将苹果递给了她。她冲我点点头，意思是表达了感谢之情，并迅速吃完了苹果。而后的一幕让我吃了一惊，她抓起我削掉在地上的苹果皮，迅速投进了口中咀嚼，我赶紧制止她："这样吃下去不卫生的，当心会生病，赶紧吐出来吧！"她并不理会我的提醒，而是飞快地把苹果皮吞下肚，并用衣角抹了抹嘴，再次冲我点了点头，意思仿佛是：这么好的东西削掉一部分太可惜了，还是不要浪费了，让我全吃掉吧。

罗伯伯这段时间跟着架桥机作业，因而回到驻地的时间较少，当他第一次在食堂边看到这个小女孩的时候，同情之心油然而生，他马上到食堂打了饭，并连同饭盒一起送给了小女孩，看着小女孩吃得津津有味的样子，罗伯伯掉泪了。

等小女孩吃完以后，罗伯伯慈爱地摸着小女孩的头发，问她道："你是哪里人呀？"小女孩仿佛有心事，没有回答，而是睁着两只炯炯有神的大眼睛，静静地看着罗伯伯。罗伯伯又问："你有多大了？"小女孩还是无语，依然静静地看着罗伯伯。罗伯伯叹了口气，对我说："孩子还小，也许理解不了我们的意思。"正当我拿起饭盒，准备帮她洗干净的时候，这个小女孩对着罗伯伯说了一句："凯哑（苗语：谢谢）！"我们都吃了一惊，想不到这个穿着汉族服装的小女孩竟然是个苗族人！

罗伯伯赶紧让我去找来一位听得懂苗族话的苗族工友，这才了解了小女孩的详细身世：小女孩出生在一个不知名的大山里，今年有十岁。在她的记忆中，妈妈曾告诉她，她们这种"苗族"在族群中被称作"大脚妹"。两年前的一个下午，她随妈妈到地里去干活，妈妈拿着农具走在前面，她因为贪玩，拿着爸爸给她做的"竹蜻蜓"跟在后面。妈妈几次催促她快走，她都没有把妈妈的话当回事，而是嘻嘻哈哈地跟在后面捉蝴蝶。当走到一个山坳的拐角处时，她看见妈妈低着头往山下走，正准备快步小跑追上妈妈时，不想从草丛中跳出两个蒙面大汉，还没等她喊出声来，其中一个大汉就拿着一个麻袋把她从头罩到脚，她只觉得天昏地暗，立刻就昏了过去，什么也不知道了……

等她醒来的时候，她已经躺在一户农家的床上。人贩子将她卖到了一个连她自己都不知道是什么地方的地方，这户农家买她的原因是让她照顾他们六岁的瘫子儿子，并为他以后的生活做准备。如果这户农家能够好好地对待这个小女孩，小女孩也许就认命了，但是这户农家因为买小女孩花费了大量的钱财，因而把一腔怨气都撒到这个小女孩身上。平时打骂、虐待只是家常便饭，还经常不给吃喝，让小女孩干很重的体力活，在实在不能忍受的情况下，小女孩在一次傍晚喂鸡时偷偷逃跑了。在逃跑的过程中她慌不择路，只记得老家是有铁路的，于是就顺着铁路向前寻找，直到来到我们的驻地……

听完苗族工友的介绍，罗伯伯再次叹了一口气，他稍微思索了一下，就毫不犹豫地牵着小女孩的手，向他的单身宿舍走去。

我在后面急急地喊了一声："罗伯伯，您这是……"

"没什么，小滢，这个小女孩我收养了，不要大惊小怪的。"罗伯伯回过头来对我说。

"可是她如果住了您的房间，您住哪里去呀？"

"没关系，我就去跟你们挤一挤。"

"可是，这……"

罗伯伯没有再理会我的问话，而是领着小女孩头也不回地走了。

罗伯伯还真是个细心的人，他找来一名相熟的女工，帮这个小女孩洗了个澡，并找来与这个小女孩年龄相仿的儿童的几套旧衣服，让这个小女孩换上，小女孩焕然一新地出现在我们面前。

此后一段时间里，只要工作不忙，罗伯伯几乎都要带着这个小女孩，教她刷牙、洗脸、运动、学习，空闲的时候，罗伯伯甚至教起了小女孩英语，我们有时候在晚上路过他的宿舍，还能够听到里面用英语对话的声音。

小女孩的精神面貌渐渐地有了起色，普通话也越说越流利，有时候罗伯伯带她出去散步，也能够看到她开开心心、蹦蹦跳跳的身影。虽然我们对罗伯伯究竟能够带她多久持不乐观的态度，但是依然为这个小女孩能够找到一个暂时的归宿而感到高兴。

我有一次试探着问罗伯伯："您就打算一直带着她在工地待

下去?"

"不是,我已经跟你柳姨商量过了,铁建二队从南线下来了,我就把她送到你柳姨那里去。"罗伯伯说。

"柳姨能答应您再收养一个小女孩吗?"

"怎么不答应,她也是喜欢小孩的,我家虽然有一儿一女,但是都是由我父母带大的,我把这个小女孩的情况都跟你柳姨说了,她也非常支持,谁都有困难的时候,我们总不能让她再流浪下去吧。"

"您就没打算找一下她的亲生父母吗?"

"谁说我们没有找过,我们几乎把整个湘西、黔东南地区都问过了,始终没有结果,她被拐卖的时候年龄还小,根本不记得家乡的情况了,我们总不能把她推出去不管了吧。"

"那您为什么不交给民政部门去处理呢?"

罗伯伯笑笑说:"现在政府机关的事这么多,丢孩子的人也挺多的,不见得人人都能找到回家的路吧。我是这样想的,与其把她丢到孤儿院去慢慢适应,不如我们亲自带着,给她一个安稳的家,给她一个好的学习环境,给她一份真正的关爱,而且还可以乘机寻找她的亲生父母,这难道不是一件有意义的事吗?小滢,不是我爱心泛滥,这的确是现阶段对这个小女孩最好的选择了。"

不得不说,罗伯伯的话深深地打动了我。

江洪信不知道什么时候知道了这件事,他把罗伯伯叫去问了话。

"老罗,听说你收留了一个苗族小女孩。"江洪信问。

"是,是有这么一回事。"罗伯伯回答道。

江洪信笑道:"你跟柳医生商量过没有,以后把她怎么办,总不能长期待在工地上,她总得有个归宿啊。"

"我跟柳慧云已经商量过了，等他们那边不忙了，我就把这个小女孩送过去，让柳慧云先带着，以后再做打算。"

"老罗，你是不是把问题想得太简单了，现在民政部门的收养手续是非常复杂的，小女孩跟着你们，将来还要面临入户口的问题，如果户口入不了，那岂不成了'黑户'了。你这又是何必呢，家里本来就有一儿一女，而且都已经参加工作了，你又何必找个麻烦事来担呢！"

"江队长，不是我想找麻烦，而是把这个小女孩丢到社会上去，我是于心不忍的。你也知道现今社会的现状。再加上通过这段时间带她，我们已经产生很深的感情了，你这个时候让我送她到民政部门，我是不会愿意的；你这个时候让她去民政部门，她也是不会愿意的。江队长，你就放心吧，我们会处理好这些关系的，这个小女孩在我家，也只会幸福，不会受苦的，你能相信我的话吗？"

"可是你现在这个身份，你就不怕有人给你扣'帽子'。"

"只要能为孩子好，我们什么样的苦都能吃，什么样的'帽子'都不怕！"

罗伯伯的话看来对江洪信还是起作用的，他沉默在那里不说话了。过了好一会儿，他才对罗伯伯说："罗工，我给你出个主意吧，你要真想要这个孩子，沉塘、珑坪都不要待，就把她送回你无锡老家去吧。一来可以掩人耳目，让这个孩子在那边快乐地成长；二来也可以堵塞许多的流言蜚语，对你和柳医生有利。如果有人问起来，我也可以给你打个照应，推说没有这么一回事，这已经是我能够想到的最周全的办法了，你看行不行？"

罗伯伯低头想了一会儿，觉得这个办法不错，于是就站起来对江洪信说："好的，就这么办，谢谢你，江队长。"

"为了不引起大家的注意，我会给你开好免票，让你以养病的名义把孩子带回无锡。同时我也会跟铁建二队的队长打好招呼，让他放柳医生同去，你们尽量早去早回，你看怎么样。"

罗伯伯紧紧握住江洪信的手，不胜感激地说："真是太感谢你了，江队长，想得这么周到。"

江洪信笑笑说："不用谢，这是我应该做的，我也是个知道对错的人啊。"

送罗伯伯和小女孩的路上，我看见小女孩深情地望着远山，仿佛是有许多话想对大山说……

若干年后，我再次见到小女孩，她扎着一对漂亮的蝴蝶结，穿着一身红色的连衣裙，说一口标准的无锡话。

第十九章　军 训

我们在沅塘参加由基建处武装部组织的军训活动。

上级号召我们，"三线"铁路要早修、快修，要做好打大仗、恶仗的准备，在修好铁路的同时，还要为"全民皆兵"的军事斗争做好准备……

我接到上级的通知，基建处武装部将在沅塘举办"军事训练"培训班，将首先培训二十五岁以下的青年男女，我作为其中的一员已经被列在第一期的名单里面。

等我们赶到沅塘报到的时候，基建处各单位的适龄青年早已到了一大批，大家有许多都是老朋友、老同学，能够有这么一个机会聚在一起，我们的心里别提有多开心了。

苑小昕也在运营段的代表队里面，我冲她摆摆手，她也冲我笑了笑。

军训第一天的训练内容，就是队列训练。一大清早，我们早早地赶到训练场地，不想沅塘大队的民兵连比我们早到了一步，早就在训练场地展开训练了。由于地方民兵组织一直与我们关系良好，借用我们的场地训练也是情理之中的事，因而大家也没有打搅别人训练的意思，只是站在场地边观看别人训练。

教官看到这种情况，对我们一声令下："今天因为情况特殊，改变训练计划，由队列训练改为五公里越野训练。大家听我的口令，目标，正前方沅塘烧砖厂，跑步前进！"

　　我们连想都没想，就随着教官跑上了简易公路，刚开始的时候大家还兴高采烈、有说有笑的，等跑到了终点，清点人数的时候，这才发现队伍稀稀拉拉的，许多学员因为缺乏锻炼，早已被丢得没影了。教官并没有停下来的意思，他继续对着我们这些先行到达的学员说："所有人，听我的口令，目标，沅塘民兵训练场，跑步前进！"

　　我这才发现我的体力也不济了，跑起来气喘吁吁的，看着一个个汗流浃背、喘气如牛的学员，我心说：体能这个东西真不是一朝一夕就能练成的，如果不长期坚持，哪会有好的身体。

　　等我们赶回训练场时，沅塘大队民兵连已经离开了，看着一个个上气不接下气的学员，教官并没有责怪我们，而是认真地看着秒表，等最后一个学员到达以后，他才把我们集合起来训话："这是第一天第一个项目的训练，总体来说情况不佳，第一个到达的学员比最后一个到达的学员快了三十分二十五秒，这是男兵班的情况，女兵班的情况就可想而知了。你们都是基建处的骨干，是二十五岁年龄组最早到达的一批人，你们的体能情况都是这样，后面不同年龄组看来就更加不乐观了。"大家都面面相觑，不知道这种评价的结果会是什么。

　　"唉，既然现状如此，我也就不强求了，常言说得好，把一群好兵带好了不算本事，把一群孬兵带好了才算本事，我有信心把我的训练计划完成好，使大家成为一支拉得起、过得硬的民兵队伍，我对大家抱有期待，同志们，有没有信心？！"声音大而洪亮。

　　"有！"大家回答得整齐划一、震耳欲聋。

　　接下来的训练就是队列训练。教官教我们行进、步伐、抬腿、转身，几乎每一个步骤都精益求精，做到与正规部队一样的要求，他才满意。

　　在训练我们这一组时，他突然发现我的转身有些别扭，就特别点了我的名："曹滢，出列！"我上前一步出列。

"你怎么转身总有前腿压后腿的感觉，单独做几个我看看。"我按照他的要求，一个个地做起来。他观察了一下，突然喊停，便走到了我的面前，让我把鞋子脱了下来，看了一下我的足底，并用卷尺量了一下我的腿部，然后告诉我："你有些腿部外倾，这还是比较少见的，不过没有关系，只要训练得当，不会影响什么的。"

我没有想到我还有这方面的"毛病"，心想：怎么自己这么多年都没有发现呢。不由得想到，要是没有这次军训，可能永远都不知道自己身体有什么不足。

我们的队列训练，有一项是正步向前走，教官不叫你停，你就不能停，哪怕前面是"刀山火海"。在训练解小虎他们那一组时，解小虎他们一直向前走，教官也没喊停，当解小虎的面前是一道高高的水沟时，他本以为教官会喊停，结果教官没有这样做，他就在水沟前停了下来。

教官一声断喝："解小虎，谁叫你停的！"

"教官，水沟这么高，我再往前走，会掉下去的。"解小虎说。

"解小虎，如果前面有一对被战火围困的母子，你明知上前施救会有危险，你是上前还是不上前？"解小虎语塞了。

"记住，小伙子，军人以服从命令为天职，遇到再大的困难，上级没有下命令，你是不能擅自做主的。"

解小虎吐了一下舌头，听从了教官的话。

队列的训练直到傍晚才结束。

第二天，我们进行了拆解枪支的训练。

教官拿起了一支"五六"式半自动步枪，为我们介绍起该枪的历史和技术特点来："'五六'式半自动步枪是我国第一代单兵制式武器，也就是说，自从这种枪配发给了部队，我军就告别了单兵武器是万国牌的历史了。该枪的优点是，设计简单、结构合理、射击精度高、便于携带；缺点是，装弹量少、不能更换弹匣、后坐力大、杀伤面积小。这种枪现在已经是全国民兵组织最常见的配备了，大家要尽快掌握它的技术特点，懂得它的操作原理，我们改天还要进行实弹射击。"

学员们都高高兴兴、认认真真地摆弄、拆解着这批枪支，都知道机会难得，不是任何时候都可以用到这批"五六"式步枪的。

拆解枪支的知识掌握以后，教官又叫人抬出几个弹靶，让学员们进行瞄准训练。

第一个上场的是胡谦，他左瞄瞄右瞄瞄，始终达不到教官的要求。教官问他："你的视力测试是多少？"

他说："0.8 左右。"

"难怪，我教你一个诀窍，以后瞄准靶心，不要朝靶心的正圆心去瞄准，而是三点一线微微向下一点，这样你的准确度就会提高了。"

胡谦照着做了一遍，果然达到了教官的要求，他心满意足地跑开了。

我们接着又练习了"冲锋"。

教官把训练地点选择在了一处墓地。

当我们到达训练地点的时候，教官并没有急着叫冲锋，而是叫我们在墓地外就地匍匐，模拟攻击"敌人"的阵地。

"战况"看来还很胶着，我们从射击角度、交叉掩护、佯攻压制、喊话劝降等各个方向对"敌人"阵地实施干扰，始终未见教官让我们发起冲锋。

这样的情况持续了一个多小时，教官认为时机已经成熟了，突然跳出"战壕"对我们大喊一声："同志们，冲啊！"

早已按捺不住的众学员，此时都兴奋异常，在一片"冲啊！杀呀！"的喊声中齐齐冲向墓地。

这其中王国栋冲得最起劲，他冲进墓地后，突然看见前面有一处水泥砌成的坟墓堆得老高，明显比别的坟墓显眼，他一个箭步冲上去，顺势就躺在了那座坟墓上，边躺着还边对我们说："同志们，继续压制'敌人'的火力，把枪架在我身上，我掩护！"教官和我们看到他夸张的表情，都忍不住哈哈大笑起来……

我在回宿舍的路上碰到了苑小昕，我问她："还习惯吧？"

"唉，累得腰酸背疼，我们女兵班跟你们男兵班一样，训练强度是不减量的，看来这当兵还真不是人人都能干的，口头的保家卫国和实际的保家卫国还真是有区别的。"苑小昕说。

我笑着对她说："再坚持几天就结束了，过几天还有实弹射击，我想跟你比一比，看谁的成绩更突出，到时候输了可不要哭鼻子哟。"

"比就比，谁怕谁，实弹射击又不分身体差异，凭什么我就一定会输给你，到时候还不知道谁会哭鼻子呢！"

我们都哈哈大笑起来。

终于等到实弹射击了。

早上八时许，我们（男女混班）迈着整齐的步伐，在田地边找了一处空旷的地方，准备实弹射击。教官是个细心的人，他先派出学员在山前山后通知老乡离开，并让他们就地担任警戒，直到射击训练结束。

然后，他又派出几名学员到四百米外的山坳处布靶，并告诉他们躲避的地点，约好以口哨为号，口哨吹响了，表示一轮射击已经结束了，可以出来报靶、换靶了。

安排好这些，教官这才对我们说，今天实弹射击不分男女，每次五人，每人五发，等总成绩出来以后，优秀的可以加打几发。我问了一句："教官，什么叫作成绩优秀的？"

"就是环数在四十五环以上的。"

射击开始了，第一组上场的是三男两女，也许是紧张的原因，我看见他们打出第一发子弹的时间明显比较长，之后就顺利了许多。一位男学员兴许是紧张得过了头，一发打出去的子弹明显不在靶区内，击起射击靶后面的泥土四散飞溅，引得众人议论纷纷。

第一组顺利结束，教官吹起了口哨，躲在山后的学员这才走了出来，查看起了靶位，报起了环数。除了一位男学员和一位女学员同为三十五环，其余的人都在二十五环以下。

我心里这才吃了一惊，想起了苑小昕的话，并看了一眼苑小昕，心想：看来这射击比赛真不是凭力气就能取胜的事。

小昕仿佛看出了我的心思，冲我直眨眼睛。

轮到我射击了，我匍匐在地，压好了子弹，瞄了一下瞄准器，感觉也没有什么特别的，我尽量让枪托抵住我的肩，希望在射击的时候尽量减小它的后坐力。

教官一声令下，我们开始了射击，我发射出第一颗子弹的时候，感觉枪托狠狠地撞了一下我的肩，心里就紧张起来：没想到"五六"式半自动步枪的后坐力会这么大，子弹打出去会这么响，看来要把握好实弹射击，也不是一件容易的事。

第二颗子弹打出，我依然没有什么感觉，别看我的视力不错，但它不足以让我看清四百米外的靶子。

第三枪和第四枪，我更是丢了脸，由于我忘记了"五六"式步枪是可以连发的，因而两颗子弹瞬间就飞出去了，并且也没飞向靶区。

解小虎忍不住喊了一声："曹滢，打得太快了，后面的泥土都溅起来了。"被教官制止住了。

没奈何，我决定把握好最后一枪，认认真真地瞄准目标，调整好角度，一咬牙，最后一颗子弹发射出去了。

我举了举手，示意教官我已经射击结束了，教官让我站起来，原地待命。

报成绩的时候，我所在的二号靶区报出的环数是：一个五环，一个八环。我脑袋"嗡"的一声，想到这次丢人可丢大了。

苑小昕上场了，她不慌不忙地架好枪位，瞄准好目标，顺利地发射出五颗子弹，报出的成绩是四十六环，高超的射击技术引来了全场的阵阵掌声……

实弹射击结束的时候，教官兑现了他的诺言，给包括苑小昕在内的优秀射手加打五发子弹，看着小昕"幸灾乐祸"的样子，我真想找个地缝钻进去。

回去的路上，小昕故意气我："服气吗，同志？我今天好像稍占了上风。"

"服，口服心服，甘拜下风，你今天哪是稍占了上风，简直就是压倒性的胜利。"

"输了就是输了，输了总该接受一下惩罚呀！"

"行行行，你说了算，我愿意接受你的任何惩罚。"我无可奈何地说。

"嗯，别的惩罚也就算了，这样吧，你看见前面那块大石头了吗？"小昕用手指了指，"这样吧，你就把它抬回宿舍，我们就两抵了。"

我看了看大石头，又看了看小昕，说了一句："你损不损呀！"

小昕乐开了花："你说的，愿赌服输，你应该是个能说到做到的人。"

我无可奈何地摇摇头，背起大石头，在众人的欢笑声中，一步步地朝宿舍走去……

在武装部教官的指导下，军训活动于一个星期后结束。

第二十章 爱 情

爱情啊！你究竟姓什么？

罗姐到我们家里来玩，她进门喊了一句："吴姨。"

母亲回过头来，惊喜地喊了一声："哎，小娟，你回来了，吃饭了没有？"

"还没有呢，我母亲走的时候，我给她说过要把钥匙放在窗台的花盆底下，她可能工作忙，不记得了，所以我又进不了家了。"罗姐悻悻地说。

"没关系，进不了家就住我家，吃不了饭就在我家吃饭，我和你母亲情同姐妹，你就像我的亲生女儿一样，有什么可见外的。"母亲说。

"嗯，我不会见外的。"罗姐说。

我喊了一声："罗姐。"罗姐应了一声，随后就拉过母亲，小声且又不好意思地说："吴姨，我好几天没有洗澡了，可不可以在你们家洗个澡。"

"当然可以，怎么不可以，我这就给你烧水。"边说着，边对我说："小滢，你就不要在家里待着了，让你罗姐在我们家好好洗个澡，我在家里照顾她，你出去找个地方玩一会儿去吧。"

我答应一声，知趣地走了。

罗姐名叫罗娟，是罗伯伯的大女儿，在铁建三队从事材料工的工作。

罗姐从小体弱多病，因为父母亲在铁路上工作忙，她从小是在无锡老家跟着爷爷奶奶长大的。

柳姨曾告诉我，她后悔从小把罗姐放在爷爷奶奶身边，养成了她孤僻、自闭、不善与人沟通的性格，有些心里话甚至自己的亲生父母也不愿意说。

"上山下乡"运动开始以后，罗姐被下放到离扬州不远的一个农场参加劳动，据说她在那里干得不错，甚至与当地的一位青年农民谈起了恋爱，一度有了扎根农村、永不回城的想法。她的这种举动招致了罗伯伯和柳姨的强烈反对，二老不惜亲赴扬州，拆散了这对苦命的"鸳鸯"，我姐的惨痛教训留给大家的心理阴影实在是太强烈了。

南方铁路局举行招工考试的时候，规定双职工的子女可以优先解决一个，罗姐面对这么好的机会，竟然一度拒绝回到铁路上来。是柳姨把罗姐叫回到自己的身边，动之以情、晓之以理，甚至不惜声泪俱下，这才说动了罗姐参加招工回到了父母身边。

领导鉴于罗姐的身体素质较差，把她安排到从事新线收尾工作的铁建三队当材料工，虽然与罗伯伯和柳姨不常见面，但总算是一家人团聚在一起了。

等我在外面溜达得差不多了，回到家的时候，罗姐已经在我家洗完澡，吃完晚饭，柳姨也已经回来了，她便回到自己家去了。

母亲对我说："小滢，知不知道你罗姐又谈恋爱了。"

我惊奇地说："是吗，那可是好事情，她找了谁呀？"

"梁守峰，铁建大队的会计。"

"啊，是他呀！"

"怎么，你们认识？"

"认识，当然认识，去年他一道谜语题差点让我下不了台哩！"我对母亲说。

"你对他印象怎么样？"

"一面之缘，谈不上什么印象，不过他好像年龄不小了，有三十多岁了吧。"

"可不是，三十二岁了，一直孤身一人，介绍人在给你罗姐和梁守峰牵线的时候，你罗姐马上就答应了，出乎了我和她妈妈的预料。"

梁守峰有哪一点能够吸引罗姐，我至今搞不清楚，但是一个女人对一个男人有多爱，从罗姐的表现我们就可见一斑：罗姐知道梁守峰爱喝茶，并且非好茶不喝，她每个月必然会从自己的工资中拿出一部分钱来，为梁守峰购买好茶叶。罗姐知道梁守峰的个人生活是非常讲究的，他的着装常常是一尘不染，皮鞋更是擦得油光锃亮，因而只要自己一休班，必定会给梁守峰清洗衣物、擦亮皮鞋。罗姐知道梁守峰爱吃瓜子，她就天天嗑瓜子，自己却一粒也不吃，然后在每次见面的时候把嗑好的瓜子带给梁守峰。有一次我到柳姨家去借酱油，看见罗姐在嗑瓜子，搞得一地的瓜子皮。

就是这样，梁守峰也一度拒绝了罗姐的爱，因为他觉得罗姐的"家庭成分"太高了，他怕他受不了这种压力。亏得罗姐一直"死缠烂打"，他们的"爱情"才得以延续。

有一次我问罗姐："罗姐，梁守峰真的这么优秀吗，你爱他爱得那么深，怎么都有点到了忘我的境界？"

罗姐笑笑说："小滢，你还没有谈过恋爱，我一时半会儿也给你讲不清楚，等你真正全心全意爱上一个人的时候，你就会明白一切的。"

罗伯伯和柳姨决定请梁守峰来家吃一顿便饭，请我和母亲作陪，梁守峰到来的时候，买了不少的东西，"伯父""伯母"也叫得殷勤，让人平添了许多感动和赞许。

梁守峰在看到我的时候，马上就叫出来了："曹滢，我有印象，猜谜语猜得好的那个，没想到吧，我们又见面了。"

我笑着说："是，梁主任，我们又见面了，我还是没有把谜语给猜出来，我真的知道什么叫作'山外有山、人外有人'了。"

善意的对话引得大家一片笑声，一顿饭也吃得很融洽、很惬意。

但是事后罗姐对我们说，梁守峰对那天的氛围感到别扭，他没有想到"知识分子"家庭会用这么小的碗吃饭，在他的家乡，都是用大海碗吃饭的。

罗姐和梁守峰也闹过别扭。有一次，梁守峰不知道什么原因跟罗姐提出"分手"，并且一连几个月都拒见罗姐，罗姐等啊、盼啊、找啊，始终未见梁守峰有回心转意的意思。

恰巧有一天，梁守峰到珑坪检查工作，他和江洪信的私人关系良好，检查完毕后就到江洪信的办公室吃饭、打牌。罗姐这时也在珑坪清理材料，路过办公室的时候看见了久违的梁守峰，喜悦之情溢于言表，她马上冲进办公室，为打牌的各位端茶倒水，然后像只温顺的小猫，静静地守候在梁守峰身后。这样的举动令在场所有认识和不认识她的人都大吃一惊，也更加令梁守峰尴尬无比。

江洪信知道事情的原委后，曾经劝过梁守峰："老罗的女儿吧，我知道，不错的人家。你小子是哪里修来的福气，这么大年纪还有人看上你，我说，'老破盆'就别端着了，见好就收吧，你小子过了这个村，也找不了什么好店了，算了吧，赶紧和好吧。"

梁守峰对江洪信说："老江，你是不知道，我承认罗娟是一个不错的姑娘，对我也很好。但是她'知识分子'的家庭氛围，我实

在是有点受不了，仿佛我就是个局外人一样，你要让我长期在这种
氛围中待下去，我会受不了的。"

"你小子，我还不知道你，你还在想你高中时的那个女同学吧，
一码归一码嘛，怎么这么不客观呢。难怪你这么多年找不到对象，
你照着你女同学的样子去找，怎么找得到。话又说回来了，你将来
要是找不到类似你女同学的人，你是不是准备打一辈子光棍了？"

梁守峰语塞了。

"我说，还是现实一点吧，罗娟真是个不错的姑娘，再加上老
罗这个人我也看得起，他不会永远是这个样子的，他终有一天会起
来的，到时候有你小子享福的时候，你可不要后悔啊。"江洪信说。

在江洪信的撮合下，梁守峰和罗姐又谈起了恋爱。

还有一次，梁守峰因为肾结石住进了医院，罗姐不仅天天做好
吃的往医院送，还为他端屎端尿，清洗内衣裤，搞得邻床都夸他们
夫妻情深，梁守峰在什么地方找了一个这么好的妻子。

梁守峰的母亲听说儿子住院，特地从老家前来探望儿子，不想
火车晚点，造成去接她的罗姐比原定时间晚接了一个小时。梁守峰
面对着哭泣的母亲，咆哮着对罗姐说："你滚！你滚！我好起来我
们就分手，我好起来我们就分手……"罗姐望着这对哭泣的母子，
委屈的泪水夺眶而出。

他们的关系就这样时好时坏、时断时续，既没有发展，也没有
终结。直到有一天，梁守峰结婚了，结婚的对象是南方铁路局第三
工程处的一名财会人员，他们是在南方局举办的一次财务人员培训
班上认识的，据说这个女孩长得很像梁守峰的第一个女朋友。

事后我对罗姐说："罗姐，你这是何苦呢，明知道这个男人心
里装着别人，你还这么痴心地对待他，你这不是自寻烦恼嘛！"

罗姐说："小滢，你是不知道，我从来没有这样深爱过一个男

人，他的一举手、一投足都给我留下美好的印象，就更不要说我对他的思念了。结了婚又怎么样，结了婚我还爱着他，哪怕他不给我什么名分，哪怕我们的关系不能公开。"

"你是不是给气糊涂了，怎么说出来的话都没谱儿了。他如果是真心地疼你、爱你，他会这样对待你吗？"

"不管他怎么对待我，我就是爱他、思念他、珍惜他，他需要我做什么，我都会放下手头的事情一心一意地为他去做。"

我直摇头："罗姐，也许我这个话说得难听了一些，我没想到罗伯伯和柳姨这么高的文化，你这个女儿会被教育成这样，你这叫偏执，你知道吗？"

"我知道，但是我太爱梁守峰了，我认为我为他做任何事都是值得的，为他做任何事都是愿意的。"

"你为他做出了这么多的牺牲，他又不认同，你认为有意思吗？"

"他不认同是他的事，反正我是开心了，知足了就行了。"

"世上的好男人有的是，你干吗偏偏选择他？"

"世上的好男人再多，也是别人的，我只喜欢他，我只选择他。"

"那你将来准备怎么办呀？"

"等他，等到他回心转意，等到他真正懂得我的心思的那一天。"

罗姐果然终身未嫁。

真正的爱情是需要两情相悦的，从来如此。

第二十一章　游　玩

我们到大庸县的郊外去游玩。

铺轨铺到大庸，早就听说大庸县的郊外景色宜人，就决定和几个玩得好的朋友前去游玩。

我分别约了苑小昕、彭姐和程浩，问他们是否愿意跟我一同前往，他们都欣然应允。于是我们决定这个星期天，大家休班的时候一同前去。

到了星期天，我们骑上了四处借来的四辆自行车（我还向王国栋借了他的"海鸥"120 型照相机），在驻地前的空地上集合了。

我向彭姐介绍苑小昕："彭姐，这是苑小昕，运营段的。"

小昕有礼貌地喊了一句："您好，彭姐。"

彭姐客气地回了一句："你好，小昕。"随即就用眼角瞟了我一眼，意思好像是说：好小子，你是在跟我打"埋伏"吧。我不好意思地低下了头。

怀着轻松、愉快的心情，我们出发了。湘西的景色的确很美，沿途绿树成荫、稻穗飘香，我们就像四只刚刚出笼的小鸟，一路上嘻嘻哈哈、追逐嬉戏，引得公路边忙于收割的各族同胞驻足观看，这更加点燃了我们青春的激情，说话和欢笑的声音更大了。

我们在一处无名的高山前停了下来，发现这里只有一条进山的路，高山的下面还是有几户人家的，就决定把自行车存放在这几户农家处，等游玩结束后再来领取。

彭姐主动去敲了一户农家的门，一位土家族阿伯走了出来。

彭姐笑着迎了上去："阿伯，您好，我们是铁路上的，准备到您家后面的山上去游玩，想把自行车存放在您家，您看行吗？"

阿伯笑笑说："没关系，孩子，许多游客上山都是把东西存放在我们这儿的，你们放心去吧，我会替你们保管好的，你们回来的时候再来这儿拿。"

我惊奇地问："哇，阿伯，您的普通话说得很好啊！"

阿伯再次笑笑："我年轻的时候当过解放军，普通话是在部队上学的。"

等我们上了山，无不为眼前的美景所折服。

大庸的山跟别处的山的确不一样，它大多数是以石头为主，而且绝大多数笔直陡峭，像是被什么人劈过一样。更令人叫绝的是，这些山上的树木都是郁郁葱葱的，有些甚至是参天大树，让你想不出为什么石头上也会长出树木来。

程浩看着这大自然的美景，不禁啧啧称奇，还说了一句："早就听人说，湖南省有'两大怪'，起先还不以为然，今天看起来果然如此，真是耳听为虚、眼见为实啊。"

我们都饶有兴趣地问："说说看，是哪'两大怪'呀？"

"常听别人说，其一，湖南省全省的汽车还没有我们南方铁路局的汽车多，此为一怪；其二，一九五八年'大炼钢铁'的时候，湖南省干得最为起劲，几乎湖南省所有的名山大川的木头都被砍伐殆尽，为的是土法炼钢，只留下一个湘西大庸县，因为偏僻才得以幸免，将来说不定还可以成为一个旅游区。你们看，今天的景色不是正好应验了这句话嘛。"

"哈哈哈哈……"还没等程浩说完，我们已经乐不可支，不禁为他收集的这些民间说法感到好笑。

我们继续往前走，一路上的风景果然美不胜收，山形或怪石嶙峋，或宛如仙人，或阴森恐怖，或平展如台，让人无不感叹大自然的鬼斧神工。

我决定给大家照张相。彭姐让我找好位置，然后把相机放在石头上，按下自动快门，让我飞快地跑过去，和大家哈哈一笑，一张记录着我们青春和友谊的照片就定格在那里。

程浩利用他随身携带的小刀，为我们砍了四根手杖，说是爬山的时候好用，我们都欣然接受了这份"礼物"。

走着走着，前面一条清澈的小溪映入了我们的眼帘，小昕用她带来的军用水壶装起了水，我对她说："山泉水没有烧开，怕是不能喝吧，喝了害怕闹肚子。"小昕说："没关系的，我带着火柴，如果大家要喝，我烧开了再给大家喝。"

我们就这样一路走一路玩，其间，彭姐问我："小滢，你看湘西的景色这样美丽，将来修完铁路，就不走了，落户在这里怎么样？"

我说："还是不要了，我已经习惯了我们工程局的生活，你让我固定在一个地方，我还不习惯呢。再说有你们这么一群朋友，我怎么会舍得离开你们呢！"

大家听了我这发自内心的话，都忍不住笑成一片。

临近中午，到了吃午饭的时候了，我们在一排大水泥管子前面停了下来，还是彭姐心细，她竟然是烙了饼带来的，小昕也带有煮好的茶叶蛋，此时正好拿出来大家一起分享。

我们吃得别提有多开心了，小昕边吃边对我们说："我还带着饭盒，要不要把山泉水倒出来，烧开了大家喝一点儿？"

程浩说："其实不烧开也没关系的，就这样喝也行，你想想现在到哪儿去找这么干净的水?"

彭姐说:"还是烧开喝好一些,山泉水阴凉,你不知道喝了会生出什么病来,总不能出来玩儿了一趟,还带个病回去。"彭姐说完,还真和小昕去捡了一些干柴回来,随后架起两块石头烧开水。等水开了以后,她们又等水冷却,直到大家都喝上了干净的凉开水才放心。

我边喝水边对大家打趣道:"'苦不苦,想想红军二万五,累不累,想想革命老前辈。'如果红军长征的时候,突然遇到有人给他们饼吃,给他们开水喝,他们会怎么样?"

"肯定是吃个精光,喝个干净!"彭姐接着我的话往下说,她的话再次引来一片笑声。

听先前来过此地的工友们说,此地的大峡谷是有一处瀑布的,我们几个就商定,我们的最终目的地是大峡谷瀑布,等到了那里休息一下,就可以胜利折返了。

我们显然高估了我们走山路的能力,走着走着,疲劳向我们袭来,我的胶鞋甚至开了胶,于是我的心里就有了"打退堂鼓"的打算。

程浩看出了我的心思,对我说:"我们这么多工友都来过了,大家都是到了大峡谷瀑布才回去的,我们如果没有到,回去了人家问起怎么好意思啊。"

我说:"我们已经筋疲力尽了,再说沿途的景色也看得差不多了,到不到大峡谷瀑布也无所谓吧。"

"那不行,俗话说得好,'不到长城非好汉',你没有坚持到最后,怎么体会成功的意义呢。"程浩有他的执着,彭姐和小昕也随声附和,表示要坚持走到大峡谷瀑布。于是我就坚定了决心,哪怕累趴下了也要走到底。

走着走着，小昕似乎有什么难言之隐，走路的步伐也越来越慢了，而且渐渐落在了后面。彭姐关切地走过去，和她说着什么。

我这时也挺不识"时务"地，丢下冲到前面的程浩，回过头问了一句："小昕，你怎么了？"

彭姐此时一声断喝："没你的事，小伙子，还不快走！"

我立刻明白了是什么意思，不禁为自己的粗心感到难为情，冲彭姐吐了吐舌头，快步向前面的程浩追去……

终于到了大峡谷瀑布。

瀑布的水流并不大，但是落差很大，瀑布落在洞底石头上的声音也很响，好几百米范围内都听得见。

我有一种苦尽甘来的感觉，拿着相机照个不停，想把这美丽的景色珍藏在我的记忆里。

小昕和彭姐这时也赶上来了，她们也为眼前的景色所陶醉，彭姐用她手中的手杖，敲打着旁边的大石头，对我和程浩说："不到大峡谷瀑布，不算到大庸走一遭，今天我们到了大峡谷瀑布，算是真的当了一回英雄了！"

小昕这时更是忘情地丢下书包，对着瀑布方向的大山深情地喊："嘿，大庸，你好，我们来了，你欢迎我们吗？"

"欢迎我们吗，欢迎我们吗……"回音久久地在山谷中回荡。

"欢迎，当然欢迎——！"我也对着大山深情地喊，回音同样久久的回荡。

我们四个都发出了欢快的笑声，决定拍一张集体照，把这次难得的经历记录下来，作为我们永恒的回忆。

此时，大峡谷瀑布前正好有别的散客，我们请他为我们拍一张集体照，他欣然接受，为我们拍下了这张青春、欢乐的照片。

我们回到出发点的时候，彭姐拿出钱来，要感谢土家族阿伯为我们保管自行车。土家族阿伯死活不肯接受，对我们说："我们这里原来祖祖辈辈不通火车，再好的风景也没人来玩儿，知道的人也很少。现在你们把铁路修进来了，我们感谢还来不及呢，怎么还会收你们的钱呢，放心地玩吧，孩子们，只要你们开心，我们欢迎你们天天到我们这里来做客。"

我们对土家族阿伯千恩万谢。

回到驻地以后彭姐问我："小滢，你是不是对小昕有意思？"

我不好意思地低下了头，表示默认。

"要追就快点追，不要不好意思，小昕是个好姑娘，但姑娘再好，也要小伙子先开口，你见过有几个女孩子喜欢男孩子会先开口的。"彭姐说。

"我知道了，彭姐，我会记住你的话的。"我说。

第二十二章　捉　蛇

一场精心设计的"骗局"。

沉塘来了三个东北的捉蛇者。

他们声称他们能捉到各种各样的蛇，不论是眼镜蛇、金环蛇、乌梢蛇，还是竹叶青、菜花蛇、赤链蛇，只要是跟"蛇"有关的爬行动物，他们都能手到擒来、立马拿下。当然，捉蛇只是他们的"副业"，他们的主业还是卖一种他们"祖传"的、经过多年潜心研制的、内含蛇胆、川贝、灵芝及各种名贵中草药的"蛇药"。这种蛇药对各种蛇毒有立竿见影的作用，哪怕你已生命垂危，只要一用上他们的药你就会立即康复，甚至连一点后遗症都没有。更为神奇的是，你即使没有被蛇咬伤，这种药同样有它的功效，因为它能够强健体魄、活血化瘀、美容养颜、防病治病，总之，这是世上难得的特殊"良药"。三个人在沉塘吆喝了几天，也竭尽全力"表演"了几天，观者始终寥寥无几，购买蛇药的人更是少之又少，明显大家对这些"江湖郎中"有不信任的感觉，但是这三人也毫不气馁，依然每天定时定点地在简易公路边叫卖着、吆喝着。

我回到沉塘的时候，母亲告诉了我这件事，我笑着对母亲说："妈，您也相信他们的蛇药能包治百病？"

母亲笑着说："我怎么会相信呢，但是经过他们这几日的鼓噪，好像观看和购买的人也越来越多。你还别说，人世间最可怕的事就是以谣传谣，你不相信还真有人相信，你看着吧，最终还是有人会相信他们的话的。"

我决定去会一会这几个"江湖郎中"，以免错过这么精彩的"片段"。

初次见到这三个东北人，感觉他们并不像通常所见到的东北人那样高大威猛，但是口音尚在，口若悬河的述说也非一般人所能及。

他们见我走过来了，主动跟我打招呼："兄弟，快过来看一看，这是我们祖传的蛇药，能够有病治病，无病强身，真正的货真价实，买回去绝对是你明智的选择，不买也没关系，只要你能过来瞧一瞧、看一看，也是对我们最大的支持。"

我笑着说："我又没有被蛇咬，你的蛇药再好，我买回去也是没有用的啊。"

"话可不能这么说。"一个"胖子"开口道："我们的蛇药不仅可以治疗蛇咬，也可以预防其他疾病，是不可多得的家备良药，在我们家乡，许多家庭都是买了我们的药预备着的。"

我问道："你们怎么会流落到湘西来的？"

"胖子"说："唉，别提了，我们本来是来宁州投靠一个亲戚的，不想这个亲戚已经搬到外地去了，我们回家的钱又不够了，没有办法，只好把祖传的东西忍痛拿出来，卖些钱凑够回家的路费。"

"你能不能拿几粒蛇药给我看看？"

"胖子"还真拿出几粒来，我仔细地看了一下，是一种黑色的圆形药丸，有点儿类似于"牛黄解毒丸"，但是比"牛黄解毒丸"小得多。

我讪笑着对"胖子"说："你的蛇药不是由别的什么东西做的吧！"

"胖子"说："兄弟，你说这话我就不愿意听，你说我的蛇药是用别的东西做的，那你说我是用什么东西做的，说话要有根据，不信你可以拿去化验，我敢保证货真价实，绝无欺骗！"

我没有理会"胖子"的态度，而是和大家一起观望着事情的发展。

白姨从她家居住的山坡上下来了，我看见了她，喊了一声："白姨。"

白姨回了一声："小滢，你也来买蛇药。"

我说："不是买，是来看热闹的。"

"我已经观察这几个人好几天了，也不知道他们的药是真是假，但是我们的宿舍区还真是有蛇的。前段时间我到我家的鸡舍给鸡喂食，发现几只母鸡怎么也不敢回鸡笼，等我挨近鸡笼定睛一看，里面正盘踞着一条大蛇，吓得我赶紧叫人，是几个青工帮我捉住了那条大蛇，蛇被捉住的时候还紧紧缠住其中一个青工的手臂，那个青工也不敢乱动，而是紧紧卡住蛇的七寸不松手，直到众人上来帮忙，才把那条蛇给制服。"

"还有这样的事，那当时的情况一定很惊险。"我说。

"是啊，当时围观的人很多，但是大家都没有经验，不知道怎么把蛇捉住。要不是铁建二队的那几个青工，我们还不知道怎么办呢，这件事我到现在想起来还心有余悸。"白姨跟我说完这些，走过去问那个"胖子"："你说你们能够捉蛇，能不能观察出什么地方有蛇，什么地方没蛇？"

"胖子"说："当然可以，我们都是吃这碗饭长大的，只要你给我们划定一个区域，我们稍作观察，凭我们的经验，会很快判断出哪个地方有蛇，哪个地方没蛇。"

"就这么自信啊？"

"那是，'没有这金刚钻，还不揽这瓷器活'呢。大姐，不是我跟你吹，我们捉过的蛇比你看见过的蛇还要多，你看我们那个竹篓里还装着不少捉获的蛇呢，只要我们到过的地方，还没有我们捉不到的蛇。""胖子"显然故意没有看出白姨的年龄，我发现白姨也乐意这几个人这么叫她。

"那这样吧，我家曾经发现过蛇，我不能够确定现在还有没有，你们能不能过去帮我看看，好让我能够放心。"

三个人简单地商量了一下，对白姨说："可以是可以，但是大姐，我们有一个小小的要求，要是到了您家，发现有蛇，并且顺利地捉到了蛇，您可要替我们宣传宣传，帮我们多卖一些药啊。"

白姨不悦地说："那是自然，如果你们真有这个本事，我一定替你们宣传，你们的蛇药我包了。"

我赶紧拉过白姨，悄悄地对她说："白姨，这几个'江湖骗子'的话您也信啊。"

"小滢，没有关系的。"白姨制止了我，"我只是要他们到我家看看，还不知道捉得到捉不到呢，如果一无所获，我会毫不犹豫地赶他们走的。"

围观的众人听说这三个人要现场捉蛇，都来了兴趣，纷纷表示要过去看个热闹。白姨看了看众人，对这三个人说："那就走吧。"

三个人答应一声，拿起一只竹篓向白姨家走来。

我们到了白姨家的时候，程叔叔躺在床上还没有起来，见我们这么多人来了挺尴尬的，不好意思地坐了起来。白姨让他继续躺下，让那三个人在房间的角落里查找，三个人找了一圈，示意没有，大家就退了出来。

来到了隔壁的厨房，首先映入我们眼帘的，是墙角边有几个大洞。"胖子"像发现什么似的，伏下来在洞口望了望，接着抓了一把洞口的泥土在鼻子边嗅了嗅，然后毫不犹豫地让我们退出去，并准备关上厨房的门。

我阻挡了"胖子"，问他道："你有发现吗？"

"胖子"对我做不要出声状，小声对我们说："是条大蛇，不要惊动它，我们会把它捉住的。"边说着，边让他两个同伴进来，并且拿进竹篓准备装蛇，然后把厨房的门关闭了。

我们在门外既很着急，也很躁动，不知道里面会发生什么情况。

不一会儿，三个人竟然从厨房里提出一条眼镜蛇来！而且眼镜蛇显然不甘心束手就擒，不停地翻滚着，紧紧地缠住卡住它七寸的"胖子"，引得众人一阵惊呼。

人们议论着、惊叹着，不禁对这几位捉蛇高手"肃然起敬"。

"胖子"骄傲地对白姨说："怎么样，大姐，我们没有骗您吧？我说过，只要我们在，就没有解决不了的问题。"

白姨显然被这突如其来的结果影响了思路，她激动地说："的确不错，的确不错，你们还真是有'两把刷子'的人，还真的捉到了大蛇。哎，你们捉了这条大蛇以后，房间里还会有其他蛇吗？"

"没有了，绝对没有了，我开始已经给您检查过了，这是一条过路的蛇，没有形成种群，我还在房间里放了一些防蛇的药，以后您的家都不会有蛇来了。""胖子"自信地说。

"不错、不错，你们还真是有本事的人，你的蛇药多少钱，我买了。"白姨说完，掏钱买了蛇药。事实是最好的说明，况且这个"事实"还有它的完整性，众人见捉蛇效果这么"理想"，纷纷慷慨解囊，向三人购买蛇药，三个人边收钱边发药，忙得不可开交。

说真的，我从一开始就有些怀疑他们捉蛇的真实性，因为白姨家厨房的洞，很有可能是老鼠留下的，通常有老鼠的地方，是不可能出现蛇的。但是三人捉蛇的事实又是这么明确，我也是在场亲眼所见，让我即使怀疑，也找不出理由来。

"胖子"边收钱边对白姨说："我这儿还有治疗风湿关节炎的三蛇酒，您要不要？"

白姨说："不要了，我已经买了不少了，我们的职工也买了不少了，买多了也没有用。"

"我就知道您不会买了，您一个女同志家在家说话也不算数，好东西即使想买，也是不会买的。""胖子"似乎抓住了白姨的某种心理，"欲擒故纵"地实施着他的战术。

"谁说我在家说话不算数，今天你们的酒我就买了，你看我做得了主做不了主。"白姨显然被"胖子"的话刺激了，她主动买下了三人的酒。我在旁边拉了拉白姨，想劝阻一下她，她丢开我的手，意思是没有关系，她自己心中有数。

在落日的余晖下，"胖子"他们三人高高兴兴地背起行囊，拿起捉到的蛇，兴高采烈地走了。

我始终感到事情蹊跷，但就是看不出破绽，因此也说不出个所以然来：

回到家中，我一直闷闷不乐，母亲问我怎么回事，我就把事情的经过说了一遍，请她为我想想看，这三个人到底"葫芦里卖的什么药"。

聪明的母亲想了一会儿，马上就反应过来："你这个小傻瓜，他们拿竹篓进去捉蛇的时候，可以事先把蛇放在里面，反正你们又没有看到，怎么知道他们是放出来的还是捉到的。"

我如梦方醒，急急地跑去告诉白姨，白姨也马上醒悟过来，随我去找那三个人，不想一个星期以来都在沅塘叫卖的这三个人，现在早已消失得无影无踪了……

经宁州正规机构检验，这批蛇药是红薯做的，对人体无害，但是也起不了什么作用。

第二十三章　争位

一个"位子"的问题，只因它分前排后排。

叶顶文和陶潜民同时到工地来视察工作。

这可是"破天荒"的事，江洪信不敢怠慢，亲自坐上吉普车带着司机前往车站迎接。火车到站的时候，叶顶文和陶潜民有说有笑地下了车，这让江洪信感到很不自然，因为他从来没有看到过叶顶文和陶潜民如此"亲热"过。

老练的江洪信马上迎上去，主动为他们拿起了行李："叶处长、陶主任，你们辛苦了，欢迎二位领导来铁建一队检查指导工作。"

"现在前面的工作进度怎么样？"叶顶文问。

"还不错，大家的工作积极性都挺高的，很快就要进入慈利境内了。"江洪信说。

"老江啊，给你说个事，我发现几次你们在站线接轨的时候，都搞得手忙脚乱的，听谁的，怎么接、怎么拨都搞不清楚，是不是指挥的人多了反而不会干活了。以后你要记住，要由你江洪信统一指挥，不要你一言我一语的，把问题搞复杂化了，要不然人家会说我们干了一辈子铁路怎么技术还是这么不行。"陶潜民在旁边插了一句。

"是、是，下次我一定注意，事先拿出一个方案来。"江洪信诚惶诚恐地说。

　　叶顶文脸上掠过一丝不悦，江洪信是他的人，他是不喜欢别人在他面前教训自己的人的，何况这又是他职责范围内的事。

　　出了站，司机已经在吉普车旁边等候了。陶潜民抢前一步，坐在了驾驶室前排的副座位上，这是叶顶文没有想到的，他停在吉普车旁边不说话也不上车了。

　　江洪信此时额头上冒起了冷汗，因为他知道，整个基建处的人都知道，叶顶文是最喜欢坐前排副驾驶位的，几乎任何会议、检查、访问、返回，司机和下属都会把前排副驾驶位留给叶顶文。

　　江洪信开始后悔了。他后悔自己怎么不多带一辆车来，免得遇上如此尴尬的事，他不知道他的智慧能否顺利化解如此难办的事。

　　还是叶顶文的随行秘书发挥了"关键"的作用。他一把接过江洪信手中的行李，扶着叶顶文的手说："叶处长，您忘了您爱人在我们出门的时候说过的，您最近的头疼病犯了，她千叮咛万嘱咐，不让您坐前排副驾驶位，怕影响您的思绪引发呕吐。来来来，我和江队长陪您坐后面吧，要不然回去您爱人又要怪我了。"

　　"对对对对。"江洪信马上随声附和，"张秘书说得对，您要注意身体，要不然我们担待不起。"话没说完，他就和张秘书簇拥着叶顶文坐进了吉普车的后排。

　　叶顶文面无表情，坐在吉普车后排一言不发，一路无话，吉普车很快就驶进了我们的驻地。

　　会场早就布置好了。叶顶文和陶潜民下了车，会场上响起了热烈的掌声，是江洪信带头鼓的掌，叶顶文和陶潜民很满意这样的会场"效果"，他们频频向人群招手和微笑。

　　江洪信率先走到台上来，对大家说："同志们，叶处长和陶主任在百忙之中来看望大家，无疑是对我们铁建一队工作的肯定和支持，我们都备受鼓舞。我提议，我们再次以热烈的掌声，欢迎叶处长、陶主任为我们作指示。"

台下再次响起了热烈的掌声。

"同志们，这段时间早就想来看望大家了，可是因为工作忙，一直抽不开身，不过这些是没有关系的，因为我的心永远是和大家在一起的。"叶顶文的开场白简洁而又明快，台下掌声如潮。

"自从我们处转战枝柳铁路以来，大家讲政治、识大体、拼进度、同甘苦，真正体现了我们'铁军'的精神风貌，创造了一个又一个的新纪录。每一次我向局领导汇报工作，局领导都竖起大拇指，我与地方单位交流、联系工作，地方单位也竖起大拇指，我为我是南方铁路局基建工程处的一员而由衷地感到自豪！"

会场上再次响起了热烈的掌声。

"现在枝柳铁路的南线已经胜利铺通了，并且已经进入了运营临管阶段，北线由于地质结构复杂，再加上路基工程出来得晚，因而铺轨速度就慢了一些，这不是同志们的错，不是我们劳动热情和进取心不高的错，而是自然条件限制造成的。但是，我认为这些都不是问题、都不是困难。试想一下，一支能够在成昆铁路创造奇迹的队伍，一支能够在修路禁区修建铁路的队伍，有什么困难能难住我们？同志们！你们被困难难住了吗？"叶顶文的讲话既坚定又有力。

"没有！"全场回答得掷地有声，犹如怒吼的黄河水。

"好！我就知道同志们是不会被困难吓倒的，我坚信，只要我们群策群力、努力进取、依靠群众、顽强拼搏，就一定会迎来枝柳铁路全线通车的时刻。到时候，我会斟满一碗酒，与同志们一醉方休。最后，预祝同志们在铁路建设的事业上再立新功！"

台下掌声雷动。

江洪信笑着示意请陶潜民讲话，陶潜民犹豫了一下，还是主动走到了台前："同志们，看见大家工作热情是这么足，不怕苦难，不怕牺牲，我真是深受感动，我为我是大家中的一员由衷地感到骄傲！"

台下同样是掌声如雷。

"当年我们在修建成昆铁路的时候，困难比现在大得多，我们都没有被困难吓倒，何况现在这些困难。我至今还记得当时的情况，披荆斩棘、风餐露宿，克服了诸多阻挡在我们面前的'拦路虎'，最后同兄弟的铁道兵部队一起努力，成昆铁路及时通了车。试想一下，当年那些困难都被我们攻克了，现在这些困难还叫困难吗?!"

台下掌声一片。

"今天我们又遇到了同样的问题，是让困难牵着我们的鼻子到处走，还是让我们加倍努力，早日修通枝柳铁路，让全国各族人民放心、开心的问题。"

台下的众人都屏住呼吸，感觉到了形势的严峻性和艰巨性。

"自然条件就摆在那儿的，但不是不可战胜的，当年我们在成昆铁路，一无条件，二无经验，但是我们最终战胜了它，到达了胜利的彼岸。我最推崇的一句话，那就是'人定胜天'，我坚信，只要我们发扬'一不怕苦、二不怕死'的革命理想主义精神，就没有什么困难能难住我们，我们还会打一场漂亮的歼灭战，为我处在铁路建设史上添上浓墨重彩的一笔！"

台下依然掌声一片。

"我和叶处长一样，等着你们立功的消息，到那个时候，我会给台下的诸位斟满酒，我们不醉不归！"

台下再次响起了热烈的掌声，为叶顶文也是为陶潜民的精彩演说，我看得出来，大家都是发自内心的。

叶顶文和陶潜民决定到前方的工地再去看一看，江洪信把他们送了出来，叶顶文这次当仁不让，一屁股坐在了前排的副驾驶座上，让走在后面的陶潜民愣了一下，站在吉普车外面没有上车。

江洪信想不到，为什么每次都将这么难以处理的"问题"交给他，他抓耳挠腮了半天，只得偷偷拉过陶潜民，小声对他说："要不我再给您安排一辆车吧。"陶潜民挥手制止，因为陶潜民心知肚明，如果自己再乘一辆车，无疑是跟叶顶文公开"决裂"了。

无可奈何的陶潜民自己拉开了吉普车后排的门，看了一眼气定神闲的叶顶文，一个纵身，坐了进去，吉普车在大家的注视下绝尘而去……

事后我对程浩说起了这件事，并颇不理解地问："这两个人有时候处理起事来怎么像小孩子似的？"

程浩笑着说："有些人啊，地位提高了，经历的事情多了，处理起事来气量反而小了，这就是人们常说的'老小、老小'的道理吧。"

铁建一队食堂的武师傅要调回四川宜宾老家去了。

由于大家平时的关系良好，听到这个消息的时候，我和解小虎一起到他宿舍去看他。

进了他宿舍的门，武师傅正在打理行李，我们喊了一句"武师傅"就走了过去，帮他一起收拾起行李来。

解小虎边收拾行李边对武师傅说："武师傅，就这么走了，不跟大家战斗到最后了吗？"

"唉，没有办法，在南方局工作了这么多年，跟大家都有感情了，我也挺舍不得大家、舍不得铁路的，但是没有办法，家中的老母亲身体不好，需要人照顾，所以还是决定调回老家去了。"武师傅说。

我说："武师傅，你手艺这么好，红案白案都拿得出手，你要是走了，我们还有些不习惯呢。"

"那不算什么，我刚来南方局那会儿，什么也不会做，还不是这么多年摸爬滚打练出来的。你们放心，我们食堂后来的这几个年轻人也是很不错的，假以时日，他们会很出色的。"

"武师傅，你联系调回去的地方单位是宜宾哪个单位？"解小虎问。

"宜宾酒厂。"

"你怎么会调回这么一个单位？"我问。

"说起来挺有意思的，我家隔壁的邻居就是宜宾酒厂的厂长，我跟他联系希望调回去的时候，他什么话也没有说，而是告诉我他们星期六有一个一百人的会餐，希望我去成为这次会餐的主厨。到了那天，我如约去了，看见那么多人，我就进了他们的厨房，用我们工程队惯用的大铁铲给他们炒了整整十桌菜，他们吃了以后，感到非常满意，厂长当即就在我的请调报告上签了字。"武师傅说。

第二十四章　电　影

我们在珑坪驻地观看了一场电影。

今天下班的时候，听到队部的广播室在广播："职工同志们请注意！职工同志们请注意！明天晚上七点半钟，将在篮球场放映最新国产彩色故事片《红雨》。重复一遍，明天晚上七点半钟，将在篮球场放映最新国产彩色故事片《红雨》，欢迎广大职工、家属、贫下中农前来观看。"我们的广播室采用的是有线广播，大喇叭朝着珑坪大队方向，因而声音传得很远、很远……

有这样的好事！我们都喜不自胜，将近一年多没有看电影了，听到这个消息，无疑是三伏天送来了绿豆沙，我们都大声议论着、欢笑着，约好明天早点吃饭，早点洗个热水澡，早点到篮球场占个位子。

我和程浩约好，第二天一起去看电影，可等我们晚上七点钟到达篮球场的时候，发现我们还是来晚了，这里早已是人山人海，职工、家属、老乡、小孩、各民族同胞早已把整个篮球场围得满满当当，甚至连电影幕布的后面，都坐满了人，尽管他们知道从电影幕布后面看电影会很别扭。

没有办法，我和程浩只得找了一个很偏的角落，架好凳子坐了下来。程浩看见一位老太太正在卖她自己热炒的瓜子，就跑过去买了两毛钱的。等他回来的时候，我看见他的裤兜鼓鼓囊囊的，就问他："两毛钱怎么会这么多？"程浩笑着说："没办法，老太太挺客气的，我帮她牵过耕牛下道，她硬是给我多加了两杯瓜子。"

时间过了七点半，电影也没有开始放映，正当大家议论纷纷的时候，铁建大队电影放映员老冯火急火燎地拿着两个电影胶片盒跑了过来，他拿起电影放映机旁边的有线话筒向大家广播："对不起，同志们，由于电影《红雨》的拷贝驻扎在我们附近的第五工程处第七工程队正在放映，所以请同志们暂时耐心等待，我们先观看中央新闻纪录电影制片厂的《新闻简报》和《如何种植土豆》，等五处七队放映完了，我们立刻给同志们放映电影《红雨》。"

大家没想到来得这么早，还要等待"跑片"，人群中不由得发出一片嘘声。老冯脸上有些挂不住，赶紧打开电影放映机，给大家放映《新闻简报》和《如何种植土豆》。

说实在的，我从小就喜欢看《新闻简报》，节目以严谨的态度、字正腔圆的解说语气、权威性的新闻材料，报告祖国各行各业的方方面面。小时候我在看电影的时候，常常会忘记所看的电影是什么内容，但是对电影放映前的《新闻简报》，却常常是记得一清二楚。

程浩看我看得入迷，问了我一句："看得这么认真啊？"

"是，我比较喜欢看《新闻简报》。"我说。

"还记得那句电影的俗话吗？"程浩问我。

"哪一句？"我不知道程浩要问的是什么。

"我们现在的电影啊，就是'中国的《新闻简报》、越南的飞机大炮、朝鲜的又哭又笑、阿尔巴尼亚的莫名其妙'，你想想，我们举全国之力去拍摄《新闻简报》，拍摄的效果当然很好，难怪你看得如此入迷。"

我说："就是，许多东西拍摄得的确很好，又有记录历史的作用，将来我们要追忆历史，怕很多都要调阅中央新闻纪录电影制片厂的资料呢。"

程浩点点头，表示认同。

这时电影已经放映到了《如何种植土豆》，还不见《红雨》的电影拷贝送过来，人群中一片不耐烦的声音，有人甚至调侃起老冯来："老冯，看了你的《如何种植土豆》，我们土豆都已经长出来了，怎么还不见电影送过来呀？"

"哈哈哈哈……"人群中爆发出一片哄笑。

老冯觉得挺对不起大家的，一边用毛巾擦汗，一边对大家说："对不起了，同志们，兄弟单位看电影的愿望跟大家是一样的，大家多多包涵，多多理解，电影马上就到，电影马上就到。"

说着说着，电影果真由汽车送到了，老冯赶紧接过电影胶片盒，退下另外两部电影拷贝，没想到由于他操作过急，电影胶片竟然着火了，引得众人一片惊呼。老冯倒是不急不躁的，用毛巾打熄了电影胶片上的火苗，并将电影胶片重新卷好，人群中还是有人跟他开玩笑："老冯，不要急、不要急，只有你一个人会放电影，又没有人跟你抢，你急什么急。"老冯对跟他开玩笑的人笑了笑，没说什么，而是开机放起了电影。

一段优美动听的音乐钻进了我们的耳中，好久没有看电影了，听到如此动听的音乐，不由得加深了我们对电影的期待。

程浩眼尖，他一眼就看见了电影的导演是崔嵬，不由得叫出声来："崔嵬导演！竟然是崔嵬导演！他又出来拍电影了？"

我用手捅了捅他的胳膊，意思要他小声点。他冲我点点头，表示知道自己"失态"了。

我问他："你对导演崔嵬很熟悉？"

程浩小声说："怎么不熟悉，我们小时候看的《小兵张嘎》就是崔嵬导演的，我一直很喜欢他的导演风格，对故事喜欢从细节着手，也比较喜欢把人物的性格塑造得饱满。但是听说这几年过得不如意，今天又看见了他的作品，说明应该是恢复工作了，否则怎么可以看见他导演的作品。"

我冲他点点头，表示知道了。

客观地说，电影的表现方式的确很精彩，主人公"红雨"，一个十五六岁的豆蔻少年，认真、积极地学习医术，为四方乡邻解除病患、治疗顽疾，成了一名光荣而又合格的"赤脚医生"，也摆脱了"阶级敌人"对医药行业的垄断和破坏。

小主人公"红雨"的扮演者虎头虎脑、爱憎分明、乐于助人、聪明好学，留给人深刻的印象，电影的主题歌《赤脚医生向阳花》也让人朗朗上口、难以忘怀，好久没有看电影了，大家都看得如痴如醉、拍掌叫好，这愉快的心情，让人感叹没有白多等两个小时。

回去的时候，我们还在议论电影的精彩片段，程浩悄悄地对我说："曹滢，你发现没有，崔嵬的风格有些悄悄改变了，电影里人物特写的镜头比较多了，不知道这种改变是好事还是坏事。"

我也悄悄对程浩说："人家一直寂静了这么多年，好不容易出来工作，适当的改变无伤大雅，也不影响故事的完整性，电影一如他过去的风格。但是有一点我不明白，就是'赤脚医生'真有这么神吗？你看那个'红雨'，他不管什么疑难杂症，几乎真的是一根银针下去就包治百病，这是不是有点太夸张了？"我说出了我的疑问。

"曹滢，你应该看到'赤脚医生'的出现有他的必然性和正当性，中国有这么一大片土地，中国人口的百分之八十以上还生活在农村，如果光靠几个乡镇医院和专业医生，真的是无法解决这么多人的就医治病问题。如果多出几个像'红雨'一样的'赤脚医生'，既不耽误生产又能治病救人，这岂不是解决当前农村医疗问题的最好办法？你应该看出这部电影的象征和指导意义。"程浩说。

"但是任何事物的出现，都不可能是十全十美的呀！"我说。

"不错，我也承认，任何事物的出现都有它的两面性。但是我们现阶段，没有比出现'赤脚医生'这个职业而更适合于农村医疗现状的。我也知道，你也会和大多数人一样，对他们的培训状况、知识水平、医疗经验感到担忧，可是我们回过头去想一想，如果我们全民的防病意识提高了，全民的卫生防患能力加强了，是由像'红雨'这样千千万万的'赤脚医生'带动的，这岂不是一件很有意义的事吗？"

我点点头，表示深为认同程浩的说法。

看着散去的人群，我们也忍不住随着电影的旋律唱了起来："赤脚医生啊向阳花，贫下中农人人夸，一根银针治百病，一颗红心呀、一颗红心暖千家，暖千家……"

胡谦跟一位工友喝酒，不知道什么原因吵了起来。

我们赶到的时候，两个人已经走出宿舍，正在门口吵得不可开交，大有"动手"的趋势。

胡谦一边喘着气，一边指着那位工友骂道："你这个人就是没意思，当年你去老乡的桃园偷桃子，被老乡的狗追得团团转，是我给你做的'掩护'，江队长来问的时候，我说不是你，是别的什么人，江队长才没有继续追究。现在你日子好过了，买了好酒，也不喊我，却让我自己过来才让我喝酒，你小子真不够意思！"

那位工友也不示弱："你也不是什么好东西，当年你到水库去钓鱼，人家明明让钓不让炸，你可倒好，拿起雷管就往水库里丢，鱼倒是炸了不少，可管理人员也惊动了，要不是我替你拦着，你小子跑得了，做梦去吧！今天喝酒我没喊你怎么了，我自己买的酒，我想喊谁就喊谁，还用得着请示你？"

我们一听，尽是些鸡毛蒜皮的事，慌忙将两人分开。我一边劝架，一边对胡谦说："什么大不了的事情嘛，非要搞得大家都惊动了，等一会儿江洪信知道了，就不好办了。"

"我才不怕呢。"胡谦喷着酒气说，"江洪信算什么东西，要让他来管，不要说他现在不在，他就是现在就在，老子对他也不会客气！"不知道是酒精的作用还是胡谦需要宣泄，胡谦今天的口气特别"大"，仿佛是不把事情闹大不罢休。

正吵闹间，江洪信大步流星地赶来，他看了看醉意不消的两人，眉头紧锁，开口就是一声怒吼："你们两人怎么回事！"

此时的胡谦，立马像变了一个人，一把搂过与他吵架的工友，对江洪信说："没事，没事，江队长，我们俩闹着玩的，我们两兄弟感情深得很，能有什么事？"说完这些，胡谦也不再理会众人，而是与那位工友相互搀扶、勾肩搭背地走了。

留下众人的一片笑声……

第二十五章　加　工

<u>我们为南方铁路局第七工程处加工一批钢轨拱梁。</u>

今天上班点名的时候工长宣布：为了配合兄弟单位的施工进度，早日解决枝柳铁路的一些施工难点、难度问题，基建处决定，由铁建一队为与我们驻地相邻的第七工程处加工一批隧道钢轨拱梁，以便他们在修建隧道的过程中使用，而铁建一队又将这一光荣而又艰巨的任务交给了三工班，希望我们有个思想准备，为我们未曾涉及的这项工作而努力。

听到工长说到这里，我的心中不由得犯起了嘀咕，因为我看到的隧道拱顶大都是由石块砌成的，还从来没有看到过使用钢轨的，再说钢轨拱梁一旦塌方，那岂不是比石头塌下来还厉害？

我把我的疑虑告诉了解小虎，解小虎悄悄告诉我："听说是叶顶文接的任务，他跟第七工程处的处长是老同事、老战友，关系很好，所以人家要求帮助，他就一口答应了。"

"可是我们一无图纸二没搞过机械，谁见过钢轨拱梁的成品是个什么样子，谁见过要搞成什么样子才算合格呀？"我说。

"没事。"解小虎说，"再难的问题我们也能够解决，又不是第一次了，再加上我们有这么多人，边干边学总会找到窍门的。我也听说了，用钢轨拱梁支撑隧道拱顶对治理岩爆和隧道塌方有好处，有的工程处也有实验成功的，再加上钢轨拱梁是砌在石块里面，外面是看不见的。"

　　任务既然接过来了，就必须要去执行，江洪信和技术主管研究了半天，决定还是要去选一处地方，设置一套模具，这项工作才能得以开展。

　　江洪信和三工班工长在作业场附近找到一处平坦的地方，并且组织职工搭建起了几套简易棚子，还将所需的模具装了起来，我们制造钢轨拱梁的工作这才算正式开始了。

　　我们先在拱梁制造棚里砌起了一个长灶，这个长灶其实也没有什么特别的，它就是用水泥和砖细细堆积而成，但是长灶的底部藏有玄机，它是由耐火砖砌成的，并且有厚厚的钢板和钢轨架设其上，我们要制造拱梁的时候，就必须把钢轨放上去，待加热到一定程度，就用铁钩将它拖出来，用事先设置好位置的滑轮模具将它卡死，再用滑轮沿着火热的钢轨滚动一圈，然后在模具上放上三至五分钟，将拱梁的角度锁定在一百八十度左右，这根钢轨拱梁就算是基本完成了。拱梁制造到这一步，你可不要认为一切都已完成了，还必须将拱梁从模具上拆下来，用铁钩拖到指定的冷却区，用胶管浇水将它冷却，这项工作才算完成了。

　　江洪信所做的第二件事，就是派人到宁州某焦炭厂买回了大量的焦炭，放在拱梁制造棚旁边的材料棚里备用。你要制造拱梁，就必须将钢轨加热到一定程度，没有焦炭这项工作是无从谈起的。

　　我们所做的第三件事，就是将作业场一批十二点五米的钢轨运到了拱梁制造棚，等待制造成钢轨拱梁。有人向江洪信提议将二十五米的钢轨对截，这样可以节省大量的时间，但是江洪信认为这样会造成浪费，否决了这项提议。

　　一切准备就绪，我们清早起来，先将焦炭放进了长灶的灶底，然后抓起钢轨放在了上面，接着在灶底洒上煤油，然后关闭长灶，点火燃烧加热。

说实在的，我们谁也没有见过钢轨拱梁，也不知道钢轨需要加热到什么程度才能拿出来。王国栋通过观察口看了一下灶内，只见灶内火光熊熊，钢轨有些地方已经烧红了，但是有些地方还是黑乎乎的一片。

我忍不住提醒工长："工长，据说钢轨加热到一千度，就会熔化，我们不会这样无限制地烧下去吧？"

工长点点头，也挺着急地说："我也知道，按理说加热到七八百度，我们就应该把它拿出来了，可是现在钢轨烧得不均匀，有的地方烧到了，有的地方没烧到，怕是拿出来也是个废品。"

正说话间，江洪信和技术主管从队部赶过来视察，江洪信从观察口看了一下燃烧的钢轨，立刻叫停，让我们打开长灶，将里面的钢轨拖出来。

等我们将钢轨拖到模具上，江洪信还是示意我们将钢轨架好，试着操作一次。我们将钢轨架好，解小虎和胡谦是操作手，他们推动着把手，试着将滑轮推向钢轨。

刚开始的时候，滑轮还在转动，钢轨也按照理想的方向运行。可当解小虎、胡谦将滑轮推到钢轨的中段时，滑轮就再也推不动了，急得他们两人直跺脚。我们是不能袖手旁观的，于是大家走上前去，帮助他们一起推动滑轮，然而滑轮始终纹丝不动，大家也就停了下来。

平时脾气"火爆"的江洪信，这次却显得出奇的冷静，他没有责怪谁，而是把大家召集在一起，开了一个小小的现场会。

"说说看，你们认为问题出在哪里，都说一说，我想听听大家的意见。"江洪信说。

"江队长，我认为我们这次焦炭放得不够均匀，致使钢轨的燃烧面积分布不均，如果我们能够解决这个问题，相信难题能够很快得到解决。"三工班工长如是说。

江洪信点点头，表示认同这种说法。

"江队长，我认为我们钢轨燃烧的火候没有掌握好，以至于烧到什么时候才能将钢轨拖出来没有把握，才造成了这次失败。如果我们有一个有经验的人能够恰到好处地提醒我们，也许制造合格拱梁的机会就会大得多。"解小虎说。

江洪信点点头，表示支持这种说法。

"江队长，我认为我们还是应该去弄几个牛皮鼓风机来，如果钢轨烧得不均匀，我们还可以用鼓风机吹吹，争取钢轨能够同步燃烧，难度也许就要小得多。"胡谦这样说。

江洪信冲他点点头，表示理解这种说法。

"江队长，我认为我们应该专设一名观察员，专门观察钢轨的燃烧情况，等观察燃烧的能力提高了，拖出来滚压成型的机会自然就会好些，我们制造钢轨拱梁的熟练程度自然就会提高。"我是这样对江洪信说的。

江洪信冲大家摆摆手，表示全面认同大家的意见，他最后对大家说："同志们，听了大家的意见，我感觉很好，证明大家干活动脑筋了，这是我一直希望的，让我感到高兴。说实在的，这项工作我也没有干过，你说我比大家有把握，那是吹牛的。不过处里面交代下来这项任务，我还真的到别的工程处去取过经，他们有经验的师傅告诉我几个诀窍，第一点，火候要掌握好，灶内的温度大概就要在七八百度的时候取钢轨，怎么判断到了七八百度？就是钢轨刚刚烧红的五分钟之内。第二点，焦炭的面积的确要放均匀，在这方面，别的工程处就做得很细，他们甚至哪个角落放了几个焦炭都是有数的。但是刚才胡谦提醒了我，就是搞几个鼓风机回来，这样就是有的地方燃烧不充分，也可以补救一下。第三点，的确要求设一个专门的火候观察员，这样对灶内的情况有充分的了解，若是你又在生产，又在观察火候，是很难做到二者兼顾的。今天我们的第一根烧得不成功，这不丢脸，反而是一个好事，使我们可以更好地找出问题，集思广益，更好地解决问题。看来今天的会没有白开，大家对制造拱梁都有了明确的认识，这样很好，我们就把这几条总结出来，继续工作，我想我们的问题会迎刃而解的。"

说实在的，江洪信讲的话，我们从来没有如此信服过，因而大家都鼓起干劲，继续开始"实验"起钢轨拱梁的制造工作来。

我们又把一根十二点五米的钢轨放了上去，这次我们有了经验，把焦炭放得比较均匀，工长还特意叫人到别的工班借来了手动鼓风机，以备不时之需，他还指定胡谦为"火候观察员"，让他随时注意灶内的情况。

一切准备就绪，我们又开始点火燃烧，由于这次焦炭放得比较均匀，钢轨的整个面积都已烧到，因此鼓风机并没有派上用场。当整个轨面都已烧红，并且已经过了两分钟时，胡谦在观察口喊了一句："可以了！"大家就打开灶门，把烧得通红的钢轨拖了出来。我们又把钢轨拖到了模具上架好，解小虎和王国栋再次推动滑轮，这次显然也看到他们两人使了不少劲，钢轨最终锻压成型。

容不得我们多想，等钢轨压了三分钟后，我们又把它拆了下来，我用一根铁钩和大家把它拉到了冷却区，并打开水龙头喷水冷却钢轨，等冷却得差不多时，我又看了一眼已成为成品的拱梁，发现钢轨的表面有明显的炭化痕迹，但大概的形状已经完全出来了。

工长用卷尺量了一下，没有说话，我们问了一句："怎么样？"工长平静地说："有误差，但是还在允许的范围内，真正的钢轨拱梁应该就是这个样子吧。"人群中爆发出一片掌声。

　　自此以后，我们越来越有经验，不再一根根烧制钢轨拱梁，而是一排多根一起烧制，随着参与度的加大，许多人都达到了"熟能生巧"的地步，好多人甚至不用看表就能知道钢轨什么时候该出灶了。

　　夏日炎炎，我们顶着长灶边七八百度的高温从事高温作业，辛苦的程度是可想而知的。我在休息喝水的时候，看见草丛中有一只蚂蚱经过，就把它捉过来，放在手中摆弄。此时钢轨刚刚上架燃烧，制造棚处于最高温度的时候，蚂蚱不小心飞了出去，在离长灶五六米远的地方停了下来，就一动不动了。我走了过去，捡起了这只蚂蚱，发现蚂蚱已经"热"死了，因为身上一处伤口也没有……

　　为了让我们搬动钢轨上灶时不发生意外，工长总是在大家抓起钢轨时喊："起！"放下钢轨时喊："放！"有一天，为了不让大家感到疲劳，他特意只抬了两根钢轨，就示意大家休息。谁知大家并不"领情"，而是帮他喊起了"起、放"，一连抬了八根钢轨上灶，搞得工长满脸诧异："你们不累吗？"

　　"哈哈哈哈……"大家发出了一连串的笑声。

　　苑德贤来看望大家，还给大家带来了他要求食堂做的绿豆沙，他跟每一位职工都握了手，给每一位职工都端上了绿豆沙，并不住地对大家说："辛苦了！辛苦了！"

　　经过两个月的努力，我们终于完成了第七工程处所需的钢轨拱梁根数，当第七工程处的卡车来拉这批拱梁时，我们的心中还是很有"成就感"的。

　　第七工程处的一名验收员跳下卡车，用他自制的木尺量了一下这批拱梁，激动地说："感谢基建处的同志帮了我们大忙，完全符合我们的要求，这可真是解了我们的燃眉之急了！"

第二十六章　姑　娘

那些在湘黔、枝柳线上跑车的姑娘们。

今天因为要回沅塘领材料，我坐上了回宁州的管内慢车。

车上的旅客不算很多，除了跟我一样的一些铁路工作人员，就是三三两两、交头接耳的走亲戚、赶集的乡民，虽然大家的目的地各有不同，但是丝毫没有影响大家说话的好心情，整个车厢叽叽喳喳，仿佛所有的故事都是从我们这一节小小的车厢开始的……

我找了一个顺着列车运行方向的座位坐了下来。刚刚坐定，就听见前排一名铁路职工对他的同座说："今天担任值乘任务的火车司机，是铁道部'五一'奖章获得者、运营段司机所的'王牌'司机杨再兴。杨师傅技术上是尖子，他开的火车从不误点，手下的徒弟也是一大把，好几个还都在重要的领导岗位呢！"

我不由得暗暗好笑：每个单位都会出几个喜欢背后说事的人，只不过他们说话的方式不同罢了，不管你喜欢还是不喜欢，这就是生活的组成部分。

列车的"咣当"声丝毫没有影响大家娱乐的兴致，有的在打牌、有的在吃东西、有的在打毛线、有的在打闹，列车的地板上不一会儿就满地狼藉。这时我看见本节车厢的列车员拿着扫把和灰斗走了过来，她先是将茶几上的杂物放进灰斗，接着再将地板上的垃圾认认真真地收集起来，带出车厢，接着再找来拖把，把地板擦得干干净净。我瞄了一下这位姑娘工作时的背影，很瘦，身材不高，但两根大辫子顺着她的制服帽来回摆动，显得很有精神。

列车过了灵水站的时候，突然从隔壁车厢过来了一名显然是喝醉了酒的"中年男人"，他一边哭哭啼啼，一边口中念念有词，不知道在嘀咕些什么。当他在一个双人座位上坐下来的时候，吓得对面双人座位上的两名女同志赶紧离开，跑到别的座位上去了。

"中年男人"似乎有些"崩溃"了，他一边不停地哭，一边喝着手中提着的白酒，不时还从上衣口袋中掏着什么。当一把五角、一元的纸币掏出来以后，他连看都不看，就一把丢在了座位前的茶几上，纸币中夹杂着的五分硬币滚了出来，顺着茶几就滚到了临近的座位下面，引起了车上众人的围观。

这个时候，那名列车员从乘务间走了过来，她看了一眼眼前的情况，不由得一惊，在迟疑了片刻之后，还是主动走了过去，问起了那名"醉酒者"："同志，你怎么了？"

"中年男人"一边继续啼哭，一边冲着列车员咆哮："不要你管！关你什么事！我老婆跟人跑了，呜……"

列车员毕竟是年轻姑娘，脸刹那间就红了起来，但她依然没有忘记自己的职责，顿了顿，还是对"中年男人"说："你这样会影响到绝大多数旅客的，请控制一下自己的情绪，不要弄出太大的动静来，好吗，同志？"

列车员不这样说也许还不打紧，"中年男人"一听这话，就仿佛像谁侵犯了他的"尊严"一样，立刻火冒三丈："我影响到谁了？我打扰到谁了？我哭我的，关你什么事！赶快从我身边消失，赶快走，要不然，我可对你不客气了！"边说着，边拍着茶几站了起来。

姑娘显然没有经历过这种场面，忍不住掉下了眼泪，她一边哭，一边安慰着"中年男人"："同志，对不起，是我说话不当，给你造成了麻烦，我向你道歉。请你安静下来，好吗？要不然这么多人围观，多不好呀。"

"中年男人"依然不依不饶地咆哮着，甚至有拿起酒瓶，砸向姑娘的意思。

我一个箭步走了上去，一把夺过他的酒瓶："你干什么，借酒发疯啊，你还没完了你！""中年男人"一看有了发泄目标，立刻转身向我扑来，我闪身躲过，他用力过猛扑了个空，只听"扑通"一声扑倒在了地板上。我没有给他留机会，乘机反剪了他的双手，一声断喝："你闹够了没有！"

正吵闹间，乘警和列车长接到消息来到了我们这节车厢，乘警向列车员简单地询问了一下情况后，示意我放开"中年男人"，他抓着"中年男人"的衣服并把他提了起来，然后对着"中年男人"说："走走走，我找个地方给你醒醒酒！"

当乘警和列车长将"中年男人"带走以后，围观的众人这才松了口气，各自回到了自己的座位上去。

姑娘擦去眼中的泪水，走过来小声对我说："谢谢你，同志。"

我对她说道："没关系，任何人见到这种情况都会帮一把的，更何况我也是基建处的。"

姑娘惊喜地问："你也是基建处的？"

"是啊，刚才我上车的时候已经给你出示过证件了，你怎么就忘了。"

"对对对，我是看过你的证件了，刚才上车的人多，我一时给忘记了。"姑娘边说着，边坐到了我对面的座位上。

我问她："你跑车跑了多久了？"

"刚跑了七个月，所以好多事情处理得还不好，刚才的事真是让你见笑了。"

"谁也不是天生就会做好一项工作的，你已经很尽力了，不必过分地要求自己。"我说。

"你贵姓?"姑娘问我。

"我叫曹滢，你贵姓啊?"

"我叫叶欣，是重庆人，跟我姐姐一起来的运营段乘务所。"姑娘说。

"我知道，我听说运营段最近从成都、重庆招了一批列车乘务员，你也是这一批来的吧?"

"是的，看来什么都要认真学习，否则遇到棘手情况我还真的处理不了，还是我们列车长好，她是从北京局调来的，跑过北京至莫斯科这条线，处理起问题来非常得体，够我们学习一辈子的。"

我诧异地问："你们开始来的那位男车长跑过北京至莫斯科的国际列车?"

"不是那位男车长，他是副车长，我是说我们那位女的正车长，她现在正在休班，在宁州基地培训，她还是我们的班主任呢。"姑娘说。

"在宁州南站的时候我路过你们乘务所，你们的姑娘真是多，一起去打饭的时候排成一大排，在院子外面看还真的很壮观。"

姑娘笑道："是的、是的，我们乘务所最忙碌的两件事就是吃饭和洗澡，人总是很多很多的，要排队才能解决问题。"

"你在车上的生活还习惯吗?"我问她。

"还可以，其实刚开始跑车的时候我很兴奋，觉得自己怎么会做起了这样一件有意义的工作，可跑了一段时间，新鲜感一过，就觉得没意思了。怎么总是这么重复、枯燥，想下车去车站，又下不去，所以也只有硬着头皮干下去了。"

我笑着说："其实我们处跑车的距离也不算远，湘黔线已经快交给管理局了，枝柳线也只是南线到珑坪这一段，什么工作都需要人来干呀，习惯就好了。"

"是呀、是呀，我也没说不干呀，只不过发发牢骚罢了，不允许啊？"

"谁说不允许呀，我只是怕你一心想下车，影响情绪罢了。对了，我听说靖州的东西特别便宜，尤其是鸡蛋，是不是有这么回事啊？"

"唉，别提了。"姑娘说，"靖州的东西的确便宜，好多东西在站台外面就买得到。有一次我和一个姐妹看见站台外面有人卖甘蔗，就跑去买了一些，不想停留的时间久了一点，火车都开车了我们还没有回到车厢，结果火车开走了，我们只能搭乘下一班列车回去。回到宁州，列车长把我们狠狠地骂了一通，还让我们俩写了检查呢。"

我笑出声来："你这叫作漏乘啊。"

姑娘难为情地说："快别笑了，快别笑了，你要再笑，我都要不好意思了。"

我说："你还有什么好玩的事，告诉我呀！"

"有是有的，就怕你不好意思听。"

"我有什么不好意思听的呀，说出来听听嘛。"

姑娘于是这才说："我们有个女同事，有一天出乘的时候上列车上的卫生间，不想列车紧急刹车，她一不留神就坐到了卫生间的地上，闪了尾椎骨，半天爬不起来，直到回到了宁州，同事们才把她救出来，据说还在宁州南方局医院住了一个多月的院呢。"

"哈哈哈哈……"听到这里，我忍不住大笑起来，笑声惊动了四邻，大家都用奇怪的眼光看着我俩，直到姑娘轻轻地拍了一下我的手臂，我才不笑了。

交谈是最容易让人忘记时间的，不知不觉，我们已经到了宁州站。下车的时候我对姑娘说："叶欣，你有时间到我们铁建一队来玩。"

姑娘说："好的，曹滢，有时间我一定会到你们那里去玩的。"

我们就这样分了手。

半年以后，我听说王国栋找了一位女朋友，是什么枝柳线上的"姊妹花"，而且今天到他住的珑坪宿舍来看他了，就决定去看一下。

走进王国栋的宿舍，一个熟悉的身影映入了我的眼帘，我惊喜地喊了一句："叶欣，是你！"

叶欣回过头来，也惊喜地说："曹滢，是你！真没想到，我们又见面了。"

"你还是找了你们重庆老乡呀！"

叶欣回头看了一眼王国栋，嗔怪地说："不找他又能找谁呀？"

王国栋奇怪地看着我俩，问了一句："你们俩认识呀？"

我说："岂止认识，简直就是'不打不相识'呀！"说完这些，我和叶欣都哈哈大笑起来，留下了"丈二和尚摸不着头脑"的王国栋。

第二十七章　苹　果

苹果！苹果！

　　凌晨五时，我们被一阵惊天动地的巨响惊醒，待穿上衣服走了出来，很快判断出巨响来自珑坪站方向。等我们朝珑坪站方向走去的时候，很快就在珑坪站南头第一组道岔内发现了问题：一列货运敞车竟然在道岔内脱轨了！脱轨的货运敞车车厢有五节，横七竖八地倒卧在铁轨、渡线间，车上的货物倒了一地，由于天色微黑，看不出是什么货物，解小虎不知道踩到了什么东西，脚底一滑，摔了一跤，等他爬起身来，捡起让他摔跤的东西，竟然是一个大苹果！原来脱轨的货运敞车竟然装的是满满几车厢大苹果！

　　车站的外勤值班员焦急而又匆匆地跑过来查看了一下情况后，马上回车站办理了区间封闭。车站的驻站公安赶到现场以后，看着满地的苹果，连连摇头叹息，没有办法，只有赶紧回车站打电话要求宁州基建处公安科派人增援。

　　这个时候，天色已经有些微微亮了，和我们一样，巨大的响声也惊动了珑坪站附近的村民，我开始看见几个、随后就是一大批村民出现在了出事地点。

　　说实在的，这么好的苹果，不要说是这批村民，就是连我们这些铁路职工也没见过几回。它们几乎个个饱满、大个，红中透着白，有的经过碰撞散落在外面，有的成箱地掉在路肩上，随着天色越来越亮，我看见了包装箱上苹果的出产地——"陕西白水"。

人们很快发现，这个时候是无人监管的"真空时期"，公安打电话去了，车站的工作人员疲于奔命、自顾不暇，铁建一队的领导由于工作繁忙都在前方，没有人在出事现场，南方局其他工程处的铁路职工由于住得较远，并没有人在出事地点，有的只是我们这些自发赶来的铁路职工和大批的村民，望着满地诱人的苹果，你要问大家都在想什么，可能没有人能够准确地回答出来。

这个时候，我看见两个小男孩拿起地上的苹果，向四周张望了一下，转身跑进了铁路边的草丛里。他俩身边的一个青年村民先是犹豫了一下，随后毫不犹豫地抓起身旁的一箱苹果，消失在车站对面的树林里……

人的行为常常具有"传染性"，在"别人能拿，我为什么不能拿"的思想驱使下，许多人都动起了手，拿起了倾倒在铁路边上的苹果，有的人甚至是铁路职工。场面一下子演变成了"哄抢"，现场已经完全失去了控制。

打完电话的驻站公安回到了出事现场，被这突如其来的情况惊呆了，大声制止着这种行为："老乡！老乡！不要抢，不要抢，这是国家物资。同志！同志！不能动，你这是违法的，知道吗……"

没有人把驻站公安的话当一回事，没有人需要别人提醒什么是违法什么是不违法，有的只是拿到苹果后的"快乐"。我看见一个中年妇女因为拿来的麻袋太小，已经装不下苹果，她干脆脱下自己的衣服，把已经捡在一起的苹果用衣服包好，然后吃力地拿起麻袋和衣服，跌跌撞撞地朝自己的村子走去……

我们几个决定帮助一下驻站公安，维持一下现场的秩序，我拉住一个中年村民的手，劝解他道："老乡，老乡，真不能这样，你们如果拿了这些苹果，就属于哄抢铁路物资，是要负法律责任的，你不会想就因为这么几个苹果犯一回事吧……"我的话音未落，已经听得不耐烦的中年村民一把将我推开，没好气地说："你管得还真多，这么多人你不管，偏偏来管我。"驻站公安显然被这个中年村民的话激怒了，他跑过来吼道："你这个人怎么不听招呼呢，你这样做是违法的，知道吗？还不快点给我放下！"边说着，边将他已经扛上肩头的一箱苹果拿了下来，放在了地上。可这一拿不打紧，中年村民立刻叫来几个同村男人，将驻站公安架在了中间，使驻站公安动弹不得。我们几个想冲上前去解救，也被几个青年村民紧紧按住，暂时失去了"人身自由"，就更不可能去解救驻站公安了，局势在向越来越恶劣的方向发展……

这个时候，我看见胡谦在离我们不远处拿起了一箱苹果，藏在了一处排水沟里，接着又用带来的编织袋装了一些散落的苹果，准备向我们驻地走去。我喊了一声："胡谦！"随后冲他皱了皱眉头，意思是这样做的后果，你应该是掂量得清楚的，何必要做这样的事呢。

谁知胡谦根本不理会我们，他看了一眼被村民死死困住的我、解小虎、王国栋，既没有解救的意思，也没有制止的想法，而是和几个已经拿了苹果的铁路职工，像不认识我们似的，目不斜视地朝我们的驻地走去……

就在这个时候，基建处公安科的公安人员赶到了现场，哄抢苹果的村民没想到公安人员会来得这么快，都一哄而起、四散奔逃。限制我们"人身自由"的那几个村民一看情势不妙，也想快速离开，不想众公安身手比他们快，大家一看这帮村民不仅在哄抢铁路物资，还敢"暴力抗法"，气就不打一处来，他们三步并作两步来到我们面前，三下五除二地"擒"住了这几个村民，把我们解救了出来。其中一个青年公安怒不可遏，转身就把手铐拿了出来："吃了豹子胆了，不但哄抢铁路物资，还敢暴力抗法，非法拘禁铁路公安和工作人员，今天不给你们一点厉害瞧瞧，你还以为我们是好欺负的。都给我老实点，先给你们铐起来，再往拘留所里面送，看你们以后还敢不敢了。"说完这些，青年公安就要给这几个村民戴上手铐，驻站公安出来制止了他的同事："同志，不用这样，人民内部矛盾，我们也没受到什么伤害，还是以批评教育为主，只要追回损失就行了，线路还没有恢复呢。"青年公安这才罢手。

公安科的带队队长一看现场是这种情况，马上回身宣布了三条命令：第一，马上封锁现场，制止和"抓获"在现场哄抢铁路物资的人员。第二，联系运营段总部，等待救援列车抵达。第三，与铁建一队的江队长取得联系，让他尽快派出救援人员，早日恢复线路通车。

有十几个参与哄抢苹果的村民躲避不及，被公安科的公安人员"抓获"，公安科的人员并没有让他们闲着，而是让他们与我们这些先期到达的职工一起收拾好苹果，等待救援列车和队伍到来。

救援列车很快到达了现场，江洪信也带着救援队伍抵达了，大家很快吊开受损的车体，并对受损的道岔和线路进行了更换和整修，经过两个多小时的奋战，线路得以恢复通车。

经安检部门查明，这次脱轨事故的原因是珑坪站进站道岔的岔尖受损，扳道员扳道后尖轨不密贴。这其中有扳道员责任心不强的缘故，也有设备维修不及时的原因。

对于"失窃"苹果的处理，基建处公安科发挥了"人民战争"的威力，先是与当地的公社、大队、生产队等各级组织取得了联系，挨家挨户地通告、劝解，四处张贴宣传标语，并设定了上缴苹果的时限。在规定时间内上缴苹果的，一切既往不咎，视为知错能改。在规定时间过后依然抵赖、藏匿的，按抢劫铁路物资论处。在强大的压力下，绝大多数村民退回了哄抢来的苹果。

对于铁路内部哄抢苹果的人员，公安科的处理还是比较重的。由于铁路职工属于知法犯法，不仅要上缴哄抢来的苹果，还要行政拘留十五天。有十五个职工受到了这样的处罚，这其中就包括胡谦，他的"被出卖"不是我们几个所为，而是跟他一起哄抢苹果的几名职工为了"立功"，率先供出了胡谦。

江洪信在送他们去宁州拘留所的路上痛心疾首，特别针对胡谦说："胡谦！你们为什么要这样？你知道这几车厢苹果是拿来干什么的吗？那是南方局领导为了慰问沿线职工专门送来的，它本来就属于你们的，你们为什么会用这样的方式获取这些苹果呢？"

胡谦独自流泪，大家黯然神伤。

胡谦从拘留所出来的时候，我、解小虎、王国栋都到宁州拘留所门口去接他。

看见我们，胡谦明显感觉到不好意思，将被子从肩头上放下来，眼睛直直地看着地面，不敢和我们目光相对。

半个月不见，胡谦明显瘦了，头发蓬松凌乱，胡子留得老长，像一个大病初愈的人一样。

我们迎上前去，主动给他拿起了行李，他坚持了一下，最终将行李让给了我们。

我对他说："怎么了，就因为遇到这样一件事，我们连朋友都做不成了吗？你看你是怎么想的，我们那么艰苦的岁月都过来了，难道连这样一件事都经受不住吗？"

胡谦又流下了泪："小滢，你不要说了，说真的，有时候我想起来自己都瞧不起自己，怎么回事，那一分钟真是鬼迷心窍了，怎么连亲情、友情都不顾了呢，就因为这几个苹果吗，小滢，我是不是太自私了？"

"你自不自私我不知道，但是你当时肯定有了贪欲了，是贪欲占据了上风，这也不能全怪你。"我说。

胡谦没有再纠结这个问题，接着说："你们被村民包围的时候我没有出来帮助你们，你们还拿我当朋友，说实在的，就冲这一点，我就知道自己做错了。"

"我们永远都是好朋友。"我们三个异口同声地说。

"就因为拿你当朋友我们才来的，因为我们知道，人人都会有犯错误的时候，只要认识错误，改正错误，你永远都是我们的好朋友。"我说。

远处突然传来了汽车喇叭声，我们定睛一看，江洪信坐在吉普车上正向我们招手。

第二十八章　赛　诗

铁建一队在珑坪举办了一场"中秋节"赛诗会。

"中秋"佳节即将来临，江洪信和铁建一队教导员别出心裁，决定在全队范围内举办一场"歌颂祖国、歌颂筑路精神"的诗歌比赛。他们的要求是：第一，诗歌的体裁不限（既可以是五言、七言诗，也可以是现代散文诗），诗歌的水平高低不限，只要是能够"歌颂祖国、歌颂筑路精神"，体现广大铁路工作者真实生活的诗歌即可。第二，每个工班必须派出代表，代表工班进行诗歌比赛。也可以代表自己比赛，总之人数不限，必须每个工班都要有选手。第三，比赛中工区的优胜者（即前三名），获得锦旗一面。个人的前三名，第一名获得"双喜"牌保温瓶一对，第二名获得洗脸盆一个，第三名获得笔记本一本。

在举行赛诗会比赛之前，铁建一队发放了由南方局生活段制作的一批月饼。我拿起一个发给我的月饼，发现它的包装极其简单，不过是用一层油纸包着（月饼由于渗油，包装纸上留下了油印），打开一看，月饼因为干燥，有些面块往下掉，咬上一口，花生、芝麻、白糖的味道就会在舌尖绽放，令人多年以后都难以忘怀，感叹月饼的味道还是那时的最好。

我们几个约定，每人写一首诗，参加这次诗歌比赛，哪怕是写得不好，哪怕是引起满场哄笑，为了三工班的荣誉，我们决定放手一搏，至少不能让别的工班小瞧了我们。在规定时间内，我们把各自将要参赛的诗歌名报给了队部。

比赛的那天晚上，人头攒动、热闹非凡。铁建一队为了这次比赛，还专门在篮球场搭建了木台，铁建一队的近两千多名职工都齐聚篮球场，等待着诗歌比赛的开始。

我们在去比赛的路上碰到了罗伯伯，他刚下班回来，穿着一件脏兮兮的工作服，腰间还系着一根草绳，由于身材高大，样子显得特别滑稽。我笑着问他："今天您怎么这身打扮呢？"罗伯伯笑着说："干活的时候皮带断了，没有办法，临时找了一根草绳，总得系着啊。去比赛啊，准备得怎么样？要好好比啊，为我们三工班争口气。"我笑着说："感觉不怎么样，我也没有想到会比成什么样子，只要尽力就行了。您赶紧回去洗洗，回头来看我们比赛吧。"罗伯伯笑着说："你们赶紧去，我随后就到，去为你们加油。"

诗歌比赛正式开始了，铁建一队团支部书记作为比赛主持人，并没有马上宣布比赛开始，而是意外地给我们来了一段"小插曲"，他宣布道："第一个节目，请听男生合唱《铁建一队三工班》，表演者，三工班部分职工，手风琴伴奏李平、王挺，请大家以热烈的掌声表示欢迎！"

台下掌声如潮，在我们的好奇和惊讶声中，几个平常我们熟悉的三工班工友走上了舞台，他们脸上都化了淡妆，让人觉得特别好玩，在我们还在议论今天的诗歌比赛怎么会以这样一种方式开始的时候，他们开口唱了起来："铁建一队三工班那个三工班，枝柳线上把名传，上山能架五彩云，下地能让道路宽……"

台下掌声和叫好声不断，我都不得不承认，这首歌写得相当不错，歌曲的旋律感和节奏感都很有水准，可是我们队并没有专业的词曲作者呀！这首歌到底是谁写的呢？我忍不住问了一下我身边的解小虎："想不到有人能为我们三工班写首歌，这会是谁写的呢？"我们工长在后面听到了我们说的话，不无得意地拍了拍我的手："小滢，这首歌的歌词是我编的，曲子是我找江队长给我谱的，怎么样，没想到吧，一直没有告诉你们，就是想在今天晚上给大家一个出其不意，合唱队已经偷偷练了两个星期了，今天晚上终于派上了用场，可真是没有辜负我们。"我看了一眼我们的工长，又看了一眼坐在前排笑眯眯的江洪信，心里暗道：我今天才知道什么叫"山外有山、人外有人"。

"第二个节目，顶缸，表演者，二工班詹天宇。"正当我们说今天的诗歌比赛怎么有点文艺晚会的味道，就看见几个工友已经将一张桌子抬了上来，接着又抬上了一口大缸，詹天宇随后走了上来，提了一下这口缸，试了试力度，紧跟着就躺在了桌子上。他示意他旁边的几个工友将缸放在他的脚上，几个工友照做了，他用一只脚顶住缸，一只脚在旁边固定，接着两只脚快速移动起来，将一口大缸摆弄得上下翻滚，却始终没有使大缸掉在地上，精彩的表演赢得了台下阵阵掌声和叫好声。我在拍手的同时，心想：我们队藏龙卧虎啊，平常怎么就没看出来呢？

"第三个节目，魔术——空杯来酒，表演者，四工班刘宪林。"刘宪林走上了舞台，舞台事先放上了一张桌子，桌子上放着四个酒杯和一块红布，刘宪林还展示给大家看："大家看呀，这个桌子上没有什么吧，只有四个酒杯和一块红布，杯子里面也没有酒，是吧，等一下我吹口气，往肚子上一放，酒杯里面就会有酒了。"我们都将信将疑地看着他，只见他将四个酒杯整齐地排开，然后用红布将它们盖上，煞有介事地吹了口气，然后用手在红布上一挥，接着拿开了红布，将一个酒杯往肚子上一放，说了一声："来了！来了！"等他将酒杯放正时，酒杯里面装满了酒，他还请旁边的工友喝了一口，那位工友一边喝还一边说："好酒，好酒，真是好酒！"
我们除了鼓掌和叹服外，再也找不到更多表达心情的方法了。

　　诗歌比赛终于开始了，第一个参加比赛的是一工班的一位工
友，由于紧张，我看见他拿稿子的手都有点抖，在酝酿了片刻以
后，他开始朗诵起他写的诗歌《找寻》：

　　　从云贵高原到川西裂谷，

　　　从橘子洲头到湘西森林，

　　　我始终在找寻你的足迹。

　　　你用你坚实的肩膀，

　　　扛起了祖国的"血脉"，

　　　你用你勤劳的双手，

　　　制造了一个又一个的奇迹。

　　　你没有留下姓名，

　　　因为你有一个光荣的名字——线路工，

　　　你没有忘记职责，因为祖国的发展和建设需要你。

　　　你也有妻儿老小，

　　　但是你对他们的牵挂，更多的是思念，

　　　你也有七情六欲，

　　　但是你能很好地把握，勇敢前行。

　　　……

　　掌声，经久不息的掌声，我看见江洪信带头鼓的掌，这位工友
的诗歌打开了我们的思绪，让我们回到了鏖战铁路建设的真实场
景，同时也真正表达了一位普通线路工的心声，让我们不得不为他
热烈鼓掌。在钦佩别人的同时，我的心中也犯起了嘀咕：人家第一

炮就打得这么好、这么红，轮到我们的时候，还真不知道比得过比不过人家呢。

第二个参赛的二工班工友显然是受到了第一个参赛者的鼓励，一上来就显得信心十足，还没等团支部书记将他参赛的诗歌名报出来，他就抢先朗诵起他写的诗歌《奋斗》来：

> 我们是一支拖不垮的队伍，
>
> 我们是一堆砸不烂的钢铁，
>
> 看，我们创造了铁路建设的奇迹，
>
> 听，我们的声音从来都如此嘹亮。
>
> 我们不是没有遇到过困难，
>
> 但是，我们不怕困难，
>
> 因为我们是一群勇于奋斗的人……

台下依然掌声一片。给我的感觉，不能说这位工友写得很好，但是至少把想表达的意思表达了出来，所以我还是对他报以热烈的掌声，心中的底气似乎也足了一点。

轮到解小虎上场了。三工班的人来得特别多，因此一起给他鼓掌加油："解小虎，好样的！解小虎，来一个！"这种喊声不但没有帮到解小虎的忙，反而增加了解小虎的压力。他往台下一看，哇，黑压压的一大片人，从来没有在这么多人面前表演过，因此他在朗诵起自己写的诗歌《我的兄弟》时，朗诵效果大打了折扣：

> 你……你来自燕赵大地，
>
> 我，我来自天山之巅，
>
> 我，我们原本不相识，

共……共同的目标使我们走到一起来，

那，那就是修，修建铁路……

"哈哈哈哈……"台下笑声一片，都为解小虎这结结巴巴的诗歌朗诵感到滑稽。我们几个坐在台下干着急，但也帮不上什么忙，只得悄悄地给解小虎打手势，让他尽快平静下来。

解小虎停了停，稳定了一下自己的情绪，接着朗诵：

不管你的热情是否耗尽，

也不管你的青春是否远行，

请你记住，我们永远是朋友，是兄弟！

解小虎总算朗诵完他的诗歌，台下依然掌声一片，我虽然为他这不善表达的能力感到遗憾，但是依然为他能够写出这样精彩的诗歌报以热烈的掌声。

终于轮到我了，当团支部书记报出我的参赛诗歌《背影》的时候，我稳定了一下自己的情绪，大步走上台，站好位置，开始朗诵：

成昆铁路，有你的身影，

枝柳铁路，见你的豪情，

你用你强劲的双手，

延伸着祖国的"动脉"，

你用你坚强的意志，

书写着一段段传奇。

你已渐渐老去，

但是故事留在了大家的记忆里。

你已辉煌不在，

但是更加懂得去珍惜。

也许没有人想听你的故事，

但是故事本身就让人着迷。

也许没有人能理解你，

但是你的笑容已经诠释了你。

可能平凡得不到赞美，

但是平凡也是一种美丽。

可能勋章能证明一切，

但是没有勋章不等于没有努力。

你虽然已经离开，

但是离开的时候分明给我们留下了记忆，

是什么呢？

我左思右想，得不到答案，

多年以后，我才知道谜底，

那就是你高大的背影！

掌声，经久不息的掌声，我看见江洪信眼中噙满了泪花，站起来带头为我鼓掌。说真的，我都有种受宠若惊的感觉，我的诗歌真的这么受欢迎吗？我都不敢相信，只是默默地低下了头，顺着楼梯走了下去，迎接我的，是我的众多工友的欢呼……

这次诗歌比赛，我拿到了第二名，顺利地获得了一个脸盆。

第二十九章　理 发

聪明乎？糊涂乎？性格使然也。

　　我的头发这几天越留越长了，有影响视线的感觉，因此我决定到队理发室去理个发，把这个"累赘"解决掉。

　　走进队理发室的大门，理发员老史跟我打招呼："小滢，你来了，想理发吧，快进来坐。"我坐下来以后对老史说："史师傅，还是老规矩，给我理个平头。你看我这头发长得像野地里的荒草一样，说长就长，还不到一个月呢，就又来找你了，我都不知道我的头发为什么会长得这么快。"老史笑道："年轻人，你就不知道了吧，这是你的优势，说明你精力旺盛，正是青春的好年华。哪像我们，头发不仅长不起来，还开始谢顶了，你不知道，我有多么羡慕你们呢！"边说着，他边将电推子拿了出来，给我理起头发来。

　　今天他的电推子可能出现了故障，几次在给我修鬓角的时候都"咔咔"发响，还顺带把我的头发给拔了下来，痛得我"哎呀、哎呀"直叫。老史首先表示了歉意，接着检查了一下自己的工具，这才对我说："小滢，看来今天电推子出了问题了，怕伤到你，我也不敢为你用了。这样吧，我就用手工推子和剪刀给你理完吧，你看怎么样？"等我同意之后，他这才又开始为我理了起来。

　　老史名叫史立志，四川达县人，一名老资格的铁路职工。

　　老史一开始并不是从事理发员的工作，而是在架桥机组上从事电路维修的工作。说起他从事架桥机电路维修工作，还有一段传奇的经历呢。老史在从事普通线路工工作的时候，有一次架桥机的电路不通，只留下液压部分在工作，给整个架桥机组的工作带来了不便，铁建一队的技术主管带着机械班的电工找了半天，也没有找出问题的所在。

这个时候，跟着架桥机作业的老史直愣愣地跑了过来，径自对技术主管说："是架桥机左臂下的一个电路接头工作不良，有时候好有时候坏，你要把它更换了，问题就解决了。"

技术主管疑惑地看着他："你是怎么知道的?"

"我天天跟着架桥机作业，再加上平常看了架桥机的电路图，所以才知道的。"老史说。

"你懂电路吗?"技术主管问。

"懂一点，我在没有参加铁路工作以前，在我们生产队是队里的电工。"

"你开什么玩笑，外线电工和机电钳工是两回事，你别跟着瞎起哄。"技术主管知道老史的来历后，忍不住露出了不屑的表情。

"你还别看不起人，不相信你自己去检查一下，如果不是那里出了问题，我敢输给你一条'大前门'。"

技术主管也来了精神："好，这可是你说的，如果真是那里出了问题，我也甘愿输给你一条'大前门'。"

众人一看双方顶上了"牛"，都纷纷怂恿两人去一较高下。经过认真检查，果然是那个电路接头出了问题，在众人的哄笑声中，红了脸的技术主管乖乖地给老史奉上了一条"大前门"……

还有一次，一名职工的闹钟坏了，由于他是拿闹钟来掌握工作时间的，因而非常着急。

老史知道这个情况以后，不慌不忙地找到这位职工："我给你修好这个闹钟怎么样?"

那位职工问:"你修过闹钟吗?"

"没有,但是你放心,只要你把它交给我,我就一定会把它修好的。"

这位职工没有想到老史会这么自信:"你开什么玩笑,等我把闹钟交给你,你修完以后还剩一大堆零件,闹钟也还能走,到时候我是应该感谢你呢还是应该埋怨你。"这位职工的说法引起我们的一阵哈哈大笑。

老史正色道:"你啰唆什么,我如果修不好,给你买一个新闹钟就是了,有你这样说话的吗!"

这位职工想了想,最终把闹钟交给了老史,老史也不含糊,找了一个地方上的朋友借了一套修闹钟的工具,认认真真地修了起来,老练的动作很难想象他是一个"初学者"。经过几个小时的努力,他还真把闹钟修好了,无师自通的悟性不得不令人刮目相看。

江洪信也非常重视"人才",知道老史的情况后,他特意把老史从普通线路工岗位上抽了出来,专门跟班从事架桥机的电路维修工作。

老史虽然"聪明",但是也有他性格上的"弊端",那就是自视甚高,轻易不会把任何人放在眼里,平常看不惯什么事,还喜欢用尖酸刻薄的语言去讽刺别人。而且他也有一个嗜好,就是喜欢喝酒,每喝必醉,醉后必定会撒酒疯,干出点出格的事来。

老史最瞧不起的人,就是架桥机班的班长,他认为架桥机班的班长"头大无脑",只知道傻干活,从不按照机械的客观规律去使用机械,而是按照"多干快上"的指导思想去任意加大机械的疲劳强度,顺带着让弟兄们也干了不少"冤枉"活。

一个人如果在工作中连和自己的"顶头上司"都处理不好关

系，那么他很难在工班中将自己的工作潜能发挥好。

更要命的是，老史还把这种认识带到了日常生活中，那么他与架桥机班班长的冲突就不可避免了。一次下班后，架桥机班长买了一瓶白酒，准备和一位工友喝个痛快。进了宿舍后，因为临时有事他被副队长叫走了，走之前他将白酒放在了宿舍的桌子上，准备与他喝酒的工友进宿舍后，没有看见架桥机班长，而是被告知桌子上放的就是架桥机班长买的酒，于是就将桌子上的白酒取走了。架桥机班长回来后，没有看见自己买的白酒，却看见老史一边在吃花生米，一边在喝同样牌子的白酒，于是就以开玩笑的口气对老史说："老史，是不是喝了我的酒了，也不等等我，等我回来咱们一起喝呀！"

这看似平常的一句话，不知怎么就勾起了老史不愉快的心情，他来了一个"大爆发"："这怎么会是你的酒，老子会喝你的酒？老子就是讨饭也不会喝你的酒！"说完这些，老史还不解气，他将酒瓶摔在了地上，只听得"啪"的一声，酒瓶摔得粉碎。

架桥机班长不知道老史怎么会发这么大的无名"邪火"，也大声说道："你这是干什么，有话好好说嘛，你这是做给谁看呢？"

"老子就是做给你看，别一天到晚人五人六的好像自己什么都懂，其实你懂些什么呢，什么也不懂，你还有什么好装的！"

"人身攻击"的话不是任何人都受得了的，听到这些，架桥机班长操起了板凳，老史也不示弱，顺手拿起了铁桶，一场"大战"眼看无法避免，众工友慌忙劝开，留下了两双怒目而视的眼睛……

架桥机班是待不下去了，江洪信把他调到了机械班，让他从事机械钳工的工作。老史也挺争气，什么东西都做得像模像样的，再加上他与机械班长是达县同乡，江洪信认为这样的安排，老史一定会安心工作的。

　　谁知道又是因为喝酒，老史又跟机械班长接上了"火"，江洪信的愿望再次落空了：这一天，老史和机械班长钓到了一条鱼，而且老史的鲜鱼汤做得极好，因此特地买了一瓶白酒在宿舍里喝了起来。喝着喝着，宿舍里的人越来越多，他二人也不含糊，每人发给一个瓷碗，一起吃喝起来。吃完以后，有人提议打一盘扑克，许多人随声附和，老史和机械班长也没有说什么，而是参与到其中，牌桌上只有老史、机械班长和其他两位工友，其余的人都在旁边观战，一时间宿舍里的氛围显得相当融洽。

　　几轮下来，老史发觉自己少了一张牌，于是就对是"对手"的机械班长半开玩笑半是认真地说："我少了一张牌，是不是你拿了？"

　　机械班长笑道："没有啊，我怎么会拿你的牌呢？"

　　"那可不一定，你小子偷鸡摸狗的事可没有少干。"老史说。

　　机械班长惊讶地问道："我干了什么偷鸡摸狗的事了？"

　　"你忘了，当年修川黔铁路黄花沟隧道的时候，你小子看见隧道旁边的桃园果子很大，偷偷跑进去摘了不少，结果被当地老乡发现了，被他们绑到了树上，要不是我去找当地的生产队长说了不少好话，赔了不少不是，你小子会这么轻易被放回来？"

　　所有人都面面相觑，没想到自己平常尊重的班长还有这么一档子事，而且还在这样一种场合被提了出来，都强忍着没有笑出来。反而是后面观看打牌的几名青工毕竟年轻，忍不住笑出声来。

　　大家只看见机械班长的脸色由红变紫，再加上酒精的作用，"恼羞成怒"的表情几乎是可以预见的，只见机械班长抓起桌上的一把扑克，愤怒地丢向了窗外。老史没有觉得自己的话怎么"得罪"人，见机械班长这么不给面子，也一把抓起桌子丢到了门外，一场本来开心的聚会以不欢而散告终……

老史在机械班也待不下去了，因为机械班长找了江洪信，表示坚决不要此人，否则自己将辞职不干。

一个真正的"技术能手"，变成了一个四处不要的"闲人"，江洪信想不明白，史立志自己也想不明白，没有办法，江洪信把老史喊进了办公室："史立志，你能告诉我你还能干点什么工作吗？"江洪信的问话倒也开门见山。

老史红着脸，像一个做错事的孩子一样："我个人没有什么意见，队领导要我干什么，我就干什么。"

"问题是所有的工班长都不要你了，你让我把你安排到哪里去呢？"

"江队长，还不至于像你说得这么糟吧，我相信，只要通过我的努力，我什么工作都会干得好的。"老史倒是个"乐天派"。

"这样吧，要不你还是回到线路工班去，你的技术还是不错的，工作情况也熟悉，不需要重新适应了，你看怎么样？"

"江队长，还是不要了吧，我跟我原来的工长有些矛盾，你现在把我安排回去，我的工作是没法干好的。"老史无奈地说。

"怎么回事呢？"

"是这样的，有一次我看见他茶杯里的茶叶不错，就偷着喝了一口，没想到他是最不愿意别人动他的茶杯了，竟然当着我的面把茶杯摔掉了，我们那个时候都吵翻了，你想想，他能让我回去吗？"

"你倒是还有些自知之明嘛！"江洪信不无揶揄地说。

老史站在那里，一句话也说不出来。

"这样吧，我想起来了，队部还缺一个理发员，你要还不嫌弃，就去做一个理发员怎么样？但是你要记住，我只能给你一个星期学习理发技术，到了时间，如果你还不能上手，那我也只有请你另谋高就了。"江洪信说。

"江队长，请你放心，我就去做一名理发员，相信我会很快掌握理发技术的。"老史说。

事情的结果是，老史只用两天时间就学会了理发，而且理出来的效果让许多人都非常满意，也再一次证明了老史是一个难得的"聪明"人。

老史问我："小滢，你父亲现在怎么样了？好久没有看见他了。"

我说："还是老样子，他自从调到铁建大队后勤部门以后，身体好了不少，也不用那么辛苦了。"

"是啊，说真的，当年我们跟着他学技术，他对架桥机的熟悉程度是我们达不到的，所以我们都挺想念他的。"

我笑了笑，没有说话。

"你父亲跟你母亲的关系怎么样了？"

"还是老样子，一点也没有改变。"

"唉，说真的，你父亲和母亲都是个性很强的人，如果他们其中有一个能够示弱，也许情况就会好得多。"老史说。

我不想跟他谈这个话题，接着问他："史师傅，我听说你想调到队部小卖部去。"

"是啊，我真的想到小卖部去。"

"为什么呢，在这儿干得好好的，到哪里不是都一样啊？"

"那可不一样。我最近在学习无线电，还自己修好了一台收音机，如果能够调到小卖部，休息的时间就多了，也可以有更多的时间去摆弄那些玩意了。"

正说话间，江洪信走进了理发室的大门，他看了一眼老史，也看了一眼我，欲言又止。

我喊了一句："江队长。"

他应了一声，问了一句："小滢，你也来理发啊。"

"是。"

"这样吧。"他直截了当地对我说，"我马上就要赶到前面的工地去，头发长了，也没有时间理，你看能不能让我先理，我理了以后你再理。"

我答应了他，示意老史停止，并站起来坐到旁边去了。老史打扫干净座位，请江洪信坐上去，江洪信也不客气，一屁股坐了上去，让老史给他理起头发来。

对于江洪信的到来，老史是高兴的，高兴是终于有机会跟江洪信提一下工作上的事了；可是老史也是犯愁的，犯愁是怎样说才能使江洪信同意。

不一会儿，老史就将江洪信的头发理好了，为了进一步创造说话的机会，老史建议江洪信再刮一下胡子，江洪信同意了，老史就将刮胡刀磨了一下，给江洪信打上肥皂泡，开始刮了起来："江……江队长，我想调到小卖部去。"

"为什么，在这儿干得好好的。"江洪信不动声色地说。

"因为……因为小卖部的工作更适合我，我一定能够在那个位置上干好的。"

"小卖部现在有人在干，你不会让我把别人赶出去，让你来干吧！"

"那还不是你一句话的事，你如果真想让我去，我肯定是去得成的。"

江洪信没有想到老史是这么想问题的人，一激动说了一句："你怎么'这山望着那山高'啊。"不想他说这话时，忘记了自己在刮胡子，动了一下，刮胡刀在他脸上留了一个口子，鲜血流了下来。

老史赶紧说："对不起，"用干净毛巾给他擦了一下，继续刮胡子，"你当初让我来理发的时候，可是让我自己选择工作的。"

"你已经选择了，难道还要后悔吗?"

"我已经干好理发工作了，你得给我一个自己选择的机会呀。"

"有你这样选择的吗?"江洪信一激动，又吼了一句，不想摆动太大，他的脸又被拉出一道口子。

老史赶紧说："对不起，"又用毛巾止了一下血，继续刮胡子，"你是真的不给我机会了。"

"我真的不知道为什么要给你机会。"

"就冲我这个人踏实肯干，群众基础还不错，有干好这个工作的愿望。"

江洪信忍不住笑了起来："这是你对自己的评价!"不想一激动，他又动了一下，刮胡刀又在他脸上拉了一道口子，老史刚要说"对不起"，江洪信也不理睬他，抢过毛巾自己擦了起来。

老史继续给江洪信刮胡子："我承认，我是有不少缺点，但是我总能改呀，改了我还是好同志嘛。"

"说真的，老史，你干这个工作好好的，为什么非要调换工作呢?"

"因为我喜欢干小卖部的工作。"

"现在这个情况，我很难答应你。"

"为什么?"

"因为不是我一个人说了算。"

"谁说不是你一个人说了算，我们全队都知道就是你一个人说了算。"

"你们就是这样评价我的?"江洪信一激动，又动了一下，一如既往，刮胡刀又在他脸上留了一道口子。

这次他们两人谁也没有动手，而是我拿出卫生纸给江洪信止了血。

刮胡子还在继续："我真的恳请江队长再给我一个机会，我自认为能够干好。"

"不是你想干什么就能干什么的，要那样不就乱了套了。"

"江队长，难道你真的不给我这个机会了？"

"我看我真是爱莫能助。"

老史又将刮胡刀在皮带上磨了磨，不甘心地说："江队长，难怪人家说你工作方法简单粗暴，处理不好群众关系，工作能力有限，我开始还不相信，今天一看，果然如此，连我这么简单的要求你都解决不了，你还能帮别人解决什么问题呢？"

老史不这么说还不打紧，江洪信一听此言，气就不打一处来，立刻从座位上站了起来，非常的不幸，他的脸上又出现了第五道口子。

老史想赶紧帮他止血，被江洪信一把推开，用双手抱住自己的脸，"狼狈"地逃出了理发室。

老史赶紧追了出来："江队长、江队长，你是了解我的，你就不再考虑一下了？"

"我了解你个鬼！"

"江队长、江队长，我可是有才的人呀！"

江洪信好像没有听到老史的喊声，头也不回地走了。

第三十章　钓　鱼

<u>钓鱼也是一种乐趣。</u>

　　不知从什么时候开始，我们队钓鱼的人越来越多，只要是一下班回到宿舍，总会见到挖蚯蚓、砍竹子、制鱼饵、备干粮的工友，他们或三五成群，或一人独行，或手拿肩扛，或谈笑风生，总之目的地只有一个，就是找一处理想的场所，美美地钓上一回鱼。

　　胡谦是个钓鱼的"高手"，在钓鱼方面当然不会落后于人，他钓鱼的方法也很特别，首先是把准备和后勤工作做好，而不是像别人一样人云亦云地一哄而上。他制造鱼竿的方法也很有意思，首先到小河边砍两根比较直的竹子，修剪好叶子，并不急于用，而是用砖头把它吊在屋檐下，通常要吊一个多星期，直到他认为满意了，才会将竹竿放下来。胡谦制作鱼饵的方法也跟别人不一样，他通常是去挖那种又大又黑的蚯蚓，然后将它们剁碎捣匀，和自己配制的香料、面粉搅在一起，这才去探明渔场。当他认为某处河边应该是一处不错的钓鱼场所时，就会将鱼饵撒上一些，等过几天再来钓鱼。一般情况下他不会连续几天都去那里钓鱼，但每当他去钓鱼，回来时装鱼的鱼篓总是满满当当的，让人不得不佩服他钓鱼的技术。

　　胡谦曾不止一次对我说："小滢，你要是平时没有什么事，就跟我一起去钓鱼吧。"

我笑着说:"我还这么年轻,静不下来,不想把精力都放在这上面,等我将来退休了,就一定跟你去钓鱼。"

胡谦说:"敢情你认为钓鱼就是年纪大的人才从事的活动呀,我这么年轻,为什么也喜欢钓鱼呢?看来你这个'老脑筋'要改一改了,哪天不管你愿不愿意,我一定带你去钓一次鱼。"

我笑着说:"哪有强行带人去干人家不愿意干的事的?"

"谁说要强制你了,你先不要过早下结论嘛,改天你跟我去一次,去看看钓鱼到底好不好玩,如果好玩,下次我不带你你也会自己去的,说不定你还会喜欢上钓鱼呢,干吗一开始就把话说得那么绝呢!"

"好好好,我哪天就跟你去一次,这总行了吧!"我终于答应了胡谦,准备跟他去钓一次鱼。

要去钓鱼的那天,胡谦还特意叮嘱解小虎:"我和小滢要去钓鱼了,你准备点好吃的,中午给我们送去,记住啊,还是老地方。"

"美得你,你找的那个地方也不怎么样嘛,有时候钓得着有时候钓不着,从没有看见你在那个地方钓鱼的鱼篓装满过。"解小虎说。

"这你就不知道了吧,钓鱼的场所要慢慢'培养',鱼儿也不是傻的,你不给它们一些甜头,不让它们在某个区域持续得到好处,它们怎么会咬你的钩?我看的那个地方是不错的,水草丰茂,邻近水库,是个理想的钓鱼场所,虽然现在看起来收获不多,也没有几个人愿意在那里钓鱼,但是我相信过一段时间,我们一定会大有收获的。"

解小虎说:"你就吹吧!"

我们三个都笑了起来。解小虎还特意叮嘱我:"小滢,你要把草帽戴好,中午太阳挺大的,害怕你受不了,我也做了一个架鱼竿的铁架子，你把它带上，鱼咬钩的时候好及时拉上来。"我和胡谦就这样出了门，走的时候我看见胡谦还带着渔网，就奇怪地问："你带个渔网干什么？"

"带个渔网大有好处，如果某个区域的鱼聚集多了，还用鱼竿干什么，直接就用渔网打不就行了嘛。"胡谦说。

"你想得还真周到。"

"那是，我是老渔民了嘛。"

我和胡谦就这样出了门，由于走得早，路过水田的时候田边的小草把我们的裤腿都打湿了。等到了胡谦所选定的钓鱼地点，我发现果然是一处好场所，它处在"珑坪水电站"的下方，远远还能看见水电站的大坝和泄洪口，河水从大坝下来后在这里拐了一个弯，再继续向下游流去。岸边竹林幽幽、水田纵横，不远处还能看见几个社员在水田里插秧，不时探出头来，向我们这边张望。

我和胡谦放下渔具后，胡谦并不急于下钓竿，而是拿出鱼饵，选定几个位置，四处撒了起来。

我问胡谦："这个时候了你还撒鱼饵。"

"对呀，为什么不撒，已经撒了好几天了，这会儿再巩固一下，保证等一会儿钓鱼的时候鱼儿会咬钩。"

胡谦有时候的确乐观了一些，从早上九点钟算起，我们架竿开始钓鱼，除了钓上来一些数量有限的小鱼外，螃蟹倒是钓上来不少，就是没见什么大鱼上钩。

我和胡谦处理螃蟹的方法不同，我是把钓上来的螃蟹用一个鱼篓装好，而胡谦却是钓上来一个螃蟹，就放回河中一个。

临近中午，太阳的确有些"烤人"，我拉了一下草帽，对胡谦说："看来这个地方也没有什么鱼嘛，要不要换一个地方。"

"不用不用，有时候坚持就是胜利，这样吧，你还是就在这个地方，我向前走一些，看看有没有什么新发现。"说完这些，胡谦拿起鱼竿向前走了三百米，又在那里架起竿，开始钓了起来，看着他不急不躁的样子，我真为他如此年轻就有这么好的定力而感到佩服。

解小虎从远处向这边走来，一靠近我就问："怎么样了，两位同志？"

"哎，还真不怎么样，钓了一个上午，除了钓上几条小鱼和一堆螃蟹，就没看见什么大鱼，我又不是一个静得下来的人，真的后悔答应胡谦来钓鱼了。"

解小虎笑道："钓鱼是这样的，是一件磨炼性格的事，你想想看，如果一下子全部钓上来了，也没有什么意思了。就是要静得下来，慢慢地等待，等你真的把鱼篓装满后，才会感觉到钓鱼还是蛮有意思的。"

我问他："你给我们带什么好吃的来了？"

"也没有什么，就是给你们带了几个馒头来，还给你们炒了几个鸡蛋，赶紧把胡谦喊过来，先吃了饭再说吧，你们肯定饿了。"

解小虎这么一说，我才发现我早餐吃得太少了，肚子还真的饿得咕咕叫，赶紧把胡谦喊了回来，一起津津有味地吃了起来。我边吃边对解小虎说："小虎，这是我这一辈子吃过的最好吃的午饭。"

解小虎笑了起来："饿昏了，肚饿食香，才会说出这样的话来。"

"不是，是真心话。"

"好好好，是真心话，那就谢谢你的夸奖了。"解小虎说。

我们吃完午饭，解小虎收拾好碗筷，回驻地去了。胡谦也没有回到我这边来钓鱼，而是继续跟我拉开一段距离，保持着能够"多点开花"的局面。

　　我突然发现我的鱼竿有鱼咬钩了，因为浮漂不断地往下坠，而且有越坠越厉害的情况出现。我赶紧拿起鱼竿，准备随时拉起，因为我听胡谦说过，浮漂连续向下坠的时候，你不要急于起竿，因为这有可能是鱼儿在试探，并没有咬稳鱼饵，当浮漂猛然下坠，又弹起的时候，说明鱼儿已经上钩了，这时你就要快速起竿，看见鱼儿出水，你也要快速收回来，因为你如果收慢了，鱼儿有可能挣脱鱼钩，重新跳回水中。

　　今天我运气不错，竟然钓起的是一条七八两重的鲤鱼！我不敢怠慢，快速把竿收了回来，鱼儿来到了岸边，在草丛中跳跃了几下，我赶紧用手捉住，准备放进钉在河水中的鱼篓里。对岸一名中年社员看到我钓上来了一条大鱼，不住地对他的同伴说："快看、快看，那个小伙子钓起了一条大鱼！"引得众人都在旁边观看。

　　胡谦听到喊声，也走了过来，他看了一下我钓的鱼，也不禁打趣道："哇！这么大，比我钓的鱼强多了。"我的心中不禁充满了喜悦，感觉自己虽不善钓鱼，但是真正钓上来的时候，还是挺有"成就感"的。

　　就在这个时候，我们听到一阵巨大的流水声，定睛一看，"珑坪水电站"打开了泄洪闸门，开始向下游放水了。想来是这几天珑坪连日暴雨，"珑坪水电站"的库存蓄水增加了不少，为了减轻水库大坝的压力，决定开闸放掉一些蓄水。

　　胡谦让我收拾好鱼篓，以免流水太大把鱼篓冲走了。大坝下来的水的确流速惊人，很快就来到了我们这片区域，我和胡谦很快收拾好渔具，决定等大坝放完水后再重新开始钓鱼。

　　就在这个时候，一个我们没有预料到的情况出现了：大坝下来的流水中，竟然夹带着许多鱼，由于水质较清澈，我们在岸上都能看得见，有的鱼儿可能拥挤，还跳出了水面，河面泛起了阵阵浪花。

胡谦反应真快，他马上脱下衣服，拿起渔网准备下河捕鱼。我问他："水流得这么快，能够捕得到鱼吗？"

"怎么捕不到？我们只要在河流的拐角处布好渔网，一拉一大片，还愣着干什么？还不赶快脱衣服下来捡鱼啊！"胡谦已经不在用"钓鱼"这个词了，而是用上"捡鱼"了，于是我就不再犹豫，脱衣下水和胡谦拉起了网，只一会儿工夫，鱼儿就装满了我们带来的几个鱼篓，好多鱼还有五六斤重呢！

回到驻地，我们引起了整个单位的"轰动"，好多工友都走了出来，观看我们"钓"的鱼，大家除了啧啧称奇以外，纷纷打听我们是在什么地方钓了这么多鱼。

胡谦不无得意地说："同志们，弟兄们，怎么样，还是我厉害吧，下次再钓鱼都跟着我，保证让你们满载而归！"

解小虎也出来了，他看了我们的"成果"，也惊奇地问我："怎么搞的，才半天工夫钓了这么多鱼，你们在变魔术呀？"

我把事情的经过说了一遍，解小虎也大笑不止，问我："小滢，下次还去钓鱼吧？"

"去，当然去，如果有这样的收获，我保证天天去。"我说。

第三十一章　劳模

平凡的人最可贵。

我随母亲出外散步，碰到扫地归来的鲁正端师傅。

母亲问道："鲁师傅，这么晚了还不回家休息啊？"

"哦，是吴医生啊，本来是要回家的，但是看到大队部门前的场地太脏了，实在是看不下去，就帮忙扫了一下。"鲁师傅边说着，边放下扫把咳嗽。

"鲁师傅，你这样的身体需要静养，我知道你是勤快惯了，一时间闲不下来，但是为了家庭，为了孩子们，你还是应该听我们医生的叮嘱，多注意一下自己的身体呀。对了，给你拿的药按时吃了吗？"

"按时吃了，我感觉好多了，谢谢你吴医生。小滢也回来了，好久不见都长成大小伙子了。前面的铺轨进度怎么样，还是那么紧张吗？你要注意安全啊。吴医生，我自己种了好多大南瓜，多得吃不完，你要是不嫌弃就在这儿稍等一会儿，我去给你拿几个过来。"

母亲连连摆手："不要客气，不要客气，鲁师傅，不用麻烦你了。"我也在旁边说："谢谢了，鲁师傅，您留着自己吃吧，这么辛苦种出来的，我们怎么好意思要呢。"

"要的，要的，大家都是老熟人，这也是我的一点心意，多谢吴医生平时对我的关照，你们母子俩哪儿也别去，就在这儿等我回去拿南瓜，如果你们走了，我就给你们送到家里去。"说完这些，鲁师傅也不管我们愿不愿意，径自朝家里走去。看他这么热情，我和母亲也不好说什么，只得在原地等待他回来。

过了一会儿，鲁师傅就拿着两个大南瓜走了过来，他热情地把南瓜递给我："来，小滢，快拿好，回去和妈妈改善一下伙食。"

母亲感谢道："鲁师傅，真是谢谢你了，你身体本来就不好，要注意身体啊，有时候真的不要太劳累了。"

鲁师傅笑笑说："没关系的，吴医生，我劳动惯了，你真的让我闲下来，我还会浑身不自在。平常多亏得到你们几位医生的帮助，我的身体才渐渐好了起来，我不会忘记你们对我的帮助的，也会有信心继续坚持下去的。"

鲁师傅曾经是铁建二队一工班的工长，有名的"闲不住""拖不垮""累不死"，曾经多次荣获南方铁路局"劳动模范"称号。

说起鲁师傅的光荣事迹，那可是三天三夜也说不完，但是其中有一个事例，轰动一时，至今仍在基建处职工中流传。在修建川黔铁路的时候，鲁师傅带着队伍铺轨到一处叫"小梅山"的隧道，由于连日暴雨，再加上是喀斯特地貌的隧道，大量的暗河水从隧道中流了出来。鲁师傅看见兄弟单位第五工程处的职工在隧道口排洪水，二话不说，带着铁建二队的职工就加入到排洪水的战斗中去，等他们好不容易把洪水排干净，没想到从隧道里又涌出大量泥浆，迅速把隧道口占据了。洪水好退，泥浆将如何排出去，当时不要说没有推土机，就是有推土机，也未必能将稠稠的泥浆排干净。这个时候，鲁师傅第一个站了出来，跳到齐腰深的泥浆里，用铲子向两边倒泥浆，在他的带动下，开始还有些犹豫的人们不再犹豫，也纷纷跳入泥浆中，和鲁师傅一起干了起来。一时间场面甚是壮观，劳动的人们像一群快乐的"泥鳅"，在泥浆中尽情地干着、叫着。经过一整天的努力，泥浆总算是排干净了。正当人们准备重新投入工作时，没想到第二天一来到隧道，泥浆又再次占据了隧道口，宣告了人们昨天一天的劳动成果为零。这一次，鲁师傅再次带头跳入了泥浆，不同的是，鲁师傅没有再次使用铲子，而是把自己的洗脸盆带到了现场，他的这一举动又引起了大家的纷纷效仿。就这样，人进泥浆退，人回泥浆回，鲁师傅他们整整干了四天，才把讨厌的泥浆给整治住了，也使施工得以顺利地延续下去。

鲁师傅的这个"故事"后来成为基建处新工人路必须听到的经典"故事"，因为人人都记住了他用洗脸盆端泥浆的动人场面……

鲁师傅到底有多热心帮助别人，只有跟他亲自接触过的人，才能够真正感受到。他如果跟你一个宿舍，看见你有许多脏衣服没有时间洗，他会主动帮你洗。你如果遇到什么伤痛、病患，需要有人关心、爱护的时候，第一个来到病床前的，一定是鲁师傅。你要有什么亲人、小孩，需要探亲来到单位的时候，第一个到车站迎接的，也一定是鲁师傅。有的人帮助别人是发自内心的，而绝不是为了做给别人看的。

一次，一个跟鲁师傅同一个宿舍的青工不相信鲁师傅这个"劳模"到底有多"先进"，特意把宿舍搞得乱七八糟，想看看这个号称"闲不住"的人是否真的如大家所说，会主动把宿舍收拾干净。等鲁师傅下班回来，一看宿舍是这么个模样，他二话没说，马上把宿舍整理得干干净净，顺带还把"制造现场"的青工的脏鞋洗了，此举让这名青工既羞愧又感动。

还有一次，铁建二队一对夫妻吵架，女方一怒之下，说什么都要丢下一对儿女独自回老家去。男方气急攻心，带着一对儿女追到火车站，不想在追去的路上一着急竟然昏倒在路边。鲁师傅碰巧路过发现状况，赶紧背起这位工友，牵起一对哭泣的儿女，送到了铁建二队医务室。等一切都安排妥当以后，鲁师傅又不怕辛苦，再次追到了火车站，把即将上车的女方追了回来，当看到一家人抱头痛哭时，鲁师傅才露出了欣慰的笑容……

像鲁师傅这样的人，按理说应该得到"命运女神"的垂青，在工作中、生活中得到更多的眷顾。然而天有不测风云，一段时间以来，鲁师傅呕吐不止，多方吃药、打针也未见好转，到宁州地区医院一检查，发现已经是胃癌晚期。医生不无遗憾地断言：顶多还能坚持六个月，让鲁师傅保持心情舒畅，该吃吃，该喝喝，一切都不要想得太多了。

铁建二队的工友们得到消息，许多人都流下了眼泪，苑德贤和铁建二队的队长特意来探望鲁师傅，宣布把他调回铁建大队后勤，可以安心休息，好好养病，做一些自己想做的事。

回到沅塘后，鲁师傅并没有闲下来，他个人开辟了好大一片菜地，专门为基建处各个单位的食堂送蔬菜，并且他也把爱人和小孩从老家接到了身边，一起耕种这片菜地，一家人其乐融融的样子让许多知道真相的同事都掉了泪。

鲁师傅去基建处医院的时间很多，因而跟母亲她们几位的关系都很要好。人活着心态很重要，鲁师傅的病从发现到现在两年多了，也没有看见鲁师傅的身体有什么反应，看来医生的断言有时候也不是百分之百准确的。

鲁师傅一如既往，看见单位环境有哪里不干净，有哪些同事需要帮助，他依然会像以前一样伸出援手，因此在沅塘驻地总能看到鲁师傅忙碌的身影。

母亲对鲁师傅说："鲁师傅，你要注意身体，有什么事情及时跟我们联系，不要自己太辛苦了。"

"我知道了，吴医生，我会注意身体的。"鲁师傅说。

　　鲁师傅的爱人走了过来，让鲁师傅赶紧回去吃饭，鲁师傅跟我和母亲打了一个招呼，回去了。看着他们离去的背影，我问母亲："妈，鲁师傅的身体看起来挺不错的，两年多了也没有什么问题，会不会是医院搞错了。"

　　"傻孩子，医院已经多次确诊过，怎么会搞错呢。"母亲说。

　　"那他看起来精神这么好，有没有可能会好起来呢？"

　　"这种可能性很小，除非出现医学奇迹，我想他现在也在想把自己许多没有完成的心愿完成，不留下遗憾，他自己也就心满意足了。"

　　"难道就真的没有办法能够帮助他一下吗？"

　　"以现在的医疗条件，这种可能性很小，也许将来……将来会有办法治好这种病。"

　　我心情沉重地对母亲说："妈，有时候看到一个同事昨天还和你一起工作，今天就被告知这个人离去了，这种感觉好难过。"

　　"我知道，小滢，我的心情也是一样的。"母亲低声说道。

　　我和母亲都没有再说话。

　　再次听到鲁师傅的消息，是一个月后我回到沅塘的一天，据说他于当天上午去世了，走的时候很安详，也没有痛苦和遗憾，只是向前来探望他的领导和同事们提出了一个小要求，要求把他埋在铁路边，和那些先前故去的工友们在一起，能够看见火车从身边呼啸而过。

　　两天后的一个下午，一群由几十个工友组成的送葬队伍出现在大家面前，他们抬着棺材，喊着号子，艰难地向铁路山边一处墓地走去，许多人看见这种情况，自发地加入送葬队伍。

　　不经意间，人们发现满山的映山红已经绽放了，夕阳之下，仿佛天边的云彩也被染成了红色……

第三十二章　小桥

那座梦中的小桥。

　　珑坪有一座木结构的小桥，横跨在离珑坪大队不远处的小河边，桥边有棵高大的杨梅树，每到夏季，都会引来众多鸟类的驻足，鸟类的叫声也能传到很远的地方。杨梅树下，有一口清澈见底的水井，水井的面积不大，不是那种深不见底需要辘轳摇起水来的水井，而是那种浅浅的、开放式的水井。虽然它面积不大，但是它却是珑坪大队社员的几处饮水源之一，而且每天来此打水的人最多。我们曾经喝过水井里的水，冰凉甘甜，至今都让人难以忘怀。

　　说起这座小桥的独特之处，就在于它被建成了八角亭形式的廊桥，桥的构造其实很简单，除了桥面是由木桩铺设而成（因为缝隙过大，还可以看到河水从桥下流过），桥的亭角是由小型瓦块对角叠成的以外，就是在桥面的两边设有木板座位和扶手，供行人休息和小憩，因而我们下班出来散步的时候，常常看到各族同胞在桥上休息、乘凉、打闹。由于离大队部较近，再加上大队部前面有一处平坦的场地，因此这座小桥就成了珑坪地区群众聚会的好去处，就连我们这些铁路职工，没事也总喜欢在小桥的附近走一走、看一看，呼吸一下这里的新鲜空气，感受一下小河两边的自然美景。

　　说起这座小桥的建成时间，没有人能够准确地回答出来，只知道在中华人民共和国成立后不久，这座小桥就已经建成了。在十年前曾遭遇洪水，把小桥冲毁过，是当时的大队部带领各族群众重新修起了这座小桥，并且在桥面上修起了凉亭，设置了休息场所，使它成为现在这么一个受人欢迎的地方。

我和程浩曾多次相约到小桥边散步，也曾见证过珑坪的孩子们在桥下捉螃蟹的欢乐场面。当你坐在桥上，感受到河面的微风徐徐吹过的时候，所有的烦恼都会抛到九霄云外，深吸一口气，一种沁人心脾的感觉就会油然而生，仿佛自己终于找到了一个可以休息的停靠点。

这一天，我和解小虎、王国栋、胡谦相约到小河边放风筝，由于当天的风力较大，我们放风筝比较顺利，几乎不需要什么助跑，风筝就顺利地飞上了天。

我今天放飞的是"金鱼"风筝，是我自己花时间制作的，虽然看起来制作得比较粗糙，色彩运用得也不是很多，但是它是我第一次自己动手制作的风筝，因而放起来显得特别起劲。他们几个的风筝都小心翼翼地收放，力求保持在一种可控的安全距离，我的风筝却放得老高，我几乎快把风筝线给放完了，远远望去，我放的风筝几乎比他们几个放的风筝高一倍的距离。

解小虎做的是一只"蜈蚣"风筝，为做这只风筝，他可没有少费劲，"蜈蚣"的每条"腿"他都是经过精心测量的，力求做到大小一致、相互对称。虽然他的"蜈蚣腿"也是用墨汁涂的色，但是丝毫也没有影响到这只风筝的美观，放上天去，"蜈蚣"的每条腿都显得活灵活现的。由于这只"蜈蚣"风筝做得特别大，远远望去，我们三个的风筝成了解小虎这只"蜈蚣"风筝的陪衬，引得众多的各族同胞驻足围观，许多在小桥上休息的人们也探出头来，一起观看这难得一见的"景观"。

相对而言，王国栋的风筝就做得比较简单，他只是用白纸糊了一个"T"字形的风筝，看我们的风筝要图画有图画，要模样有模样，自己就不好意思起来。他找来颜料，在他的风筝上画了一个大"阿福"的头像，虽然看起来简单，但是由于我们几个的风筝中他的风筝是唯一有色彩的，因此他的风筝飞在天上，另有一番趣味，并不会因为做得简单而显得逊色。

胡谦的风筝是一只"公鸡"的形象，这只"公鸡"是国画的画法，也不知道他从哪里搞到的图案，画法还是很有功底的，"公鸡"的羽毛也画得栩栩如生。虽然色彩运用得很少，但是飞在空中，足以展示一只"公鸡"的威猛。

我们就这样一边放风筝一边说笑，引得围观的人越来越多，许多珑坪大队的小孩子也赶到了现场。由于他们见过风筝的机会很少，因此都好奇地挤在我们身边，叽叽喳喳地说个不停，议论着这难得一见的"稀罕"物。看见有这么多人注意我们，我们放风筝的兴致就更高了，纷纷各显神通，向大家展示我们的风筝最"风光"的一面。

也许是太注意"表演"的缘故，风突然变小了我也浑然不觉，等我察觉的时候刚想收线，不想又起一阵狂风把我的风筝吹向了小桥方向，还没等我反应过来，风筝线就跟小桥的亭角紧紧地缠在一起，想拉也拉不开，引得众人一阵惊呼。

我没想到今天会遇到这么一件"倒霉"的事，又使劲拉了几下，还是拉不开，解小虎他们几个一看这种情况，慌忙把风筝拿给旁边的人控制，并一起朝我走过来。解小虎问我："小滢，风筝线被缠住了？"

"是啊，今天真倒霉，玩得正开心，冷不丁遇到这么个事，拉也拉不开，真不知道该怎么办。"我说。

"我去给你找一个梯子，想办法把风筝线解下来吧。"王国栋说。

我看了看小桥，制止道："这么高的亭桥，上哪儿去找合适的梯子，再说了，你就是找来梯子，不小心把亭桥上面的瓦踩坏了，老乡们才不答应呢。"

胡谦看了看亭桥，对我说："这样吧，要不然我去找一根竹子，试一下看能不能把它捅开。"

我看了一下风筝，想想也只能这样了，于是就叫胡谦去找根竹子来。不一会儿，胡谦果然找了一根竹子来，并且朝着风筝线被缠住的地方捅了起来，谁知道他左捅右捅，就是捅不开，还把瓦片弄得"哗哗"响，我赶紧制止他，以免引起众人的侧目。

眼看风筝是收不回来了，我的沮丧心情是可想而知的。解小虎无奈地对我说："小滢，实在不行你就扯断吧，丢了风筝的确可惜，但是我们可以再做呀，总不能一直这样耗下去。"

我看了看还在天空飘扬的风筝，想想也只有这么一个解决办法了，于是一狠心，用力将风筝线扯断了。众人看了看飘荡在空中孤零零的风筝，发出了一片叹息声。

就在这时，我们突然听到杨梅树下有人在喊："快来人啊，有小孩掉到井里了！"

听到喊声，我们不约而同地冲向了杨梅树下，等来到井边，只见一个七八岁的小男孩不知什么原因滑落到了水井里，由于他在挣扎，竟然井底井面来回冲了好几次，呛水也非常严重，情况相当危险。

王国栋手疾眼快，一个箭步冲上去，伸手抓住了小男孩的双臂，顺势将小男孩拉了起来。小男孩出水以后，显然是喝了不少井水，不住地咳嗽、吐水，而且因为井水冰凉，他不住地发抖，一副站立不稳的样子。我们赶紧给小男孩捶打背部，以便他尽快将喝进去的井水吐出来。胡谦还脱下衣服，给小男孩穿上，并且准备带他去找父母。就在这时，小男孩的母亲赶了过来，她看见自己的孩子这个样子，伤心地哭了起来，一把将小男孩抱在怀里，一边自责自己没有照顾好孩子，一边对我们千恩万谢。我们都劝告她不要难过，孩子平安就是好事，还要注意让孩子保暖，以免晚上发高烧，实在不行就到我们队医务室去拿点药。小男孩的母亲泪流满面地一再表示感谢。

我们回去的时候，我看了一眼飘荡在空中断了线的风筝，心想：你总不能一辈子这样飘下去吧。

一个月后，珑坪连日暴雨，河水暴涨，我们上班的时候经过小桥，发现它在河水的冲刷下变得有些摇摇欲坠，河水的水面已经到了小桥的桥面，令人走在上面犹如走在水面，河水的流速也非常快，肆无忌惮地冲击着桥面和桥墩，令它随时有倒塌的可能。只有那些无忧无虑的孩子们从不考虑小桥的未来，他们用小绳子绑住一根木棍，一头用手拿住，一头任由它漂在汹涌的水里，仿佛这样才能留住他们童年的记忆……

小桥终于在一个午夜轰然倒塌，而且没有留下任何痕迹。我们再次来到河边的时候，只看见小河两边有两个孤零零的桥墩，其余的一切都不见了踪影，仿佛这里从未存在过带给人们无数欢乐的小桥。

小桥虽然倒塌了，但是人们的生活还需要继续。由于没有了小桥，给两岸无数的各族同胞带来了生产、生活上的不便，珑坪大队的队长一看实在没有办法，主动找江洪信求援，江洪信倒也爽快，主动承担了任务，保证三天内给珑坪大队造一座新桥出来。说干就干，江洪信调集了一工班、三工班的部分职工，使用了钢筋、水泥等材料，很快就给珑坪大队造出了一座新桥，这座桥比原来的那座桥要结实，也比原来的那座桥要平坦，但是总觉得少了点什么……

多年以后，我在湘西别处看到了那些具有湘西特色的廊桥时，那座梦中的小桥又回到了我的脑海中。

第三十三章　离 奇

一桩离奇的事。

解小虎决定回宁州去看他姐姐，问我想不想回宁州去玩一玩，闲来无事，我就决定星期天跟解小虎回宁州去玩。

管内列车驶进宁州站后，解小虎告诉我："我们先出站一下，我去买几块油豆腐，我姐姐和姐夫最喜欢吃这个，买好了再回站台，我和姐姐已经约好了，一起坐火车头回宁州南站。"

我点点头。

我们出了站，发现街上很冷清，一时半会儿也找不到一家副食品商店，解小虎怕我久等，就犹豫着对我说："要不然就别买了，我们还是回站台去吧。"

我告诉他："不要紧的，我看了列车时刻表，你姐姐的列车还要半个小时才回宁州站，时间有的是，我知道前面东风路有一家副食品商店，我经常在里面买东西，应该有你要买的油豆腐，我们快去吧。"

解小虎这才高高兴兴地跟我前往东风路，去了那家副食品商店，果然有解小虎想要的油豆腐，解小虎一高兴，从怀中掏出钱和豆腐票，买了好几斤。我摸了一下尚带体温的豆腐票，问了一句："这东西你存了好久了吧？"

"是啊，存了半年了，一直舍不得用，这次为了姐姐，一切都豁出去了。"我们俩都笑了起来。

等我们回到站台的时候，从山顿堡回宁州的列车已经徐徐进站了，等列车停稳，就看见解小芳背着乘务包从餐车的位置上下来。解小虎跑过去，喊了一声："姐姐！"

解小芳答应一声，高兴地问："小虎，你们等了很久了吗？"

"没有，我们也是刚刚到的，我和曹滢还上了街，给你和姐夫买了你们爱吃的油豆腐。"

解小芳高兴地接过油豆腐，对解小虎说："来玩就行了，还买什么东西，下次不许了啊。"

解小虎点点头。

我和解小芳早就认识，走过去喊了声："小芳姐。"

解小芳回答道："唉，小滢，你也来了，先和小虎到我家去吃饭吧，然后再在宁州好好玩一玩。"我们点点头，并随着她向站台的前方走去。

解小虎的父亲曾经是运营段的扳道员，于五年前退休回到了新疆，现在只留下解小虎两姐弟还在基建处，解小芳是运营段乘务所的列车长。

等我们走到了站台的尽头，发现"前进"型蒸汽机车已经摘了钩，正准备回在宁州南站的机库，由于铁路生活区在宁州南站，许多退了乘下了班的列车员、列检、站务人员就都"挂"在火车头外，准备以这样的方式回到宁州南站。解小芳一看火车驾驶室已经站满了人，随即熟练地跳上了火车头的攀爬梯，并用手抓住了扶手，还对我们说："小虎、小滢，你们也和大家一样，到前面抓住车头的检查梯，我们一起回宁州南站。"

我吃惊地看了一眼"挂"在火车头上的这么多人，又看了一眼火车司机，问解小芳："小芳姐，你们平常就是这样回家的吗？"

"对，就是这样回家的。"

"为什么不坐运营段为职工准备的大客车呢？"

"那个班车是有时间性的，许多职工都等得不耐烦，不如'挂'在火车头上回家方便。"

"这样不是很危险吗？"

解小芳笑道："小滢，我们都是老铁路了，你还要给我们讲规章制度呀。放心吧，只要你能抓紧抓牢，就不会出什么事的，我还经常坐你姐夫的火车头回家呢。"解小虎的姐夫也是运营段司机所的火车司机。

听到解小芳这么一说，我和解小虎也不好再说什么，和大家一样，我们俩也"挂"在了火车头的外面，跟大家一起向宁州南站驶去。

和解小芳说的一样，"挂"在火车头外面还真别有一番滋味，除了两耳听到呼呼的风声外，火车头的整体运行还算平稳，但是你必须得抓紧抓牢，以免一不小心发生什么意外。

我们就以这样"奇特"的方式到了宁州南站，许多人还没等火车头停稳就小跑着跳下车向家的方向走去，我们和解小芳一直等到火车头停稳，才下车向铁路生活区走去。

等回到解小芳在二楼的家，解小芳的爱人早已在家中，正洗着衣服，看见我们进来，他高兴地说："都回来了，今天我们家可算是热闹了。"

解小芳把手中的油豆腐拿给他看："快看，小虎买的，今天发挥你的手艺，给大家露一手。"

"好的，小虎、小滢，你们先坐，等我把衣服洗好了，就给大家弄几个菜。"

"您忙您的，我来已经很打搅了，怎么还好意思劳烦您亲自下厨呢。"我对姐夫说。

"没关系的，平常只有我跟小芳两个人吃饭，觉得挺没意思的，今天你和小虎来了，我们高兴还来不及呢，怎么会觉得麻烦呢，客气的话就不要说了。"姐夫说。

不一会儿，姐夫就洗好了衣服，还做出了一桌丰盛的菜，特别是油豆腐煎得香味四溢。等我们落座，我夸奖道："姐夫，您的手艺的确相当不错啊。"

姐夫笑道："哪里、哪里，这都是跟小芳学的，平常我不怎么下厨，只有等最亲的人来了，我才出来献丑。"解小芳嗔怪地打了他一下，我们都笑了起来。

"对了，你们喝酒不，我这儿还有一点散装酒，是朋友送的，你们要喝我就去多拿两个杯子。"姐夫说。

"不用、不用。"我摆手道，"我平常是不喝酒的，小虎还能喝点，要不您跟小虎喝吧。"

解小虎表示同意，准备拿起杯子，跟他姐夫一起喝一点，解小芳制止道："还是不要喝了，小虎，吃了饭你还要跟小滢到街上去玩呢，喝多了怕误事。"解小芳把杯子递给姐夫："你把杯子收起来，不要带'坏'了小虎、小滢他们，你平常什么都好，就是好这一口，到时候喝出个什么毛病来，我看你怎么收场。"

姐夫吐了吐舌头，赶紧把杯子收了起来，看得出来，解小芳和他爱人之间的夫妻感情是非常好的。

继续吃饭，其间解小芳和姐夫不断给我夹菜，搞得我挺不好意思的。

吃罢午饭，已经是下午两点，解小芳看了看手表，告诉我们："小虎、小滢，你们这个时候坐公共汽车到街上，还可以玩几个小时，晚上回到珑坪的车也还有，你看你们是留在这里玩还是到宁州街上去玩。"

解小虎说："姐姐，我们还是到街上去玩吧，好久没有来宁州了，我准备去一趟新华书店，买一本字典。"

我也在旁边说："是啊，小芳姐，我也好久没有到宁州街上去玩了，今天本来就是和小虎到街上去玩的，就不打扰你们了。"

解小芳于是不再勉强，问我们："知道公共汽车停靠点吗？"

"知道，我不是经常来嘛。"解小虎说。

"还是我和你姐夫送你们出去吧。"说完这些，解小芳还真和姐夫送我们下了楼，陪我们到了公共汽车停靠点，直到看到我们坐上公共汽车，他们二人才朝家的方向走去。

在车上我问解小虎："你姐姐和姐夫感情好好哟。"

"是啊，他们一直感情很好，从来没有红过脸。"解小虎说。

"他们是怎么认识的，别人介绍的吗？"

"不是，那个时候我姐姐在餐车，我姐夫开火车经常要到餐车来打饭，一来二去就跟我姐姐熟了。他很主动，追的我姐姐，我姐姐也挺喜欢他的，所以两个人就走到了一起。"

"真让人羡慕，想没想学学你姐姐？"

"想是想，可是难得遇到一个合适的呀。"

"哎，对了，你姐姐本来就在当列车长，乘务所的女孩子又多，可以让她给你介绍一个嘛，像王国栋和叶欣一样。"

"你以为我姐姐没有给我介绍啊，人家女孩子又挑个头又挑模样的，你愿意人家还不愿意呢。"

我们俩都笑了起来。

这天下午，我们正在拼装轨排，江洪信匆匆赶了过来，他看了一眼解小虎，欲言又止。连我们都在奇怪江洪信今天怎么了的时候，江洪信还是喊出了口："解小虎，你过来一下。"

解小虎放下撬棍走了过去，江洪信拉住他小声说了些什么，解小虎脸色大变，转身对我喊道："小滢，跟我回宿舍一趟。"喊完这句，他也不理会我的反应，匆匆向宿舍跑去。

我正纳闷解小虎今天怎么了的时候，江洪信给我打手势，让我赶快跟去，我这才放下手中的扳手朝宿舍跑去。

回到宿舍，解小虎已经换好衣服，正准备出门，我火急火燎地问了一句："出什么事情了？"

解小虎带着哭腔说："我姐姐出事了！"我大吃一惊，马上换好衣服跟他朝火车站跑去……

到了宁州南方局医院，解小芳已经躺在太平间里了，解小虎掀开白布，喊了一声："姐姐！"当场昏死过去。陪同前往的乘务所领导和我赶紧把他扶到外面的椅子上。从乘务所领导口中，我们知道了事情的原委：昨天晚上，解小芳下班准备乘火车头回宁州南站，说来也巧，驾驶这台火车头回机库的正好是姐夫，他们俩为此还相视一笑。本来解小芳是要坐驾驶室的，不想今天回家的人很多，把驾驶室都占满了，解小芳只好又"挂"在了火车头的外面，一路无话。等到了宁州南站，姐夫发现所有的人都下了车，唯独不见自己的爱人出现，他自己也纳了闷。碰巧这天在司机公寓的时候姐夫遇见了老同学，由于多年未见，姐夫跟老同学多喝了几杯，这会儿还有些醉意，因此爱人的失踪没有引起他的高度重视，他还以为自己的老婆因为工作忙又悄悄下车回到了宁州站，因此他不假思索地回家睡觉去了，直到后面进库的火车头发现了解小芳的尸体……

听到这里，解小虎肺都要气炸了："好你个黄俊义，自己的老婆搭乘自己的车，失踪了也不去找一找，还有心思回家去睡大觉，你是何居心！"说完这些，解小虎站起来准备去找他姐夫理论，被我和乘务所的领导死死按住。乘务所的领导告诉我们，他姐夫已经被基建处公安科的人控制，正在接受进一步的调查。

解小虎的爸爸妈妈从新疆赶来了，当两位老人看见自己女儿的尸体时，当场昏了过去，解妈妈尤其难过，醒来后不住地喃喃自语："我谁都不要，我就要我的小芳，我就要我的小芳……"让在场所有的人都掉了泪。

解小虎全家都认为，是姐夫"谋杀"了自己的妻子，因此向公安机关提出了控告。公安科经过认真细致的调查，认定没有任何证据显示姐夫"谋杀"了自己的妻子，只能认定他班前的确喝过酒，因此不能也不可以对姐夫批准逮捕，虽然这的确是一件令人痛心的事。

姐夫也一定后悔了，他后悔自己为什么要喝酒，为什么不去寻找一下自己的爱妻，为什么……

基建处运营段从此下令：严禁火车司机班前和上班期间饮酒，严禁铁路工作人员搭乘火车头返回宁州南站。

第三十四章　改　行

<u>王国栋改行做了一名体育老师。</u>

　　南方铁路局宁州子弟学校由于师资力量不足，决定在南方局各个处范围内招考一批老师，招收的条件是：第一，根正苗红，出身良好，家庭、本人历史上没有任何疑点。第二，年龄要在三十五岁以下，身体健康。第三，原则上具有高中以上文化程度（如果能力突出，单位积极推荐，初中文化程度也可以参加考试）。第四，婚否不限，但是本人转为正式老师后不解决家属的调转问题。

　　接到通知后，我的心情是复杂的，以我的家庭背景，是不可能参加考试的，但是又的确想把握这次机会，忐忑不安的心情让我好几天都没有休息好。解小虎知道情况后，劝我道："没关系的，小滢，如果一次机会错过了又不是你自己的原因造成的，说明它就不是机会，我不是也没去嘛，我们俩就在工程队好好干吧，直到我们退休。"

　　我听了他的劝告，破涕为笑。

　　我们几个中间只有王国栋符合条件，他本人也非常犹豫，不知道如何选择。一来是对工程队的这帮兄弟们有感情，真的要走了，有许多舍不得。二来是这也的确是一个机会，他本人就是高中毕业，在中学读书的时候学习成绩一直不错，若不是种种原因没有上大学，他也不用在这深山老林中待了这么多年。怀着这样的心思，他征求我们的意见，解小虎首先对他说："国栋，你还是应该去，不为别的，就冲我们几个中就你一个人符合条件，你就应该去，为什么呢？为我们几个争口气呀。"

我也对他说："国栋，你还是应该去，叶欣就在宁州，你调过去了彼此就有个照应了，也不用两地分居长期牵挂了，叶欣要是知道这个消息，别提得有多高兴呢！"

胡谦也说："国栋你还是应该去，你在工程队待了这么多年，援外也去过了，能够平安地一路走来，已经是非常幸运了。趁年轻换一个工作环境，也是理所当然的，你就不要再犹豫了，我们都支持你。"

王国栋于是不再犹豫，向铁建大队人事室报了名，得到了大队部的批准。不久，大队部通知王国栋复习功课，准备参加不久后在宁州南方局子弟校举行的笔试、面试。

等王国栋真正复习起功课来，他才发现自己丢下书本的时间太久了，一道小小的数学题，一个并不难理解的词语，他都要用心学习半天，才能够理解，虽然接到通知只考语文、数学两科。

没有办法，他又向我们求教起复习的方法来，我告诉王国栋："以你的年龄，死记硬背是不行了，我教你一个办法，数学你就多做题，把题目都做懂了，考试的时候也就没有什么好怕的了。语文你也不能学得太死板，复习的时候要以理解性的问题为主，把一些概念记住了，然后再临场发挥就行了。"

王国栋听从了我们的建议，认认真真地准备起来，因此每当夜深人静的时候，还能看到他"挑灯夜战"的身影。

这一天，王国栋突然问起我们："你们能否帮我想想，面试的时候，他们会问什么？"

我们都面面相觑，不禁被他的这个问题给问住了。的确，好多年没有参加考试了，就更不要说面试了。你要问面试人员会问什么，我们还真的一时半会儿回答不上来。

王国栋说："这样吧，我也请兄弟们给我想一想，打个比方，现在就是面试现场，你们就是面试人员，你们会问什么样的问题，我们现在就模拟一下，也好让我有个心理准备，不要到时两眼一抹黑，什么问题也回答不上来。"

听王国栋这么说，我们还真展开思路，考虑面试人员会以什么样的问题"难住"应考人员。解小虎先开了口："我要是面试人员，我就会问你，是什么原因让你想当一名人民教师……"解小虎的话音未落，王国栋就抢着回答："是我对这个工作的热爱，是我对培养祖国花朵的向往，是我对象在宁州……"

王国栋话音未落，我们都笑了起来，搞得王国栋尴尬万分，不知道自己错在哪里了。过了一会儿，解小虎止住笑，这才提醒他："国栋，你前两条回答得挺不错的，但是你要考虑到一个问题，如果有十个应试人员回答得跟你一模一样，你的回答也就不会让人产生什么深刻印象。你必须要回答一些让人觉得你能够热爱这个职业，干好这个职业，而又有自己独特的见解的，才能打动面试人员。例如，你可以说我看见我们子弟学校教师奇缺，许多跟随父母流动的铁路子弟没有人教，我就感到特别地难过，因而迫切希望担起这个责任，教育和带领好祖国的未来，而且我也有决心、有毅力来做好这项工作。"解小虎的话音刚落，我和胡谦都鼓起了掌，的确，一份真情的表白胜过表十次决心。

解小虎接着说："至于你提到和叶欣的事，我看最好是不要提了，人家会认为你有私心才去当老师的，虽然人人都有家庭困难，许多人都面临两地分居，可总不能把家庭困难摆在工作层面之上吧。"

王国栋连连点头，我们又都笑了起来，王国栋说："小虎，听了你的话，的确长进不少，我会记住你的话，好好把握自己的回答的。"

轮到我提问题了，我说："我要是面试人员，我就会问你，你凭什么觉得你比人家更能胜任这份工作。"

王国栋说："因为我是高中毕业生，而且在学校的时候学习成绩很好，这可以到我们学校去调查的，所以我觉得我比别人更胜任这项工作？"

我直摆手："太直接了，有自视太高的感觉，你可以这样说嘛，我出生在一个光荣的工人家庭，在父母的支持下坚持读完了高中，而且学习成绩一直不错，自参加工作以来，我勤勤恳恳、任劳任怨，几乎跑遍了西南的每一寸土地，还因为工作表现突出，参加过铁道部组织的援外任务，多次被南方局评为先进工作者，因而特别希望把自己学到的知识传授给孩子们，恳请组织给我这么一个机会。这样回答才算圆满，干吗非要丢掉自己的长处，去说一些自己并不擅长的话呢？"

王国栋连连点头，对我说的话表示心悦诚服。

该胡谦说话了，胡谦想了想，对王国栋说："我要是面试人员，我就会问你，你如果成为一名正式老师后，会以怎样的方式开展你的工作？"

王国栋想了想，回答道："我会带着孩子们向又红又专的方向发展，早日掌握所学的知识，尽快投入国家铁路建设的大家庭中来，成为铁路建设事业的继承者。"

听了王国栋的话，胡谦抓耳挠腮道："你这些话听起来都没有错，但是总感觉少了点什么。"

"少了点什么？"

"你不能不突出你自己的想法呀，例如你可以这样说，我不仅要带领孩子们刻苦学习，而且要让他们从小树立起崇高的理想，学以致用，将来做对国家有用的人。"

胡谦的话，我们频频点头，解小虎说："国栋，胡谦的话和我们的想法一致，还是认为你该多谈一些你自己的想法，因为你参加的毕竟是一次考试，如果你说的跟你的'竞争者'差不多，我想面试人员也不会看出你的优秀的。"

王国栋连连点头称是。

我们就这样你一言我一语，跟王国栋"模拟"了几十道题目，虽然有些问题王国栋也有自己的看法，但是总体来说开拓了他的思路，使他参加考试的信心更足了一点。

参加考试的那天恰逢是一个星期天，我们决定一起陪同王国栋回宁州参加考试。到了宁州南方局子弟校，发觉南方局各个单位前来应考的人员有许多，不禁为王国栋捏了一把汗。

我悄悄问王国栋："你们一起参加考试的，大概有多少人?"

"听大队部人事室说，大概有二百多人。"

"那他们要招多少老师?"

"听说好像是二十个左右。"

"十个中间选一个，难度不小呀。国栋，你不要紧张，好好考，如果实在不行，我们还回三工班一起干活。"我说。

"我其实也没什么把握，考考看吧，如果不行，我们几兄弟就再也不分开了。"

我们四个人的手紧紧地握在一起。

上午考笔试，一共两个小时的时间，王国栋接近交卷时间才出来，我们问他："感觉怎么样?"

"不怎么样，有些会做有些不会做，反正我没有让题目空着，会做不会做的我都写完了。"

我们都笑。

下午面试，我们都在学校围墙外面静静地等待，不知道王国栋会考成什么样子。王国栋出来的时候，我们都急急地跑过去，问他："面试情况怎么样?"

王国栋神秘地点点头，把我们拉出老远，这才告诉我们："你们说巧不巧，面试人员问我的三个问题都是你们曾经问过我的三个问题。"

我们都兴高采烈地问："那你是怎么回答的?"

"当然是按照我们曾经练习过的方法回答的，我偷偷看了一眼面试人员，发觉他们都很满意。"

我们都高兴地击掌庆祝。

"国栋，那接下来的事情该怎么办呢?"解小虎问。

"面试人员说，回去等通知，到时会把我们的总成绩告诉单位的。不管了，一切听从命运的安排吧。"

我们都没有再说什么，一起搭乘公共汽车向宁州站赶去……

在等待通知的这段时间里，王国栋做了一件特别有意思的事:原来他是不会骑自行车的，而宁州南方局子弟校离宁州南站又有一段距离，如果不学会骑自行车，他和叶欣就不能时常相见，因此他决定学习骑自行车。

在一个星期天的下午，"死要面子"的王国栋成功地避开了我们，向单位借了一辆自行车，可他学骑自行车需要有人扶着，于是他把前来探望他的叶欣带上，一起找了一处空旷的场地学骑自行车。

这真是一幅"滑稽"的场面，一个大小伙子骑着自行车在场地上歪歪扭扭地转圈，一个漂亮女孩在自行车后面认认真真地跑步扶着，引来无数各族同胞围观，许多人笑得眼泪都掉下来了。

说来也巧，我们正好游泳回来，不知道这么多人围成个圈儿在这里笑什么，等我们钻入人群，看见满头大汗的王国栋和跑得上气不接下气的叶欣时，也忍不住跟着大家大笑起来。胡谦向来嘴快，他忍不住喊了一句："王国栋，加油！王国栋，厉害！"王国栋一惊，摔了个四仰八叉，引得全场笑声一片……

半个月后，大队部传来通知，王国栋以全局第十九名的成绩顺利成了一名老师，主教宁州南方局子弟校小学部体育。

第三十五章 老眭

关注基建处的那些精神病患者。

　　我在回沅塘给工友带衣服的时候，碰到了正在带着一群孩子玩耍的老眭，他用细铁丝扎住一些野花，围成个圈儿，让孩子们围在这圈野花边，并让其中一个小男孩用红布蒙住眼睛，转动几圈，让他摸自己的同伴。摸到以后，他必须说出被摸到者的名字，这样他才能取掉红布，换下一个人继续游戏，孩子们在老眭的带领下玩得很开心。

　　我问老眭："过得还好吧？"

　　"还行，小滢，谢谢你的关心。"老眭微笑着说。

　　"你的气色看起来还不错，都可以回单位上班了。"

　　"是啊，我早就想回单位上班了，可是江队长不干哪。"老眭说。

　　"你为何不再到医院去看一看，让医院给你出一个证明什么的，有了证明，江洪信也就不好说什么了。"

　　"我倒是找过医院了，可是医生让我安心休息，配合治疗，就是不给我开证明，我也没有办法呀。"

　　"你想不想回到我们中间呀？"

　　"想，当然想，有时候我做梦都梦到自己回到了铁建一队，回到了大家身边，可等我一觉醒来，我还是躺在这个院子里，空欢喜一场，你说我有多难过呀。"

"没关系，在这里也是跟大家在一起，只要你积极配合医生治疗，相信很快就会回到单位去的。"

老眭连连点头称是。

老眭曾经是铁建一队二工班的一名职工，一个着装讲究、酷爱书法的中年男人，现在却是铁建大队后勤管辖下的一名精神病患者。

说起老眭的家庭背景，还真有一些来历。老眭的祖父曾经是晚清四川的一名举人，从小的家庭熏陶，使他具有很高的文化素质，在铁建一队的时候，队上的板报、标语一定是老眭"承包"了的。

老眭有一个特点，就是特别爱整洁，平常衣服穿得干干净净、头发梳得整整齐齐都是再正常不过的事。更令人叫绝的是，我们平常发放的工作服，都因为宽大而不甚合体，他领到工作服后，却专门找裁缝改得很是合身，甚至连裤子的折线都要裁缝拉出来，我们都不由得赞叹他的细心。

老眭也有一个缺点，就是为人胆小怕事、谨小慎微，往往是别人说过的一句话，做过的一件事，他都会牢记在心、反复推敲。在他的观念里，只要自己不去招惹别人，别人也不会招惹自己，也正是这些想法，成为诱发老眭精神病的一个主要原因。

一段时间以来，向江洪信和铁建一队指导员反映各种人"历史问题"的信件很多，几乎到了天天都有的地步。

这一天，老眭接到了一个"别有用心"的工友的告密："我在江队长的办公桌上看到了检举揭发你的信了。"

"这怎么可能，我家世代都清清白白，没有做过对不起别人的事。"老眭着急地说。

"不一定吧，你忘了你祖父是什么身份了吗?"那个工友神秘地一笑。

"他是什么身份，不过是年轻的时候刻苦读书，中过举人而已。"

"举人！举人是什么，举人就是官僚，和大资本家是画等号的，你想躲，躲得开吗？"

老眭语塞了，他的确没有合适的语言解释得清楚举人和大资本家之间的关系。

"那我该怎么办？"老眭问。

"还能怎么办，赶快向江队长、教导员和组织上交代你的问题，还能够争取个宽大处理，作为朋友，我该说的都说了，你可不要怪我没有提醒你呀！"那个工友神秘地笑着。

据说老眭当晚彻夜难眠，夜已经很深了，同宿舍的工友还能听到他唉声叹气的声音。

第二天上班，老眭显得无精打采的，碰巧江洪信来检查工作，还和昨天对他"告密"的那位工友微笑着说着什么。一颗脆弱的心再也承受不起什么，老眭突然丢掉撬棍，双手直打自己的耳光："我交代！我坦白！我交代！我坦白……"他竟然当场疯了！这是谁也没有想到的。

是我送老眭去精神病院的，我们在尘土飞扬的盘山公路上跑了三个多小时，才到了宁州地区精神病院。

"叫什么名字？"女医生冷漠地问。

"眭闻安。"我替老眭答的。

"多大年龄？"

"四十五岁。"

"哪个单位的？"

"南方铁路局基建铁路工程处铁建一队。"

"你们单位怎么会出这么多精神病患者，光我接手的就有二十四个了，他是第二十五个，带了什么东西赶紧放下吧，别等会儿进去被别的病友抢走了。"女医生边说着，边拉过已经换好衣服的老眭，在其裤子上写了一个大大的"25"号字样。由于用力过猛，老眭的内裤都被拉下来了，但女医生好像没有看见似的，又很自然地拉了回去。

我叮嘱起老眭来："老眭呀，你不要想得太多，大家都很关心你，我们会经常来看你的。"

老眭的眼睛直直地望着天花板，好像没有听见似的。

"你还有什么事需要我去做吗?"

还是沉默。

"牙膏、牙刷都在脸盆里了，天气冷的时候要记得加衣服，要听医生的话，配合医生积极治疗，你很快就会好起来的。"

老眭还是一言不发。

那位女医生打开铁门，示意老眭进去。果然有七八个精神病患者走了过来，对我们问这问那。"你们有没有香烟?""你们要不要我帮你们写信?""你们知道猫有几条命?"我定睛一看，果然有好几个是原来铁建一队的同事，不由得从心底升起阵阵寒意。

老眭就要走进去的时候，我突然想起他的一位朋友托我给他带的"合川云片糕"，又赶紧把老眭叫了回来，把"云片糕"递了进去。谁知几名精神病患者手快，一把就将"云片糕"抢了过去，狼吞虎咽地分而食之，老眭一片也没有分到。此情此景，我也只能摇头叹息。

再次见到老眭，竟然是在珑坪的宿舍里，他明显发福了，而且气色相当不错。我惊讶地问道："老眭，你怎么回来了，好一些了吗?"

"谢谢你的关心，小滢，我已经好了，是医院让我出院的。"老眭边和我握手边解释说。

"那你回来有什么打算呢?"

"还能有什么打算,继续上班呗。"

通过别人的介绍,我才了解老眭在精神病院的情况:住院以后,老眭积极配合治疗,每日按时服药、按时睡觉,平时经常帮助医院打扫卫生,最难能可贵的是,老眭还经常帮助别的病友打饭,积极开导大家听从医生的话,读报纸给大家听,俨然成了精神病院的一名"管理员"。医生经过多次会诊,认为老眭的病是突发性的,其"抑郁"的程度占多,况且老眭的家族没有精神病史,应当认为老眭的精神病是可以治愈的。因此在经过一年多的治疗观察后,决定安排老眭出院,看看能否巩固治疗成果,使老眭的病情向痊愈的方向发展。

然而等老眭回到单位上班,发现自己已经完全不适应单位的生活,况且人们对待"精神病人"还是比较忌惮的,因而他几乎不再有任何朋友,工长也不便安排他的工作,他成了铁建一队自己管理自己的"第一人"。

这种不正常的生活加重了老眭的病情,他变得更加郁郁寡欢了。江洪信一看这种情况,知道再这样下去会影响老眭的治疗,于是决定将老眭再次送回精神病院,精神病院经过认真细致的询问和观察,再次收下了老眭。

再次在精神病院住院一年后,由于老眭的病情再次好转,加之精神病院床位紧张,院方随即与基建处联系,决定将基建处所属的这二十五名病人送回单位,找一处清静场所休养。基建处上上下下对这件事都很重视,在沉塘安排了一处独立、清静的院子安置这些精神病人,并指定铁建大队后勤派专人看护他们,基建处医院的医生定期巡查。所不同的是,按照精神病院的要求,这批精神病人还是需要区别对待的,重症的住一排,中度躁狂型的住一排,轻度抑郁型的住一排。

老眭由于性格沉稳，加之恢复良好，在精神病院有上佳表现，被选为了班长，因此对他的限制较少，他甚至可以自由上公社赶集。

老眭虽然有病，却极度喜爱孩子，愿意将自己的知识传授给孩子并和孩子们一起玩，职工、家属也愿意将孩子交给老眭来管理，因此精神病患者老眭俨然成了沉塘地区的"孩子王"，让人想象不出他的过去。

我问老眭："你认为命运对你公平吗？"

老眭笑笑说："也许不公平，但是这样安排自然有这样安排的道理。"

"你会有遗憾吗？"

"会有，但是我觉得我现在活得很好。"

我无言以对。

当天晚上，我们被一阵"快救火啊！"的喊声惊醒，出门，看见大家都朝住着精神病人的小院跑去，等我们赶到小院，发现火势很大，有好几间房子的房梁都已经燃烧起来了。容不得我们多想，我们赶紧拿起水桶灭火，在救火的过程中，我看见了老眭的身影，他的脸已经被熏黑，却依然不停地运送水桶参与灭火，让人完全看不出他是一名精神病患者。

经过两个多小时的扑救，大火终于被扑灭了，老眭看着烧毁的房屋，清点了一下自己的病友（有些病人被专人看护），发现一个都不少，他这才露出了满意的笑容。一打听才知道，原来是两名重症精神病患者在房间玩火柴，不小心点燃了床单，引发了这场大火。苑德贤知道这个情况后没有责怪任何人，他派人重新维修了小院，重新制定了防范措施，让这批精神病患者重新拥有了这处宁静的小院。

老眭后来在沉塘生活了很多年，直到高龄才去世。

第三十六章　演　出

南方铁路局文工团到珑坪来慰问演出。

南方铁路局文工团到各个工地、车站来巡回演出，于近日来到了珑坪。叶顶文、陶潜民都非常重视这次演出，亲自到了珑坪来为文工团"助阵"。看着来了这么多的演出人员，我们的心中都充满了期待，期待能够看到精彩、难忘的演出。我们下班回宿舍的时候，还能看到文工团的几个漂亮姑娘正在珑坪站的站台上压腿、练功，铁建一队炊事班的炊事人员将做好的饭菜用箩筐装好，送到停靠在站台边的文工团卧铺车上去。

按照惯例，我们也在离珑坪站不远的空地上搭建了一处演出台，不同的是，这次演出台搭建得更大、更完善，考虑到南方局在沿线的各个处的职工都有可能来观看演出，叶顶文特别安排铁建一队准备了若干条板凳，方便大家在观看节目的时候坐。

演出正式开始的那天晚上，南方局各个处加上住在附近的各民族同胞都来了，真是人山人海、热闹非凡，一时间把整个演出场地围得满满当当，基建处公安科不得不派出警力，维持秩序，以防发生意外。

演出正式开始，这次演出团的团长兼主持首先上台讲话。这位四十多岁上下、看上去特别精明强干的女同志一开口就"妙语连珠"："各位领导、各位同事、战斗在生产一线的广大职工、家属、贫下中农，大家晚上好！"

台下掌声一片。

"带着局领导的深情厚谊，我们今天到珑坪来演出，一听说要为一线的职工同志们演出，我们文工团的团员们都踊跃报名、积极参加，恨不得早一点飞到同志们身边。"

台下再次掌声一片。

"我国著名的作家魏巍曾经从朝鲜战场归来后写过一篇通讯，名字叫作《谁是最可爱的人》。在我们南方局，也许有人会问，谁是最可爱的人呢？如果有人问我，我就会大声回答，那就是你们——一线职工，是我们局最可爱的人！"

台下掌声如潮。

"虽然我们远隔千里，但是局'革委会'和局领导的心始终是和大家在一起的，不要认为你远在千里就没有人牵挂，不要认为你流血牺牲就没有人牢记，在我们的心目中，你们永远是最伟大、最高尚的人！"

掌声，经久不息的掌声，此时仿佛只有掌声，才能表达大家的心情。

"今天我们带来的节目，因为排练时间不久，还显得非常粗糙，但它们是团员们精心准备的，许多团员在排练、演出的过程中还生了病，但只要是听说为一线职工演出，团员们就会精神百倍地出现在大家面前，因为只有这样，才能表达我们对大家的一份心意！"

台下依然掌声不断。

"今天，我要特别感谢基建处的通力合作，感谢基建处的叶处长、陶主任对我们团的大力支持！感谢他们二位领导在百忙之中还来观看我们的节目。现在请允许我代表我们团以及我个人的名义请叶处长、陶主任上台来讲几句话。"

台下再次掌声四起。

叶顶文微笑着向演出团团长招手致意，他和陶潜民耳语几句，陶潜民频频点头，然后移步走上了舞台："首先感谢南方局文工团的王团长声情并茂的讲话，我都差点掉眼泪了，能让我这个'老粗'掉眼泪的人不多，王团长就做到了，说明'穆桂英'有时候真的比'杨宗保'强呀！"

台下笑声一片。

"叶处长刚才跟我说了，他由于重感冒声音沙哑，不想因为自己的声音影响大家看节目的心情，所以多余的话也就不说了，让我上来说几句，那我就说两句。"

台下依然笑声一片。

"首先感谢局'革委会'和局领导的关心，同时也感谢局文工团的大力支持，不远千里来为我们演出，充分体现了对我们一线职工的关爱之情。透露给大家一个小秘密，今天演出团阵容强大，许多演员都是我们局的知名演员，大家不要错过这么一个机会。多余的话我就不说了，以免影响大家看节目。下面，让我们再次以热烈的掌声，欢迎演出正式开始！"陶潜民说完这些，微笑着走下台，他的面前，早已响起了掌声和欢呼声。

演出正式开始了，第一个节目是女声独唱《翻身农奴把歌唱》，只见一个三十岁上下、穿着藏族服装的女演员缓步从后台走了上来，高声唱起了这首我们熟悉的歌：

太阳啊霞光万丈，

雄鹰啊展翅飞翔，

高原春光无限好，

叫我怎能不歌唱，

高原春光无限好，

叫我怎能不歌唱。

……

　　说实在的，专业演员和业余演员真是有区别，同样是这首歌，同样是女高音，这位女演员的音域就非常宽广，我目测了一下我们的演出场地，估计一公里范围内的观众全都能听得见，就更不要说还有众多女演员穿着漂亮的藏族服装在她身后伴舞，舞台效果非常好，大家的掌声也特别热烈。

　　第二个节目是情景剧《三娃与队长》。我们看见文工团的工作人员飞快地更换背景，不到三分钟，一幅工程队队长办公室的布景就展现在大家面前。

　　连我都暗暗吃惊，没想到南方局文工团的布景工作做得这么细，仿佛让我们走进了江洪信的办公室。

　　一个"青工"模样的人走上了舞台，他歪扣着衣服，半卷着裤腿，频频敲打着舞台背景上队长的"门"："队长！队长！"没想到这个装扮成青工的演员一开口还是四川方言口音，引得台下大家一阵哄笑。

　　"干什么嘛！"扮演"队长"的演员也是四川方言口音，不由得加重了我们对这出情景剧的期待。

　　"我想回家去探望一下父亲，我父亲得了重病，这是电报。""青工"将电报放在了办公桌上，然后在椅子旁边蹲了下来，拿出一根香烟抽了起来，不时还看一眼"队长"，意思是我看你"队长"怎么处理。

　　"队长"看了一眼电报，又看了一眼"青工"："你娃儿是不是哄我哟，你是不是想家了，故意找些借口来请假？"

"队长，我敢对天发誓，绝对没有骗你，我父亲真的病了，我如果骗你，就让隧道上掉块石头下来把我砸死！"

"哈哈哈哈……"观众已经看出了端倪，不禁笑声一片，同时也鼓起了掌，为文工团编出的节目如此贴近我们的生活而喝彩。

"别别别，三娃，你家父亲如果确实病了，我放你回去就是了，不要讲些赌咒发誓的话，让人听了很不舒服。"扮演"队长"的演员对扮演"青工"的演员说。

"三娃，把这点茶叶带上，你父亲在我们队上的时候，最爱喝这种茶，你把它带回去，就说我很想念他，很想念跟他一起战斗的日子，别的话就不多讲了，心意都在茶叶里了。""队长"说完，将一包茶叶递给"青工"，"青工"好像被触动到什么，不再抽烟，双手接过茶叶，欲言又止。

"三娃，你知道你父亲为什么爱喝这种茶叶吗？"

"我好像听我'老汉'说过一下，但是他每次提起这事好像都很伤心，只提一下就不再往下说了。""青工"说。

"我给你说一段我们的往事吧。那个时候，我、你父亲还有一个叫石汉川的职工都还比较年轻，我们一起在成昆线修铁路，你父亲那个时候还不喝茶，石汉川爱喝，几乎每天早上他都要喝完一杯茶再上班。"

观众们都屏住呼吸，想听一听"故事"的结果是什么。

"这一天，我们在隧道里打'风枪'作业，不想隧道突然塌方，大石头掉了下来，我和你父亲是端'风枪'的，因而成功地躲过了石头，逃到了洞外。石汉川是抬'风枪'的，没有来得及逃出来，被大石头压住了半截身子，鲜血直流，我和你爸爸疯了似的拼命推石头想救石汉川，结果不管我们怎么用力，石头就是推不动，看着脸色越来越苍白的石汉川，我们都哭成了泪人，但是也没有办法救出石汉川。造孽呀，一个才刚入路半年的青年，老天爷呀，你怎么不开眼啊……"扮演"队长"的演员演到这里，眼泪就流下来了，我看见观众中有许多人擦眼泪，但是现场却鸦雀无声。

"你父亲还算比较清醒，跑过去问石汉川还有什么话需要留下来，石汉川虚弱地说什么话都没有了，只希望将来祭拜他的时候给他带点这种茶叶，我和你父亲都点头答应。从此每年'清明'我们祭拜石汉川的时候，都会带上这种茶叶，你父亲还改变了生活习惯，从此爱喝上了这种茶叶，直到他病退回家……""队长"的话还没有说完，那个叫"三娃"的"青工"突然双腿跪倒在"队长"的面前："队长！队长！对不起，对不起，是我骗了你，我父亲没有生病，是我自己给自己发了假电报，想离开这里不再回来了，因为这里的生活太苦太危险了！"看到这里，所有的人无不为之动容。

"三娃，你起来。"队长准备扶起"青工"。

"不不不，我不起来，我有罪！我是个胆小鬼！""青工"一面哭，一面拒绝起来。

"我其实早就知道你是骗我的，因为我跟你父亲通了信，说了你在这里的情况，你父亲坚决让你留在这里，到铁路建设最需要的地方去，因为只有这样，我们才能对得起我们头上的路徽，才能对得起长眠在地下的英灵们！""队长"说到这里，台下掌声雷动，许多工友还喊起了口号："向南方局的先辈们学习！""向南方局的先辈们致敬！"

情景剧达到了它的效果，很好地调动了大家的情绪。

"队长"扶起"青工"："三娃，年轻人有与我们不同的想法，这个我很理解。但是，我们不能对不起我们的责任，对不起那么多期待的目光，我相信，通过这件事，你一定会成为一个合格的筑路者的。"

"青工"痛哭流涕："队长，你放心，从今往后，就是上刀山下火海，我也不会离开大家，不会离开我们的队伍了。"

二人紧紧握住双手，从后台退下，全场再次掌声雷动。

稍事休息，一个四十多岁上下的中年男人走了上来，他开口说道："同志们晚上好！我是南方局文工团的独唱演员罗如山，但是我今天上来不是为大家表演独唱的，而是用我语言上的天分，为大家说一段在刚刚结束的四届人大一次会议上的讲话，请大家聆听。"

我们都屏住呼吸，想听一听这位演员能说出个什么效果。

"同志们，三届人大的政府工作报告曾经提出，从第三个五年计划开始，我国国民经济的发展，可以按两步来设想……"

他模仿的苏北口音，举座皆惊，怎么会这么像！大家再次屏住呼吸，全场顿时鸦雀无声。

"第一步，用十五年时间，即在 1980 年以前，建成一个独立的比较完善的工业体系和国民经济体系。第二步，在 20 世纪内，全面实现农业、工业、国防和科学技术现代化，使我国国民经济走在世界前列……"

掌声，经久不息的掌声，我看见叶顶文和陶潜民双眼满含着泪水，带头站起来为演员鼓掌，许多职工也是一边哭泣，一边使劲地鼓掌。

此时此刻，人们一切动作上的表达远胜过有声的言语。

演员还在继续："我们要在 1975 年完成和超额完成第四个五年计划，这样就可以为在 1980 年以前实现上述的第一步设想打下牢固的基础。从国内国际的形势看，今后的十年，是实现上述两步设想的关键的十年，国务院各部、委，地方各级革命委员会，直到工矿企业和生产队等基层单位，都要发动群众，经过充分讨论，制订自己的计划，争取提前实现我们的宏伟目标。"

掌声如潮。

……

这次演出取得了空前的成功，以至于多少年后我都还记得当时的情景。

丁叔、阮姨要去香港定居了。

丁叔的父母年事已高，非常希望自己的几个孩子中间有人能站出来继承自己的事业，丁叔的两个姐姐早年已经远嫁，不便前去继承，丁叔的弟弟虽然就在父母身边，却是一名微生物学博士，对做生意的事一概不知且毫无兴趣，所以丁叔的父母最终选择了丁叔。

要走的那段时间，丁叔两口子变卖了所有的家具，赠送完无数的物件，以抹去对这段岁月的记忆。丁叔的烟瘾明显大了许多，他独自一人走遍了沉塘的大小山头，成天地唉声叹气，不舍之情溢于言表。

这一天，丁叔偷偷找到我，对我说："小滢，给我当'干儿子'吧，我去跟你父母说，把你一起办出去，怎么样？"

我笑笑说："说真的，真想跟你们一起出去，但是我的根在这里，我会永远想念你们的！"

丁叔知道我是不会跟他们出去的，也就没有再坚持。阮姨还悄悄地送了我一本她小时候找旧上海电影明星（内含胡蝶、周璇、王人美）签名的笔记本，说："这东西将来也许对你有用。"

临走的那天早晨，我们三家的人早早地起来，陪着丁叔两口子去沉塘火车站，搭乘管内慢车到宁州换车。一路上，每个人都尽量有说有笑的，以避免将忧伤的情绪传染给大家。

列车到达的时候，强忍了很久的阮姨，一把抱住了母亲，泪水夺眶而出。母亲理了理阮姨稍显凌乱的头发，擦了擦自己的泪水，苦笑着说："怎么了，大家都在替你高兴呢！"

阮姨哽咽着说："没什么，没什么，唉，只是……只是再也吃不上你家的泡萝卜了。"

我知道，阮姨是永远都忘不了我们的。

丁叔两口子经广州进入香港，后来又听说他们去了美国，至此，再也没有他们的消息了。

第三十七章 父 亲

父亲，我的父亲。

十月一声惊雷，宣告了特殊年代的彻底结束。

小昕来邀我，去看基建处为庆祝这一伟大胜利在宁州举办的文艺演出，其间她还含蓄地告诉我："我和我妹妹有一个节目，你可要多多批评指教啊。"

节目相当精彩，好多年都没有这样舒心、轻松地玩过了，因此我的掌声特别热烈。

小昕和她妹妹果然身手不凡，她们的舞蹈《草原英雄小姐妹》舞姿轻盈、节奏欢快，赢得了满堂彩。

回到珑坪，小昕问我："看了节目感想如何啊？"

"挺不错的，同志，没想到你的舞还跳得这么好。"

小昕说："承蒙夸奖，对了，看见我妹妹了吗，印象怎么样？"

"挺漂亮的女孩，热情、活泼，好像跟你的性格不大一样。"

"是的，她在运营段乘务所当列车员，跑宁州到山顿堡这趟车，追的人可多了，要不要我也给你介绍一下。"

"哎哟，"我做了一个裁判暂停的手势，让她就此打住，"高攀不上，别给她增添更多的烦恼了。"

"哼，想不到你的眼光还挺高的，说说看，你将来要找一个什么样的人做终身伴侣。"

"怎么说呢，其实我的眼光一点也不高，首先，彼此要心心相印、感情专一，这样才能达到共度一生的目的。其次，双方要能够相互理解、相互包容，我从不认为吵吵闹闹的婚姻是长久的婚姻。再次，谁都希望有一个温柔、贤惠、漂亮、能干的妻子，我也不例外。"

"天啊！还说自己的要求不高，你这样的要求已经是很高了，还不知道你找得到找不到这样的人，幸亏我不是你要找的人。"

小昕不知道，她的这番话把我刚鼓起的一点勇气又压了下去。

也许是遭受了太多不幸的缘故，也许是太害怕遭到拒绝的想法，面对我心爱的姑娘，我竟然不知道如何去倾诉这份爱，我甚至怀疑，我现阶段有什么足够的优势去吸引小昕，而这种事一旦说开不成功，我们的朋友关系不知还能不能维持。感情这种事真能捉弄人，明明是苦思冥想想进一步，而这一步又是那么的艰难。

小昕看见我良久不语，拍了我一下："想什么去了，是不是嫌我待得太久了？"

我抱歉地笑笑："哪里、哪里，晚上别走了，一起吃饭吧。"

"不用了，车站还有些事要处理，我办完后晚上再过来玩。"

金秋十月，秋风送爽，夜晚的月光依然是那么的皎洁、明亮。面对浩瀚的夜空，我忍不住轻轻吟诵起苏轼的《水调歌头》："明月几时有，把酒问青天，不知天上宫阙，今夕是何年……"

"……起舞弄清影，何似在人间……"小昕看来也是非常熟悉这首词的，她顺着我的声音把这首词朗诵完。

我说："记忆力真好，此时此刻特别有个好心境。"

小昕："说说看，这首《水调歌头》你最喜欢哪一句？"

"我最喜欢那句'高处不胜寒'。以我个人的理解，比如一个人的想法到了一个很高的阶段，才感到自身的孤独。"

小昕逗我："小子，还挺自负。"

我笑道："别光顾说我，那你又最喜欢哪一句呢？"

小昕说："'转朱阁，低绮户，照无眠。不应有恨'，我最喜欢这句'不应有恨'，我的理解，生活中的怨和恨不应该是占多数的东西，只要我们真诚、豁达地去对待生活，一切都会好起来的。"

我说："愿望是好的，只怕天不遂人愿，生活未必是一帆风顺的。"

小昕说："有志者，事竟成。"

我依然没有忘记试探小昕的口气："小昕，你将来又准备找一个什么样的人作为终身伴侣。"

小昕看了我一眼，一副高深莫测的样子："这个嘛，女孩子心中的秘密，最好不要去打听，也许高、也许矮、也许胖、也许瘦，人海茫茫，难觅其踪，说不定啊，咱俩还会走到一起来呢！"小昕说完，一串银铃般的笑声，这更加使我茫然不知所措。

好久没有见到父亲了，甚是想念。父亲是在我参加工作后不久由于工伤离开了架桥机组，到大队部干起了抽水放水的工作，平时住在山上，很少回家，再加上他与母亲的关系始终不睦，因此就更不愿意和母亲见面，有时候竟一两个月也不下来看看。

我决定到山上去看一看父亲，以免一颗心总是放不下。

从我家到山上抽水房的路还有一段距离，我顺着小路上了山，沿途看见不少的小女孩小男孩在采蘑菇。我觉得还是山上空气好，难怪每天有许多人愿意到山上来锻炼身体。

我来到父亲工作的铁建大队抽水房。抽水房是由一堵土墙围着的油毛毡房子，设备全是由铁建大队自行购置的，由于在密林的深处，显得特别幽静。我曾经看见过父亲和另一名职工交替放水，他们每天分上下午各放水一次，每次放水各两个小时，放水结束后，他们就会用一把大锁锁住水龙头的开关，不再让一滴水流出来，每日如此。

我来到抽水房的门口，看见门没有锁，就敲起了门。

里面问了一句："谁?"

我一听是父亲的声音，于是就答应了一句："爸，是我。"

父亲听出是我的声音，就说了一句："是小滢来了，快进来坐。"我这才走了进去。

父亲正在洗衣服，满盆的肥皂水已经打湿了他的衣袖，他旁边的竹凳上，放着他新买的半导体收音机，播放着当天的天气。

看见他杂乱无章的生活，我万般思绪涌上心头，一时竟找不到什么话向他开口。

父亲倒像什么事也没有发生似的，让我自己找了一个小板凳，坐到了他的身边。

看见我半天没有说话，父亲就先问起我来："最近前面工作忙吗?"

"挺忙的，不过好在已经习惯了。"

"你要注意安全啊，我可不希望我的儿子重复我们的老路。"

"我知道的，我们现在的安全措施比起你们那个时候已经好多了，再说我也是非常小心的，您就放心吧。"

父亲笑了笑，没有说话。

我想起什么似的，对父亲说："爸，架桥机上的同事都挺想念您的。"

"是吗，都有谁在念叨我呀?"

"林班长、老胡，还有江队长，还有您带出来的那一大批徒弟。"

父亲的脸上又露出了笑容:"是啊,大家都是一起出生入死的弟兄,有时候也挺想他们的。好多时候我都在想,要是能再年轻几岁就好了,再年轻几岁,我一定又回到大家中间,一起去过那种无忧无虑的日子。"

看着他心情好了许多,我的心中才感到一丝安慰。

父亲这时已洗完衣服,他把洗衣服的水倒掉,并且把衣服晾了起来,还找来一个板凳,和我面对面地坐了下来。

等父亲坐定,他把我叫了起来,并认真地端详:"小滢,你今年有多大了?"

"二十二了,您怎么给忘了?"

父亲拍了拍自己的脑门:"看看我这记性,我发现上了年纪的人,记忆力就会自动衰退了,你还别不相信,真是不服老也不行了。"

我静静地看着父亲,没有说话。

"小滢,爸爸看见你就很高兴,你知道是为什么吗?"

我摇摇头,不知道父亲要说什么。

"我看见你,就像看见我年轻的时候一样,也是这么高大,也是这么帅气,有时候想一想,自己已经后继有人了,也该心满意足了。"

我笑了笑,欲言又止。

父亲像是看出了我的心思,问了一句:"小滢,你是有什么话要对我说吗?"

"是的,我的确有许多话要对您说。"

"有什么话你就说嘛,干吗吞吞吐吐的。"

我想了想,于是说:"爸,您真的应该尝试和妈改善一下关系了,您这样过下去有什么意思,怎么说也是夫妻一场,何必要把家搞得支离破碎的，让我们这些做晚辈的看了伤心呢。"

父亲的脸色明显阴沉了许多，但是他还是对我说："小滢，你是不知道，要怪就只能怪你妈，她的那种脾气没有几个人受得了，我忍了她这么久已经是够能忍的了，你还要我怎么忍让！哼，告诉你，我才不吃她那一套呢！"

父亲的固执我是心中有数的："爸，您是个堂堂的七尺男儿啊！怎么能跟妈计较这些呢，若是你们俩没有感情基础，当年也不会走到一起来了，现在见面就像仇人似的，难道把过去的一切全都忘了吗？"

"过去的只能代表过去，并不能说明现在。当年若不是看你们太小，我们早就离婚了，还用得着等到现在，不过现在……现在也无所谓了。"

我气愤起来："您怎么能说出这么不负责任的话来呢。这些年来，母亲拉扯我和姐姐长大容易吗，您凭良心讲一讲，您又对家尽了多少义务？妈要是不关心您了，也不会在您工伤住院期间，三番五次地做好吃的去看您，自己还偷偷落泪呢。您天生就会指责别人，从来就不会怪罪自己！"

我的话看来对父亲还是有所触动的，他低下头不吱声了。

"您今天要给我表个态，以后您打算怎么办？"我并没有松口。

"小滢，你放心，以后我会经常回家，尽量改善同你母亲的关系，起码不会再吵闹了。"

此后，父亲果然回家的次数多了，有时也能同母亲说说笑笑的，我正为我的艰苦努力没有白费感到万分欣慰的时候，他们的吵闹、打斗之声又开始了。

天知道这对"冤家"怎么会走到一起来的。

　　罗伯伯和柳姨光荣退休了。

　　经过这么多年的磨难，他们二老的"知识分子"政策才算得到落实，罗伯伯还平了反，摘了帽，补发了不少拖欠的工资，两人一合计，决定回无锡老家安度晚年。

　　柳姨在离开的时候只对母亲说了一句话："我们没有什么可挂念的，只挂念你和白医生。"

第三十八章　增　资

这是南方局十多年来第一次涨工资。

十多年了，十多年来我们的工资一直没有改变过，但是大家也从来没有抱怨过，因为，跟许多地方甚至路内单位比起来，我们南方局的收入还算比较好的，因而常常看到一个人上班要养活一家人的情况也就不足为怪。

当听到南方局接上级文件，决定普调所有职工的工资的时候，所有人都欢呼雀跃、奔走相告，无不为这大快人心的喜事感到欢欣鼓舞。然而等具体执行文件下发到各个处的时候，许多人都高兴不起来了，因为根据文件要求，只允许各单位工作表现突出、群众评议极佳的职工（比例是百分之三十）涨两级的工资，其余人等涨一级半的工资，至于这两级工资到底应该涨到哪些职工身上，须各单位自行开会讨论、评议，直至通过决定。

我就是在这样的情况下参加了铁建一队三工班涨工资的讨论会的。

铁建一队鉴于三工班是一个大工班，有接近二百名职工，因而特别增加了涨两级工资的职工名额至十名（其余工班都是八名）。为了显示公平、公正、公开，三工班工长特别把工班内所有的职工都通知到位，让他们尽可能地参加会议，讨论这十个名额到底应该分给谁。即使不能参加会议，也要拿出个人意见来，指明自己这一票应该投给谁。开会的当天晚上，江洪信都亲自到了三工班的会议现场，足见他对这次会议的重视。

三工班工长怀着忐忑不安的心情，进行了自己的开场白："同志们，今天的会议内容大家都已经知道了，就是关于涨工资的事。大家知道，我们的工班是比较大的工班，所以分得的涨两级工资的名额相对而言还算是比较多的，因此我们也应该知足了。我个人的意见，同志们都干得不错，都有增加两级工资的理由，但是受名额所限，能够增加两级的毕竟是少数，这也是没有办法的事，希望大家多多理解、多多支持。我个人表个态，把这个名额让给那些最需要的同志吧。就这样了，我的话说完了，现在请同志们开始发表意见。"

江洪信接过话题："老陈，话可不能这样说，你怎么可能不要这两级工资呢，你的工作表现大家都是看在眼里的，是任何人都否定不了的。既然是集体讨论，该怎么样就怎么样，不能因为发扬风格就把自己应得的那份给推掉了，这不是解决问题的方法，也不是要不要的问题。希望三工班拿出个样子来，给别的工班树立个榜样。好了，多余的话我也不说了，现在就开始讨论吧，谁先发言？"

江洪信已经把这次会议的"基调"给定下了，大家也就只能按照会议的要求进行下去了。

三工班班长首先发言："我说两句。这两级工资我首先应该加上去，理由有三：第一，干了这么多年铁路，勤勤恳恳、任劳任怨，协助好几任工长干了这么多工作，没有功劳也有苦劳。第二，我的家庭生活困难，还有好几个小孩需要吃饭，从这一点上，我也应该涨两级。第三，我尊重领导、团结同志，这么多年没跟谁红过脸，表现是有目共睹的。我觉得我无论从思想品质上，还是其他各个方面……"

班长的话还没有说完，施工员老赵就站了起来："你这是说的什么话？你这话的意思好像这两级工资就非你莫属了似的，我说，你看看我们工班的这帮工友，哪一个不应该涨两级工资，哪一个拉出来不是响当当的人物，你光说你自己的情况，好像别人就不应该涨两级工资似的。同志，不要这样好吗，这样既不聪明，也显小气，你涨不涨两级是要大家去评的嘛，你自己给自己下什么结论呢？"

班长没想到第一个发言就被戗了回来，窘在那里不开腔了。

老赵既然接过话题，他必然有话要说下去："我认为，这次涨工资就应该照顾我们施工员，这么多年了，风里来雨里去，从不计较什么，不相信你们打听打听，哪一个施工员不是留下一身病。不为别的，只为对得起自己这份工作，我提议，涨工资应该有我们施工员的份。""老赵，你就干脆说你想涨两级工资得了，干吗打着施工员的旗号来说事，想要你就直说，省得拐弯抹角地让人听起来费劲。"老赵的话刚说完，带班的老李就抢白起他来，老李的抢白引得大家一阵哄笑。

老李接着说："老赵啊，首先声明啊，我不是对你个人有什么意见，我们是关起门来可以结拜成兄弟的人，但是放在台面上的事，我们还是要说清楚，你不会有什么意见吧。"

老赵尴尬地笑笑："你说，你说，有什么话你尽管说。"

"我认为，既然是评定工资，就应该设一个投票箱，让大家来投个票，看看谁是大家测评中排名前十名的人，这前十名的人就应该涨两级工资。这样做大家就能够看到涨工资的评选过程，也能够使大家服气。"老李的话刚说完，就有不少职工表示支持。

江洪信随即表达了不同的看法："老李，你这个提议固然好，但是如果重复的票很多，你如何有时间把这些问题一一解决。再加上人人都有自己喜欢和不喜欢的人，你能保证我们投出去的每一票都是客观公正的？所以说，我还是认为由大家推荐出十个代表出来，再由大家投票决定，达到工班投票数三分之二以上者，我们就认为得到了大多数同志的支持，大家认为怎么样？"

既然江洪信已经把办法想好了，大家也就没有什么多余的话要说了。

在开始评议选定十名候选人的时候，依然有不少职工在呼吁："江队长，还是应该考虑一下家庭困难的职工，他们为了铁路出生入死这么多年不容易，怎么也应该照顾一下别人，哪怕我们自己不要。"

江洪信都一一作了回答："大家的心情我都能够理解，但是名额只有这么多，全局范围内都是一样的，我们只能把涨两级的名额让给那些最需要也是最应该得到的同志，能够照顾我尽量照顾，但是大家知道，这次涨工资你要说能够做到人人满意，我看很难，也只能做到绝大多数满意了。最后声明一点，这两级工资我是不会要的，我会向处领导表明态度，即使处里面决定给我，我也是不会要的，这不是我发扬风格的问题，而是我看到有这么多优秀的同志不能增加到满意的工资，我感觉有愧呀！"

既然江洪信都这么说，大家就不好再说什么了。

会议就按照他提议的方式进行，江洪信看见我和解小虎，像想起什么似的，马上说道："我倒给忘了，还有像曹滢、解小虎这样的年轻人还没有发表意见呢，我们是不是要给年轻的同志一个说话的机会呢。小滢、小虎，说说你们的想法吧。"

我先开了口："情况大家都知道了，我也就没有什么可多说的了，我跟大家的意见一样，还是觉得首先要考虑那些最需要的同志，我们还年轻，涨工资的机会还多。别的也就没有什么想法了，听从大家的意见吧。"

江洪信又回过头去问解小虎，解小虎也说："我和曹滢的想法一样，没有什么要补充的，听从大家的意见吧。"江洪信又去问胡谦，胡谦摆手说他也没有什么意见，于是江洪信就按照议定的办法主持了会议。

投票的结果，以三工班工长为首的十名同志获得了增加两级工资的机会。

当天晚上，喝得酩酊大醉的老赵来到了江洪信的宿舍门前："江洪信！你这个龟儿子，老子的工作表现是能够抹杀的吗，老子的工作能力是能够否定的吗，凭什么工作表现不如我的人能够涨两级而我不能？你说出个道理来听一下呀，干吗躲在屋里不出来，你是不是心中有愧啊？太让人寒心了，也只有你能搞出这样的事来！"

江洪信几次要冲出屋去，都被他妻子死死地按住了。

据说南方局别的处的情况也是大同小异，更有甚者，别的处还有职工到队长家连吃几天的饭，队长也奈何他们不得。

真不知道是这次涨工资发生了制定规则上的错误，还是人们太需要别人对自己工作的认同了。

春节将至，听说沅塘大队要恢复中断了十多年的舞龙，而且是借用铁建大队的篮球场进行，就决定舞龙的时候一定要去看一看。

舞龙的那天晚上，沅塘大队还制作了好多面小红旗，发给前来观看舞龙的观众和路人。一个小男孩跑过来给了我一面小红旗，我看了一眼小红旗上面的字，是"庆祝一个伟大时代的来临！"，心中不禁感慨万分：特殊年代总算结束了，压在人们心头的大石头总算卸下了，看见一张张真诚的笑脸，我从心底里相信，我们一定会把损失的时间给夺回来的！

舞龙表演正式开始了，为了增加舞龙的效果，演出人员特别关闭了篮球场的大灯，好让观看效果更加醒目。在一阵激烈强劲的锣鼓声中，一支由二十几个棒小伙组成的舞龙队出场了，他们时而上下翻滚，时而左顾右盼，时而摇头晃脑，时而迂回追逐，始终紧跟前面那个高举龙珠的小伙子不放，很好地展示了这支舞龙队的风采。

我特意看了一眼舞龙队的龙尾，发现把守龙尾的那个小伙子可能是水平不行，竟然是骑在龙尾的木棍上跟着跑，滑稽的样子逗得大家哈哈大笑。

突然间，"巨龙"开始喷"烟花"了，它左转右转，在黑夜中显得特别耀眼，我们尽情地鼓掌，尽情地欢呼，多年的压抑在这一刻得到了释放……

我和解小虎在珑坪的公路上散步，一辆铁建一队的"解放"牌汽车开了过来，车上坐着的全是铁建一队学习汽车驾驶的工友们，他们在车上看见了我俩，忍不住探出头来，在车上高声大喊："曹滢！解小虎！"并做出各种滑稽的样子和搞笑的"鬼脸"。

解小虎环顾四周，发现了一堆干干的牛屎，顺手捡了起来，朝车上扔去，正好落在了车厢的中央，车上车下，笑声一片……

第三十九章　结　婚

小昕结婚了！可是结婚对象却不是我！

冬去，春来，一切都如往昔。我们每天重复着简单而又机械的生活，以至于我没有时间去注意我的个人问题，等我真正明白失去什么的时候，一切都太晚了……

我到小昕的宿舍去玩，在小昕热情的接待中隐藏不住一丝喜悦之情，看着她时而走神、时而欲言的样子，我忍不住问她："小昕，是不是有什么好消息要告诉我，说出来大家一起分享啊！"

小昕的脸上泛起了幸福的红晕："同志，其实我正想去告诉你，有个男人闯入了我的生活，我该怎么办呢？"

难道真的是经历了太多的人世沧桑吗？我的心好一阵收紧，脸上却出奇平静："一个什么样的男人呢？"

小昕说："高高的个子、潇洒的举止、真挚的情感、动人的故事。"

"故事的情节是怎么样的呢？"

小昕妩媚地一笑："保密。"

此后许多的日子，我都常常碰见小昕跟那个叫钟坚的男孩在一起。

铁路边、小溪旁，留下了他们闲谈、散步的身影；田野间、山道上，传来了他们追逐、嬉戏的笑声，小昕瘦弱的肩头被钟坚紧紧地搂着，她一脸的温柔、一脸的甜蜜，这情景好让人羡慕，觉得爱情有时候真的是那般的美丽动人。

小昕还因此疏远了我，热恋中的女人是容不下别的任何男人掺和的，这一点谁都明白。看着他们快乐无忧的样子，我真怀疑世界上有什么力量能够将他们分开，而分开他们就意味着残忍和恶毒。

我就这样让小昕从我的身边溜走了吗？

无数次徘徊在小昕的窗前，因为我不甘心；几回力图表明心意，因为我需要真情。然而这些努力在小昕留给钟坚含情脉脉的眼神中就清楚地告诉了我：一切都是徒劳的，小昕的心目中已经没有了他人的位置。

夜深人静的时候，当孤独和惆怅向我袭来，我才明白小昕其实早已融进了我的生命里，我苦苦寻觅和痴痴等待的梦中人其实就在我的眼前，而我却让她在一种犹犹豫豫和漫不经心之间悄然离开了。

程浩像是看出了我的心思，问我："曹滢，这几天怎么有点魂不守舍的，怎么了？"

我简直有点控制不了自己的情绪："程浩！我是这个世界上最大的大笨蛋，你知道吗，小昕已经有了心上人，而我认识她这么久，至今没有进入她的心里，你说我有多蠢！"

程浩说："你是说小昕已经有了男朋友吗？这个人是谁呢？"

"一个叫钟坚的男孩。"我说。

"钟坚？我们段上的钟坚！原来是他。"

我说："钟坚这个人怎么样？"

程浩说："挺不错的，在我们段也是技术能手。"

我痛苦地低下了头，心中的苦恼不能用语言来形容。

程浩想了想，对我说："这样吧，不如让我去帮你试探一下小昕，看看还有没有挽回的可能。"

我立刻振奋起精神来："程浩，谢谢你，如果我和小昕今生缘分不散，我们一定会好好报答你的。"

程浩笑："不要说这些，我会全力以赴的。"

怀着忐忑不安的心情，我等待着程浩带给我的消息，我知道这几乎是我最后的机会了，虽然我知道这件事成功的概率是很低的，然而我宁可相信这种可能的存在，因为我实在太爱小昕了。

程浩来找我，一脸的爱莫能助："曹滢，看来只能对你说抱歉了，小昕她……她没有答应考虑。"

我急问："你是怎么试探她的?"

程浩犹豫了一下，说："我在她那里坐了许久，绕了不少的弯子，最后才问她，如果现在有一个确实值得你再考虑一下的男孩在明知你有男朋友的情况下，还来追求你，你会怎么办呢?"

"她又是怎么回答的呢?"

"她说这是不可能的，她现在心中只有钟坚，别的任何男人她都不会答应的，如果真有这样一个男人，她就会问他早干什么去了，为什么不早点来?"

"这能全怪我吗，早点你云山雾罩地说了一大通，我哪知道你要找什么样的人！我知道你是否一定会答应我！"

程浩说："曹滢，事已至此，我看你最好还是放弃吧，女人这个时候是最痴迷的，任何人的话都听不进去。"

"程浩，真的，我欺骗得了别人，欺骗不了自己，我从来没有像喜欢小昕一样喜欢一个女孩，你要让我放弃，我好舍不下呀。"我急得有点眼泪汪汪的了。

"可是不放弃又能怎么样呢，退一万步，你如果真的把小昕追回来了，能得到她的人，得到了她的心吗?"

我语塞了。

不管我接不接受这样的现实，也不管我相不相信这就是命运的安排，小昕结婚了！

婚礼既简单而又不失新派，我只看见钟坚家在门前的树上放起了长长的鞭炮，小昕迈着轻盈的步伐，从她家一直走到钟坚家，小昕也就算过门了。

往后的事情，就是四处向亲朋好友敬烟、分发喜糖，当小昕向我介绍钟坚的时候，我报以善意的微笑，并紧紧握手，但分明感受到了心中的酸楚。

在我的眼中，小昕的婚后生活是幸福、美满的，她和钟坚每天手牵着手、肩并着肩，高高兴兴地上班下班，尽显了恩爱夫妻甜蜜的一面。但是小昕并没有因此中断和我的往来，依然喜欢同我讨论、聊天，小昕特别喜欢在我面前喋喋不休地谈论钟坚的优劣，并认定我是最佳的听众。从我无奈的表情中，小昕难道没有看出我的伤感？

我决定向小昕讲述许多事情的真相，同时向她表白这份没有成功的爱，虽然这份表白来得太迟太迟，虽然我知道小昕未必就能够理解和接受，但是基于我一颗诚实的心，以及我确实太爱小昕了，所以我决定还是讲出来，哪怕小昕听起来像听别人的事，一个遥远的故事。

我有一种期盼，期盼一个奇迹的发生！

小昕见我许久不说话，问我道："你今晚是怎么的了，我说了半天话，你一句也不应，什么事不开心呀？"

"小昕，"我说，"可不可以问你一个问题？"

"说吧。"

"钟坚是怎么把你追到手的，这个动人的故事你可一直没有告诉过我啊。"

小昕依然是那般羞涩："当时一直没有告诉你，的确有点不好意思，现在，说出来也无所谓了。运营段举办了一次会餐，我和几个男孩子不知怎么就赌上了酒，被他们猛灌了一通，我的胃本来就不好，结果当天晚上就住进了医院，还呕了不少血。曹滢，你知道吗？我那个时候感觉到好冷、好可怕，我想我难道真的就这样离开人世了吗？是钟坚把我送进医院的，他还独自陪伴着我。我醒来的时候，见到的第一个人就是哭得泪眼蒙眬的他，他是为我的模样才伤心落泪的。一股暖流传遍了我的全身，我才知道这个世界上被人爱有多好。他向我求爱，我的心好软，就答应他了。曹滢，女人其实好容易感动，就是要看你把握没把握住机会了。"

故事的确动人，我都不由得称赞起钟坚把握机会的能力来，我开始有些踌躇了。

小昕见我又不说话，奇怪道："咦，你今天是怎么了，约我的时候说有许多话要对我说，怎么又不见你说呀？"

我想了想，说："我有一个故事，是一个悲剧，不知道应不应当告诉你。"

小昕说："你说吧，我也喜欢听感人至深的故事，没有关系的。"

她这么一说，我反而变得有些坦然了："那好吧，我就告诉你我的故事。"我以低沉的语调，说起了我的故事："我有一个同学，他从小稳重善良、聪明好学，对许多事物的理解，常常有其独到之处，因此同学们都称赞他天资聪慧、善解人意。但是，这个同学的命运是非常糟糕的，他的家庭出身不好，因而人世间的酸甜苦辣，让他过早地尝试了。

"一个偶然的机会，他认识了一个女孩，一个个性鲜明、真诚大方、坚定善良的女孩，在长时间的共同交往、相处中，他发现他爱上了这个女孩，这个给他带来无穷欢乐和信心的女孩。

"他没敢把这份爱传递给这个女孩，原因是他们的成长经历、家庭背景、所处环境差异太大，不能不说这个男孩存在着深深的自卑感，他既不知道他现阶段的状况能给这个女孩带来什么样的结果，也不知道他糟糕的命运能否使他们拥有一个好的归宿，因而他情愿使他们的交往像真正的朋友那样高高兴兴，也不愿将这份爱轻易显露出来。

"直到有一天，这个女孩接受了别人的爱，他才知道自己犯了不可原谅的错误，在痛苦和悔恨间，他想到的第一件事就是赶快把这个女孩追回来，因为他失去的东西太多了，真的不愿再失去这唯一的情感寄托了。可是怎么重新找回他在这个女孩心目中的位置呢？他一筹莫展。

"他有一个朋友，对他特别了解，在知道这些情况以后，决定帮他试一次，他也把这一试看得万分重要，因为这一试直接影响到他追求的信心和取舍的态度。

"也许这个女孩甜蜜得真的忘记他了，也许这个女孩真的没有注意到她身边的这个男孩，你猜这个女孩是怎么回答他的？"我特意停顿了一下，看了看小昕。

"她是怎么回答的呢？"小昕依然兴致勃勃的。

"她回答这个男孩'你早点干什么去了，早点为什么不来'？"小昕一怔。

"正是源于这句话，这个男孩被一种失败的阴影所笼罩，他知道再去强求也未必会换回这个女孩的爱，为了不使对方感到很难选择，他情愿自己痛苦，最终也没有把这份爱传递给对方。

"就这样，他眼睁睁地看着自己所爱的人跟别人结婚了。"

世界上有些事情真的这么难办吗？我发现我把隐藏在心中许久的秘密告诉小昕后，自己有一种说不出的轻松。

聪明的小昕，她一下子就明白了我指的是谁，没有说话。

我小声问她："小昕，通过我的故事，你怎么看待这两个人呢？"

小昕说："我觉得这个男孩太傻了，他起码应该早点告诉这个女孩——他爱她！"

"原因我已经告诉你了，皆因这个男孩的命运非常坎坷，他这样做也是有他的苦衷的，况且早说晚说也只是形式问题。"我说。

"可是你为什么要告诉我这个呢？"小昕显然情感有所触动，但是又不愿意接受这样的现实。

"这只不过是一个故事罢了，你又不曾损失什么，当一个人想把发生在自己身边一件真实的事告诉你，你会觉得很难接受。"我有点不喜欢小昕的态度。

小昕再次沉默。

一种直觉告诉我：我的故事深深打动了小昕！

天啊！你怎么会这样作弄人，要把我和小昕安排在此时此刻才彼此明白！

"这个男孩真的是你的同学吗？"小昕问我。

我无言以对。

"哼，还是好朋友呢，怎么连个真相都不敢告诉我。"

我只得窘迫地说："其实那个男孩就是我，那个女孩就是你。"

突然的表白，让小昕也觉得非常难堪，但她还是对我做了说明："曹滢，我们一直是最好最好的朋友，我一直把你看成我最为信任的人，甚至超过了钟坚。我们的事，以前我的确也想到过，你一直没有向我提起，我也不敢妄加猜测。你想想，即使我愿意，哪有一个女孩去追一个男孩的，这是不是也太离奇了一些。

"后来我就遇见了钟坚，钟坚追我一直很紧，我也没有答应他，要不是有住院这件事，我和他也许还不会成功呢。

"曹滢，对不起，上次程浩来跟我说起这件事的时候，我不知道是你，还以为他跟我开玩笑呢，现在……现在你让我如何回答你呢？"

我说："小昕，今天我跟你说了这么多的事情，主要就是要告诉你一句话，那就是只要你愿意，我会等你的。"

小昕连忙制止："千万千万不要这样，曹滢，你这样好不值得的。"

我说："小昕，也许你并不了解我的一片心，在告诉你这些事情以前，我是做了充分的思想准备的，因此也是把各种困难估计得足足的，真的，你成为什么样，我都不会在乎的。"

小昕又是长时间不说话，我对她的这种沉默倒是有点急不可耐："小昕，你总要给我一句痛快话呀！"

小昕说："曹滢，有些事情你是不会明白的，现在我只想告诉你，一个女人是不会轻易选择的，她一旦选择了，即使错了，也是不会回头的。所以我认为，我让程浩带给你的话，已经很好地表达了我的意思。"

我说："小昕，与其说我在与你探讨婚姻，不如说我是从另一个角度让你理解什么是生活。真的，一份经过许多磨难的感情才是真的感情，真的，我们在一起会很幸福的。"

小昕说："曹滢，我不知道你是怎么想的，婚姻就好比是一种承诺，我已经答应了别人了，还能再答应你吗？"

"小昕，如果你要这样看待问题的话，我们就一定不会在一起了。人的选择才是最为重要的呀，你不觉得这才是问题的实质所在吗?"

"曹滢，真的，我现在过得很好，很充实，钟坚对我也很好，我们什么都不缺，我已经非常满足于这样的生活了。"

"一切都是相对的，没有绝对的，我丝毫不怀疑你现在对新生活所表现出来的信心，但是我更看重的是你在长期的共同生活中所获得的真实感受，一切都要经过生活的检验啊!"

"曹滢，我觉得你是不是想得太多了，好好地把握现在，以后是什么样谁去管他呢?"

"小昕，一个人来到世上走一遭，如果不以一种睿智的眼光去细细品味生活，终究会被生活所抛弃的。"

小昕冲我摇摇头:"请不要说下去了，你是改变不了什么的，我已经决定了。"

"小昕!"我有一种全身冰凉的感觉，"到底要怎么样你才能明白过来呢，我现在对天发誓，我愿意折寿十年，来换回我们的重新开始，好吗?"眼泪不知不觉从我的眼角滑落下来。

小昕依然不为所动。

我知道我是无力挽回什么的了。

极度悲伤的我并没有忘记轻轻擦去自己的眼泪:"小昕，你会后悔的。"

小昕不屑地一笑:"我会后悔? 我永远都不会后悔!"

"是真的吗?"

"是的，我的婚姻如果失败了，我就会找一个没人的地方隐藏起来，谁也找不到。"小昕说。

此后很长一段时间，我们都没有见面。

第四十章　后悔

苑小昕真的后悔了？

我以为小昕再也不会来找我了。

她义无反顾的精神和斩钉截铁的话语都清楚地向我表明了她对这场婚姻所持的态度，虽然我和她没有什么结果，但是从她把婚姻视为自己第二生命的坚定信念来说，我还是给予她高度评价，同时也暗叹钟坚真的好命。

一个人的时候，我常常会想，在已经过去的这段经历中，我得到了什么？失去了什么？

我发现，我得到了一个已经被千万人论证过的不争的事实：这个世界上还是有忠贞不渝、不离不弃的爱情的。正因为有了像小昕这样一大批痴心、纯情，对婚姻充满无限憧憬的女孩，才把现实生活装扮得如此绚丽多彩、真挚感人，虽然她们的结局各不相同。

我的所失，就是这份爱最终是不属于我的，别人的东西我是没有权利拿走的，这几乎是天经地义的事，虽然我的心时常会感到难过，但毕竟还是承认了事实的存在。

渐渐地，我已经把这段经历忘记得差不多了，受伤的"伤口"也在慢慢愈合。小昕的突然造访，使我大惑不解。

得到了同事的通报，我本不愿意见她，但是害怕她的确有什么急事，所以还是迎了出来。

　　大概是好久没有见面的缘故，小昕拘谨得像个做错事的孩子，来回地走着方步，见我来了，脸更是红到了脖子根。

　　还是我首先解除了尴尬的局面："嘿，小昕，好久不见了，你还是老样子啊。"

　　小昕说："不行了，都变老了。"

　　我笑道："何出此言呀，找我有什么事吗？"

　　"没什么，就是想……就是想跟你聊聊天。"

　　我点点头，表示同意。

　　随她出来的时候，我准确地猜出了小昕找我的原因："你是不是跟钟坚吵架了？"

　　小昕点点头。

　　"看看你，都快三十岁的人了，怎么还和小孩一样啊？"

　　小昕没有回答我的问题。

　　我突然想起什么，问她："好久没有见到你爸爸妈妈了，不知他们二老身体可好？"

　　小昕说："情况都不太好，为了我们几个姐妹，他们都操碎了心。"

　　"就是，我体会得到，客观地说，你们家要是有个男孩，情况也许就大不一样了。"我说。

　　小昕第一次信服地点了点头。

　　小昕接下来的"动作"，就让我摸不着头脑了："曹滢，你不是说要为了我奉献一生吗？"

　　我颇感意外。

　　"我知道，这些年来，你一直伤痕累累，遭受了无边的心灵伤害，特别是我给你造成的伤害，我要用我的……"

　　"哎呀！"还没等小昕说完，我还是主动承认了错误："那个时候我太强求了，给你添了不少的麻烦，至今想起来也不合情理，真的，我也不是全对，你用不着道歉。"

小昕想说的话被压了下去。

我想起了我的裤兜里还有一包香烟，小昕是会抽烟的，就拿出来问她："抽不抽？"

小昕自己拿了一支，抽了起来。

我故意逗她："哪有良家妇女还会抽烟的！"

小昕也笑："我是'女流氓'呀。"

看着她心情好了许多，我也觉得非常宽慰。

小昕终究是不会死心的："曹滢，你后来为什么不来找我了呢？"

我笑而不答。

小昕连连逼问，我知道我是无法回避的，于是收敛了笑容："你是不是要让人家接受呢！"

我看见小昕把头伏在自己的手臂上，半天也不吱声，就问她："你怎么了？"小昕摇摇头，我正迟疑间，就看见小昕放在地上的书包，两大颗晶莹透亮的眼泪掉在了上面。

我大骇："小昕，快不要这样！快不要这样！"

小昕像山洪一样暴发了："不能在一起，就不能做朋友啊，你不来了，人家一个朋友都没有，呜——"

"我几时说我们不是朋友了，我又从来没有责怪过你，干吗把事情想得那么严重。"

小昕依然大哭不止。

看着孤立无援的小昕，我不由得暗暗责怪自己自私："小昕，什么大不了的，哭得这么伤心，你看你看，我不是在你身边嘛。"

小昕依然如故。

我的心像刀割一样难受，真情自然而然就藏匿不住了："小昕，快不要这样嘛，你这样，我好心痛呢，真的，我还是那么爱你，我还是那么深爱着你！"

小昕的哭声渐渐平息了些，但仍不愿意抬起头来。

"小昕，不要再哭了，你要再哭，把我都要弄哭了。"说这话的时候，眼泪直在我的眼眶内打转。

为什么？为什么我对小昕的感情会这么好，好得连一点掩饰都做不到呢？

小昕的确被我的真情所打动，她直起身来，用手巾擦着自己的眼泪，不再哭了。

等她情绪稳定了些，我才问她："说说看，你跟钟坚是怎么回事？"

从小昕的口中，我才知道她婚后过的是这样一种生活：由于住房紧张，小昕两口子与钟坚的父母同住，钟坚的母亲对这位个性独立、不太合群而又特别爱干净的儿媳时常看不惯，她不明白这个儿媳为什么总和他们想不到一起去，难道什么事情都文绉绉的就能过好日子？钟坚是非常孝顺的，几乎每一次家庭争执他总是站在母亲一边，这让小昕非常难堪。

钟坚反感的，就是小昕喜欢把两个家庭的事情放在一个全面、平衡的角度去考虑，在这一点上，他认为他的家庭才是第一位的。

小昕不明白，结婚后的男人与结婚前的男人为什么那么不一样，他几乎忘记了"尊重"二字，而且自信得让人服气。

就这样，经过无数次的争吵、赌气、愤怒、伤心，悲痛欲绝的小昕终于找到我这里来了。

听完小昕的诉说，我一时也找不到什么恰当的话语去安慰她。

"看到我不幸，你是不是很开心？"小昕一时心潮难以平静，说起了气话。

"我是那种幸灾乐祸的人吗!"我为小昕认识我这么久,还不能对我做一个准确的判断而感到不快:"小昕,说真的,我见过的家庭矛盾够多的了,你开始诉说的,真不能算什么大事,你想过没有,家庭矛盾人皆有之,你总不能因为有了家庭矛盾就不过下去了吧。"

小昕长长地叹了一口气:"真的挺难、挺累的,我都不知道以后会怎么样了。"

我问她:"那你将来有什么打算?"

小昕幽幽地说:"我也不知道,就是想跟他离婚了。"说这话的时候,小昕的眼睛一直看着我,暗示非常明显。

我佯装不知:"还不至于无可救药吧。"

小昕说:"真的,我说的是真心话,我真的想和他离婚了。"

"小昕,你的变化好大呀!"我感叹道。

"人总是在不断变化中生存的。"小昕说。

我虽然很爱小昕,但是不愿意看到她以这样的心态理解生活,就对她说:"小昕,你想过没有,组成一个家庭是非常不容易的,家庭问题人人有,并非重组一个就能改变什么的。你现在觉得这个家庭很难适应,但是你能保证以后重组一个就一定能适应?这种赌注太大了,你赌不起呀!钟坚还是不错的,回去好好过日子吧。"

小昕陷入了沉思。

看看时间不早了,我对小昕说:"我送你回去吧。"

小昕看来也是经过深思熟虑才来找我的,她并没有放弃自己的既定目标:"曹滢,你是不是也会后悔呢?"

我想起了她当时说过的一句话,狠了狠心:"我知道有个美丽的地方,叫西双版纳,那儿倒是个隐居的好地方。"

小昕再也无话可说。

回去的路上，我依然真诚地对小昕说："以后遇到什么不顺心的事或解不开的结，如果还能想起我，就请到我这里来，记住了吗？"

小昕点点头。

我的心突然觉得好明亮，像一片晴朗的天空，因为我毕竟在一个家庭濒临破碎的时候，做了一回真正的男子汉！

第四十一章 捉 奸

<u>一切的故事，因为"捉奸"而有了结果。</u>

陶潜民终于获得了一个他千载难逢的机会。

据叶顶文的一个司机反映，叶顶文时常在夜晚时分到他的一个同事家去叙旧，而奇怪的是，他每次去的时候这个下属都不在家，这个同事的老婆就自然而然成了叶处长唯一的接待人，这个司机怀疑叶处长……

有两件事使陶潜民的脸上露出了笑容。其一，这个司机曾经是叶顶文最为相信的人，但是在前不久涨工资时，这个司机没有得到如愿的级数，于是与叶顶文的关系起了波澜。其二，这件事过了不久，陶潜民曾亲自微服探查现场，发现情况果然如此，并且屋里的灯一直"不打自招"地熄着。

陶潜民清醒地意识到，这是扳倒叶顶文的唯一机会，然而这种机会的风险性也是极大的，"捉奸"一旦成功，叶顶文必然一败涂地，在基建处立足的机会等于零。此事一旦出错，叶顶文必然反戈一击，他自己也会在一片口诛笔伐中声名狼藉。

苦思冥想了几天的陶潜民终于想出了一个两全其美的办法，让这个司机带着几个年轻力壮、已知内情的青工（陶潜民信得过的）以查夜为名，执行此项任务。为了避免节外生枝，陶潜民特地叫来一位平素与叶顶文私交不错的行政科长，让他当天晚上去那位下属家找叶处长，并告诉他，他和叶顶文已经约定，有很重要的工作在那里向这位科长交代。陶潜民知道，如果让这位科长去叫门，叶顶文必然警惕性大减，而且即使"捉奸"不成，他们也可以马上进入正常的交谈状态。

浑身发抖的告密司机知道自己在做什么，如果奸情不成立，他将很难全身而退。

叶顶文按时进入现场，灯又莫名其妙地熄了。行政科长不识时务地去叫门，只听到里面"窸窸窣窣"寻找衣物的急促声，司机和众青工破门而入，叶顶文和女主人赤条条地正在床上，捉奸大功告成。

据说叶顶文始终镇定自若，一青工厉声质问："你们在干什么？"

叶顶文从容回答："没什么，想休息一下。"

基建处机关出现了少有的热闹景象，各个单位的人像赶集一样前来争睹出轨女人的容颜，许多人都说：这个女人其实并不漂亮嘛，她怎么就让叶顶文栽倒了呢？

叶顶文被停职检查了。虽然他有时候也能若无其事地到处机关食堂按时就餐，但强大的舆论压力还是使他无法置身事外，人们怀着各种复杂的心情等待着这件事情的处理结果。

在陶潜民的一再请示下，局"革委会"派出了专门的调查组会同基建处共同查处此事，处里的许多与叶顶文有"过节"的人也联名上书至局"革委会"，认为这是严重的道德、腐化问题，局"革委会"对待堕落、变质的干部不应该姑息迁就。

那时还处在一个对男女关系讳莫如深的年代，没有人能够拯救叶顶文。

联合调查组所做的结论是：鉴于叶顶文同志所犯的严重生活作

风问题，已不适合在现在的工作岗位上继续工作下去，根据相关惩处条例之规定，提请给予叶顶文同志严重警告处分，免去处长兼政委的职务，保留干籍，另行安排工作。

不久，叶顶文被调离了基建处。

我对程浩说："想不到叶顶文是以这样一种方式下去的，你不觉得对他太不公平了吗？"

程浩说："是非成败，自有后人评说。"

基建处全面步入了"陶潜民时代"，陶潜民顺利接替了基建处处长兼政委的职务。

上任伊始，陶潜民没有忘记做的第一件事就是整肃叶顶文留下来的"残余势力"。

"四川帮"既然得了势，"山东帮"的日子必然不好过，许多曾经为叶顶文重用、信任过的人都被劝退、降职，苑德贤自然是首当其冲的，陶潜民给了他充足的理由："老苑年事已高，已不适合这种长期奔波劳累的生活，为了他的身体健康着想，特许苑德贤同志提前退休。"

仿佛在一夜之间，苑家就成了这个单位的众矢之的，没有人为苑德贤的离开感到不平，人人都觉得苑家的人得到的实在太多，人人都觉得对待苑德贤理应如此。

苑德贤终于可以坐下来重新审视自己的过去了，他发现他得到的未必是最珍贵的，失去的也并非全是毫无价值的。

苑德贤明显苍老了。

小昕她们几姐妹在单位的处境也变得越来越暗淡了，苑德贤的"对手"都喜欢从他的子女身上找回某种久违的失衡，因此无论小昕她们怎么努力，始终走不出由她父亲亲手编织的错误的关系网。

小昕急急敲开了我家的门："曹滢，快救救我的父亲！"

我急忙问她："怎么回事？"

小昕拖着哭腔说： "我父亲心脏病发作了，求求你，快帮帮我。"

等我们赶到苑家的时候，苑德贤已经不省人事，小昕的两个姐姐和妹妹正围着她的父亲啼哭、呼唤不止，容不得我们有太多的询问，我吃力地背起苑德贤朝处医院的方向走去。

虽经处医院多方组织抢救，并且也尽了最大的努力，苑德贤终于未逃过这一劫难，他死于心肌梗死。

我看见小昕的脸色变灰、变白，眼泪像断了线的珍珠，大颗大颗地往下掉，但是怎么也哭不出声来，急救室里只听到小昕姐姐和妹妹痛彻心扉的哭声。

我感到有些口干舌燥："小昕，你要节哀顺变啊。"

"没事的，我挺得住。"小昕擦去了自己的泪水，"人生下来的时候就会面临着死亡，我父亲这样离去，对他来说也许是一种解脱。"

"你要想哭就哭出来吧。"

"没事的，曹滢，今天真的要好好感谢你，要不是你帮忙，我们几姐妹真的不知道怎么把父亲送到医院来。"小昕说。

"钟坚呢？"我问。

"他和几个所谓的朋友聚会去了，就是不去，他也不一定来，为什么？因为我的父亲已经退休了。"小昕说。

"你坐下来休息一下吧。"

"不用了，曹滢，真的要感谢生活，感谢让我认识了你，别的就不说了，起码有一点是你教会我的，那就是要用正确的方式去理解生活。"

我重重地点点头。

"你也不要全怪钟坚，也许他……"

"你不用替他圆场。"我的话还没有说完，就被小昕打断了，"我明白的，其实真正的爱情，并不是在你人生辉煌灿烂的时候，你爱的人能给你什么，你失魂落魄的时候，一个人的本性就会很准确地显露出来。"

"你将来有什么打算呢?"我问。

小昕以她当年同样坚定的口气，不容置疑地告诉我:"我已经决定了，跟钟坚离婚。"

我问:"小昕，是不是因为有我的出现，你才决定跟钟坚离婚的?"

"不。"小昕说，"我不排除时常会拿你们两个来作比较，但主要还是我太厌倦这种生活了。"

我怀着极其复杂的心情，轻声地问小昕:"小昕，我们还能在一起吗?"

小昕淡淡地笑笑，说:"经过这么多事，我们真的应该在一起了，可是……可是我没有激情了。"我知道，那是对婚姻的恐惧和男人的不信任。

"曹滢，我知道这么多年来，你一直都在关心我、爱护我、等待我，我真的感到万分感激，万分荣幸，只是这一次……又要苦了你了，你能理解吗?"

我强忍着巨大的悲痛，尽量使自己看起来还算是镇定的:"还是那句老话，为朋友两肋插刀，在所不辞。"

小昕的性格我是了解的，她可以容忍你千百次地犯错误，但是绝不容忍你在关键的时候背弃她，她果然跟钟坚离了婚。

苑德贤的遗体送去火化的时候，单位上竟然不愿意派出一辆汽车相助，小昕制止了姐姐要去争辩的念头，自己花钱请了一辆车。

当小昕手捧父亲的骨灰出现在沉塘的时候，所有人的心头都为之一震，小昕像在做一件平淡无奇的事，她不再理会别人的窃窃私语，也不再害怕自己的抛头露面，她只想安安静静地把父亲送回家，那一分钟，我感觉小昕特别的美。

母亲通过她的一个老熟人，把我调回了遂宁卷烟厂去工作，真的要离开南方局，真的要离开基建处，我的心中又有一种说不出的滋味。

这令我魂牵梦萦和难以割舍的一切，我真的要这样离你而去了吗？

我去跟程浩告别，程浩紧紧地握住我的手："要多保重啊。"

"你也一样。"我说。

我们紧紧拥抱。

我没有把我要调走的消息告诉小昕，主要是害怕她旧伤未去又增添新的忧愁。

在宁州火车站，我坐着即将西去的列车，望着这个曾经是我们几代人用双手"拖"来的城市，往事又一幕幕浮现在我的眼前。

小昕不知什么时候出现在我的面前："要走了也不打个招呼，你真的想这样消失了吗？"小昕责怪地说。

小昕把她给我买的罐头、水果递上了车："还回来吗？"

"不一定。"

"还会想起我们吗？"

"会的。"

"你要多多保重身体啊。"小昕说。

"我会的，你也要珍重。"我说。

列车徐徐起动，车上的广播室又放起了音乐，还是那首我们熟悉的《赶着马儿走山乡》，小昕突然像失去什么似的，一边哭，一边追赶着火车："'转朱阁，低绮户，照无眠。不应有恨'，曹滢，你可千万不要恨我呀!"

我早已泣不成声，任凭泪水流过我的脸颊，望着我毕生钟爱的女人，渐渐地从我的视野中变远、变小……

第十一届三中全会胜利召开。

枝柳铁路全线胜利贯通。

南方铁路局被划分成了两个局，一个是铁道建设一局，一个是铁道建设二局。

小昕停薪留职，带着妹妹在宁州开了一家缝纫店，据说生意相当不错。

母亲终究没有原谅父亲。

全文完